# メロスの翼

# The Wings of Melos

横関 大
Yokozeki Dai

KODANSHA

# 目次

装 画　西川真以子
装 丁　bookwall

# メロスの翼

横関大

# 現在

こういう試合展開を誰が予想しただろうか。

世界ランキング三位、中国の黄泰然《ファンタイラン》の顔には焦りの色が滲《にじ》んできた。東京オリンピックの銅メダリストでもあり、成長著しい若手卓球選手だった。赤い半袖シャツに黒いショートパンツという御馴染《なじ》みのユニフォームに身を包んでいる。赤いシャツには中国の伝説上の生き物、龍のデザインが施されている。金色の龍だった。まさに選手の首を噛《か》み砕《くだ》こうとしているかのようだ。黄はみずからの気持ちを落ち着かせるためか、胸に手を置いて何度か深呼吸をしたのち、ゆっくりとサーブの体勢に入る。

『黄選手としては何とかポイントが欲しいところ。黄選手のサーブでゲームが始まります。球を高くトス、回転を効かせたサーブだっ』

放送席の真後ろの席で中丸駿太《なかまるしゅんた》は試合を観戦していた。隣には後輩ディレクターの菅野憲和《すがののりかず》が小型ビデオカメラを持って座っている。中丸も、そして菅野も左腕には報道関係者であることを示す臙脂《えんじ》色の腕章をつけている。

『黄選手のフォアドライブが決まったーっ。これで黄選手は二点差に迫りました。ここからの反撃を期待しましょう』

左耳に装着したイヤホンからアナウンサーの実況の声が聞こえてくる。中丸は帝都《ていと》テレビのスポーツ局の社員であり、本大会のＢＳ放送番組の総合ディレクターとして参加していた。事実上の責任者だ。今日の大会にはスポーツ局、報道局、機材局などから総勢三十名のスタッフが動員されている。イベント名は第一回東京レガシー卓球。

　優勝賞金一億円という破格の大会だ。メインスポンサーは国内最大手の通信機器メーカーのカリスマ創業者であり、自身も卓球愛好者であることから、国内で世界規模の大会を開くことが長年の夢だったという。

　一億円やるから東京に来てね。そう言われても卓球選手も暇ではない。所属している各国のリーグ戦に加え、国際試合（主にはワールド《W》テーブル《T》テニス《T》と呼ばれる国際ツアー大会）に年間通じて参加しつつ、さらには世界卓球やオリンピック等《など》の国際大会に臨むというハードなスケジュールをこなしている。国際卓球連盟と協議した結果、三月に東京で開催することが決定し、男女の世界ランキング上位十五名に招待状を送ったところ、全員が快諾した。男女とも開催国推薦枠一名を加え、十六名によるワンデイ・トーナメントがおこなわれることになった。昨日は女子シングルスがおこなわれ、一位から三位まで中国勢が表彰台を独占した。卓球大国、恐るべしだ。

『おっと黄選手、見事なサービスエースを決めていくっ。雄《お》叫《たけ》びを上げる黄選手っ。気合が入っていますね』

　黄泰然は小柄ながらも筋肉質な体型をしており、ユニフォームの上からでも発達した僧帽筋の隆起がわかるほどだった。ラグビーのウイングあたりをやらせても無難にこなしそうな雰囲気だ。黄に対するのは同じ中国の毛利翼《マオリーイー》。黄色のシャツは中国のアウェイユニフォームのような位置づけで、国際大会などで中国人同士が当たる場合、格下が着るものとされていた。シャツには黒い虎のデザインが施されている。金色の龍VS黒色の虎。まさに竜虎相討つだ。

毛は無名の選手だった。本来なら黄の一回戦の対戦相手は同じ中国の世界ランク十三位の楊《ヤン》大宝《ダーバオ》だったのだが、体調不良を理由に棄権となった。大会の規定により試合当日の棄権は不戦敗、もしくは同国の補欠選手がエントリーしてもいいことになっていて、中国側が提示した補欠選手が毛利翼だった。これまで国際大会には参加したことのない無名の新人であり、中国側から回ってきた簡易プロフィールによると年齢は二十五歳、身長百七十八センチで体重は六十五キロ。その他の経歴は一切不明。線の細い若者だが、強烈な右のフォアハンドドライブで黄相手に互角以上の戦いを見せていた。

『黄選手のストレートが見事に決まったっ。これで第四ゲームは黄選手が奪取しました。さすが世界ランキング三位。面目躍如ーっ』

男子シングルスは7《セブン》ゲームマッチ、要するに四ゲームを先取した方が勝ちとなる。すでに毛が三ゲームを連取しているので、黄はあとがない状況だ。一分間の休憩に入っており、両選手ともベンチ前で水分補給をしていた。同じ中国勢同士の対決のため、監督からの指示などは出ていない様子だった。

「ちょっと出てくる」

中丸は後輩ディレクターの菅野に声をかけてから席を立った。会場は渋谷区《しぶやく》にある東京アリーナだ。約一万人収容できるメインアリーナの今日の客の入り具合は、約五割といったところか。

中丸はアリーナから出た。受付のスタッフが手荷物検査をしているのが見えた。それを横目に中丸は建物から外に出て、さらに歩いて喫煙スペースに向かう。五人ほどの喫煙者たちが背中を丸めて煙草《たばこ》を吸っていたので、中丸もその仲間に入る。電子煙草をセットして口にくわえた。何度も禁煙しているのだが、どうにもやめることができない。

「総合ディレクターがこんなところで煙草吸ってても平気なんですか」

顔見知りの若手スタッフがやってくる。中丸は笑顔で応じた。

「優秀な部下に恵まれてるから、俺がいなくても大丈夫だ。下手すりゃ飯も食いに行けるぜ」

「ご冗談を」

半分本気だった。中丸は入社以来、ほとんどの時間をスポーツ局で過ごしている。途中二年ほどデジタルマーケティング局に配属されたが、それ以外はスポーツ中継の仕事に従事してきた。スポーツだったら何でもござれ、野球、サッカー、ラグビー、陸上、テニス、ゴルフとあらゆるスポーツ中継に裏方として関わった経験があり、当然卓球も守備範囲だ。今日の大会のオンエア――BS帝テレでの二時間枠――は本日二十一時放送だ。ただし準決勝からはYouTubeの帝都テレビ公式チャンネルで試合をライブ配信する予定になっている。そして全試合終了後、局に戻って怒濤《どとう》の編集作業に追われることになる。本番はそちらになるはずだ。

「でも卓球も変わりましたよね。何か派手になったというか」

若手スタッフが率直な感想を洩《も》らす。近年、卓球界ではメジャースポーツ化を目指す動きがあり、選手入場にも光や音楽を利用するなど、各種パフォーマンスを充実させている。さらには会場の造りにも時間と金をかけ、ファッショナブルな会場となっている。今日も大手広告代理店の意向からか、派手な演出で場内を盛り上げていた。

「これが商業化ってやつだな。じゃあよろしくね」

中丸は電子煙草の吸い殻を灰皿に捨ててから、会場に向かって歩き出した。樹々の間から外の通りを歩く通行人たちの姿が見える。家族連れ、もしくは犬を連れた人が多い。近くには新《しん》宿御苑《じゅくぎょえん》もあることから散歩コースに適しているのだろう。スポーツイベントは基本的に週末に集中するため、休日はほとんど家を空けている。若い頃は妻に散々嫌味を言われたものだが、最近では嫌味どころか口を利くのも稀《まれ》となった。テレビマンの宿命だ。

アリーナに入り、席に戻る。第五ゲームは接戦だった。スコアは六対六。毛のサーブを黄がレシーブし、毛がバックハンド、黄が打ったフォアがネットインとなったところで菅野が話しかけてくる。

「中丸さん、ちょっとこれ見てくださいよ」

菅野が小型ハンディカメラの画像を見せてくる。中継用カメラは計二台用意しており、卓球台を斜め上から見下ろす固定カメラ――今は黄の背中側サイドにある――が一台と、もう一台は専属カメラマンがコート近くで選手のアップや会場の様子などを撮影している。菅野が持つ三台目のカメラは記録用に使うものだが、いいショットが撮れたらオンエアでも使う予定になっていた。

中丸はカメラの画像に目を落とした。毛選手が写っている。背中を向けて少し屈《かが》んでいた。球を拾っているところらしい。別に不思議な画像ではない。

「ん？　これがどうしたんだよ」

「見ててくださいね」

そう言って菅野がカメラのボタンを操作した。毛の背中がアップになる。菅野が細かい調整を加えると、画面にそれが写し出される。

「お前、これって……」

「そうなんすよ。俺も変だなって思って。最初は洋服のタグかなと思っていたんですけど」

黄色のユニフォームの背面の首下部分だ。そこには見慣れた国旗があった。刺繡《ししゅう》ではなく、縫いつけたもののようだ。白地に赤丸。いわゆる日の丸だ。

「おかしいだろ。どうして中国人が日の丸背負ってんだよ」

「知りませんって。俺もたまたま気づいただけですから」

有り得ない。中国というお国柄を考慮すれば、ユニフォームに他国の、しかも日本の日の丸を縫いつけるなど、絶対にあってはならない行為だ。

「シャースッ」

毛が雄叫びを上げ、左手でガッツポーズを決めた。勝ち越しとなるフォアハンドドライブを決めたのだ。いったいこの男、何者か。不穏な気配を感じつつ、中丸は唾をゴクリと飲み込んだ。

# 二十一年前

「何かさ、スランプっていうの？　いったい自分がどういう企業に就職したいのか、ちょっとわからなくなってきた」

「それ、凄《すご》いわかる。じわじわと追い詰められてくるよね」

友人二人の話を聞きながら、片桐弥生《かたぎりやよい》はグラスのカシスソーダを一口飲んだ。渋谷にある大衆的なイタリアンの店だ。店内は若い男女で賑《にぎ》わっている。友人二人は背の高い方が智香《ともか》、眼鏡をかけている方が江里子《えりこ》で、ともに同じ大学のゼミ仲間だ。三人ともリクルートスーツに身を包んでいる。近くのビルで開催された就職説明会に参加した帰りだった。

「弥生はどう？　順調に進んでる？」

急に話を振られ、弥生は「まあね」と誤魔化した。順調どころか、完全に迷走している状態だ。どうしても入りたい企業や就きたい業種があるわけでもなかった。弥生は何となくマスコミ・出版関係の企業を志望し、それらの企業に積極的にエントリーシートを送っていたが、現在のところ書類選考も通過できずにいた。今は業種の幅を広げ、社名だけでは何をしているのかわからないような会社の説明会にも参加している。

「乾杯っ」という威勢のいい声が店内に響き渡った。声がした方を見ると、リクルートスーツに身を包んだ男三人が生ビールのジョッキをぶつけ合っている。きっと誰かの内定を祝っているに違いない。

すでに六月に突入していた。内定をもらったという声はちらほらどころか、しょっちゅう耳にする。私来週からインターンなんだよね、と吹聴している友達も何人かいた。

「あ、二人に相談があるんだけど」智香がシステム手帳を開きながら言った。「実は私、来週の月曜日にOB訪問する予定だったんだけど、面接と被《かぶ》っちゃったんだよね。せっかくだからどっちか代わりに行かない？　事情は私から説明しておくから。あ、月曜の午前中ね」

弥生はシステム手帳を出してページをめくった。先に声を発したのは江里子だった。

「私、月曜の午前中は駄目だな。どうしても出なきゃいけない授業があるから」

弥生は午後から説明会に参加する予定が入っているが、午前中は特に何もない。それを告げると智香が言った。

「じゃあ弥生、ピンチヒッターよろしくね。大手の旅行代理店だから悪くはないと思う。詳しいことはあとでメールするよ」

店内の一角がやけに騒がしい。「おおっ」とか「ああっ」というどよめきが聞こえてくる。声の聞こえるあたりに一台のテレビが据え置かれており、近くに座る客たちがテレビを見て声を上げているのだった。放送しているのはサッカーの試合だった。日本戦ではなく、外国同士の戦いだ。それに気づいた智香が言った。

「そっか。ワールドカップか」

現在、日本中が熱狂に包まれている。サッカー日韓ワールドカップが開催されているからだ。テレビのニュースもサッカー一色だし、街のあちらこちらでお気に入りの代表チームのユニフォームを着た人たちの姿をよく見かける。日本代表は今週の初めに初戦のベルギー戦を引き分け、今週末にロシア戦を控えている。

「そういえばベッカム来てるんだよね」

智香のつぶやきに江里子が反応する。

「でも信じられないよね。あのベッカムが日本のどこかにいるってわけでしょ。私たち今、ベッカムと同じ空気吸ってるんだよ」

デイビッド・ベッカム。イギリスの名門、マンチェスター・ユナイテッドに所属するサッカー選手だ。正確無比なクロスを上げるミッドフィルダーだが、何よりも彼の場合、そのイケメンぶりが有名だ。数々の有名雑誌の表紙を飾り、ハリウッド俳優顔負けの人気を誇っている。

「ベッカムで思い出したんだけど」智香がシーザーサラダを自分の皿にとりながら言った。

「弥生の彼氏、元気にしてる？　一緒に住んでるんだよね」

「そうなんだ。弥生、彼氏と同棲《どうせい》してるんだ」

江里子は初耳だったらしく、目を丸くして驚いている。一ヵ月ほど前のことだった。同棲している恋人と夜中に二人でコンビニに行ったところ、たまたまその帰り道に智香に目撃されてしまったのだ。自転車に二人乗りをしている現場を見られてしまったのは決定的で、言い訳はせずにその場で恋人を紹介した。

「超イケメンなんだよ。あんなかっこいい人、滅多にいないって」

「そんなにかっこいいんだ？」

「うん。かっこいいの。顔の彫りがはっきりしてて、ちょっと渋い感じがして、それでいて笑うと可愛《かわい》いの、和製ベッカムと言っても過言じゃないくらい」

普通、自分の彼氏がイケメンだと褒められたら、いやいやそんなことないよと謙遜するのがマナーだと思うが、弥生はどうしてもそれができない。なぜなら本当にかっこいいからだ。これは弥生が自分の彼氏を贔屓目《ひいきめ》で見ているとかそういう問題ではなく、百人いたら百人がイケメンだと断言するほどのレベルだった。

「いいじゃない、その話は」弥生は強引に話題を変えた。「それより二人とも卒論はどんな感じなの？　私、資料集めてるだけで一行も書いてないんだけど」

「私も似たようなもんよ。この時期はみんなそうだと思うわよ」

テレビの近くからどよめきのような声が聞こえてきた。たしか今日はアルゼンチン対イングランド戦がおこなわれるはず。さほどサッカーに詳しいわけではないが、家にいるイケメンが連日のように大騒ぎしているお陰で、弥生も多少の知識が蓄えられていた。

すでにグラスのカシスソーダは空だった。もう一杯飲んだら帰ろうという話になり、三人でメニューを覗《のぞ》き込《こ》んだ。

結局あと一杯では終わらずに、カラオケボックスで就活で溜《た》まったストレスを発散し、弥生が豊島区要町《としまくかなめちょう》の自宅アパートに帰宅したのは午後十一時過ぎだった。木造二階建ての築二十年の建物はそれなりに老朽化しているが、大学からの近さと安い家賃のせいもあって、上京してから四年間、ずっとここに暮らしている。

「ただいま」

「おかえり」

声の主は弥生の恋人でもある羽根雅人《はねまさと》だ。テレビの前でコントローラーを握ってゲームに興じているようだ。テーブルの上にはカップ麺の容器とおにぎりの包装紙が放置されたままになっている。弥生はカップ麺の残り汁を三角コーナーに流し捨てた。基本的に羽根には物を片づけるという概念がない。彼が食べたもの。彼が遊んだゲーム。彼が読んだ雑誌や脱いだ服。それらを片づけるのが弥生の役割だった。私は前世では彼の召使いではなかったのか、と思うこともしばしばだ。

「飲んできたの？」

「そう。説明会で友達と一緒になったの。メールしたじゃん」

「気づかなかった。サッカー観《み》てたから」

端整な顔でテレビ画面を見たまま羽根は答える。彼に出会ったのは一年前のことだった。交差点で信号待ちをしていると、年老いた女性を背負っている男がいた。男の顔があまりにイケメンだったので、少しの間見惚《みと》れていたが、青信号になったので弥生は歩き出した。そのときイケメンにおんぶされた女性が被っていた帽子が風に飛ばされ、弥生の近くに落ちたのだ。まさに運命の風！　帽子を拾った弥生はそのまま横断歩道を渡り、女性に返した。どうしてもあなたたちにお礼がしたいの。女性はそう言った。その老婦人は田舎から孫を訪ねて上京したところ、駅の地下通路の段差で足をくじいてしまい、そのときに近くを通りかかったのがイケメンで、彼がここまで老婦人をおんぶしてきたというのだった。弥生は近くの喫茶店の店内でその話を聞いた。それが羽根との出会いだった。

「どっち勝ったの？」

「サッカーに決まってるじゃない。観てたんでしょ？　イングランド対アルゼンチン」

「何が？」

「イングランドが勝った。ベッカムがＰＫ決めた」

「そうなんだ。やっぱりベッカム凄いね」

羽根はゲームに夢中になっている。彼が前に住んでいた部屋を引き払い、この部屋に転がり込んできたのは、付き合い始めてすぐの頃だった。最初のうちは戸惑った。どうしてこんなイケメンが私の部屋にいるんだろうと思ったりもしたが、そのうち徐々に慣れてきた。慣れとは恐ろしいものだ。

羽根は弥生と同じ年で、今年で二十二歳になる。現在は無職だった。たまにバイトをしたりするのだが、なかなか長続きしない。ある意味で駄目な男なのだ。元々は都内で有数の進学校に通っていたらしいので、頭はきっと悪くない。何となく嫌になったから、という理由で高校を退学してしまい、彼に残された取り柄は端整なルックスだけとなった。羽根がそのギフトを活《い》かしているとは言い難《がた》い。ちょっと頑張ればモデルにだってなれそうなものなのに、就活に苦しむ女子大生の部屋でゲームに興じている。宝の持ち腐れとはこのことだ。

弥生は寝室に向かった。間取りは２Ｋなので、片方を居間、もう片方を寝室として使っている。部屋着に着替えて居間に戻ると、羽根が奇妙な動きを見せていた。壁にピタリと体を寄せ、壁に耳を当てているのだった。弥生は声を押し殺して言った。

「何してるのよ、羽根君」

羽根は自分の人差し指を口の前で立てる。静かにしろという意味だ。こちらに向かって手招きしているので、弥生は羽根がいる壁際に向かった。羽根が小さな声で言った。

「まただ。また始まった」

弥生も耳を澄ます。かすかに子供の泣き声が聞こえてくる。同時に男の怒鳴り声も聞こえ、それに混じって女の声も聞こえた。こんな盗聴みたいな真似《まね》はやめた方がいい。そう思って弥生は羽根の背中を指でつつくのだが、彼は壁から耳を離そうとしない。

隣の部屋には三ヵ月前、新しい入居者が入ってきたばかりだ。といっても挨拶をされたこともないし、どんな人が住んでいるのかわからなかったが、多分子供を連れた若い女性であることは、たまに隣の部屋から聞こえてくる子供の声や、駐輪場に置かれたチャイルドシートつきのママチャリからも察しがついた。

一週間前のことだった。就職活動から戻ってきた弥生に対し、羽根はやけに真剣な顔つきで言った。俺の勘に狂いがなければ、おそらく隣の子供は母親の恋人から虐待を受けているよ。

弥生自身はここ最近帰りも遅かったので、実際に耳にするのは今日で二度目だ。たしかに音だけ聞いている限り、隣の部屋で子供が泣いているのは間違いない。ただしそれを虐待と判断するのは早計だと思う。厳しい躾《しつけ》かもしれないのだから。

ドスン、という音が聞こえ、思わず弥生は羽根の腕にしがみついていた。壁に何かが打ちつけられたような音だった。それから窓のサッシが乱暴に開かれる音が聞こえた。それと一緒に子供の泣き声も。

羽根はゆっくりと窓際に移動する。弥生もそれに従った。羽根は慎重な手つきで窓を開け、そこから顔を覗《のぞ》かせる。子供の泣き声が大きくなった。子供がベランダに出されたのは間違いなかった。独立したタイプのベランダなので、あちらの様子はここからではよくわからない。

羽根は窓を閉め、それから寝室に向かった。ベッドに座って深刻そうな顔つきで言った。

「本当に酷《ひど》いことをするよな。自分の子供が可愛くないのかよ」

天は二物を与えず。羽根に与えられたのは超絶に端整なルックスだけだったが、それ以外にもう一つだけ、彼には特殊な才能がある。才能というよりも心持ちとか主義思想に近い。困っている人を見ると放っておけないという性格だ。最初に出会ったとき、足をくじいた老婦人をおんぶしていたのもそうだし、下手すれば私と付き合ってくれているのも人助けの一環ではないかと弥生は疑っている。

「警察だな。これは警察に通報すべきだよ」

「待ってよ、羽根君。まだ虐待だと決まったわけじゃ……」

「どう見ても虐待だろ。ワールドカップで盛り上がっているこの日本でだぜ、子供をベランダに放置する親がいるかよ。今週だけでもう三回目だ。それともあれか？　父親が大のアルゼンチンファンで、イングランドに負けたことが悔しくて、子供に八つ当たりをしたとでも？　そんなことは有り得ないね」

よほど腹に据えかねたようで、羽根の目は鋭く釣り上がっている。

「でも警察は違うよ。警察は事件性がないと捜査してくれないんじゃないかしら？」

「だったらどうすればいいんだよ」

「そうねえ」と弥生は腕を組む。「この場合は役所を頼るべきじゃないの。児童相談所とか？　よくわからないけど」

「わかった。児童相談所だな。明日行ってみる」

「明日は土曜で役所も休みよ」

「そうか。じゃあ来週だな」

羽根は立ち上がり、居間に戻った。テーブルの上から何かをとり、再び慎重に窓を開けた。背後でその様子を見守る。隣のベランダから子供が啜《すす》り泣《な》く声はまだ聞こえている。

羽根がおもむろに隣のベランダに向かって何かを投げた。無事に届いたことを確認してから、羽根は少し満足したような顔つきで窓を閉めた。

「何あげたの？」

弥生がそう訊《き》くと、羽根が当然のような顔で答えた。

「チロルチョコ」

いきなり天から降ってきたチロルチョコを子供が食べるだろうか。そう思ったが弥生は口には出さず、風呂に入る準備を始めた。羽根は中断していたゲームを再開している。


弥生は几《き》帳《ちょう》面《めん》な性格だ。たとえば料理を作るときは本や雑誌のレシピを参考にして、調味料は計量カップできっちり計って入れるし、テレビやエアコンのリモコンが所定の位置にないと落ち着かない。ところが一年前に転がり込んできた同居人は、几帳面とはほど遠い性格だった。とにかく無頓着な男なのだ。そういう彼との同居生活が続いているうちに、少しずつだが自分の几帳面さが薄れてきているような気がしていた。

それでも待ち合わせの時間に遅れるようなことは決してない。智香から送られてきたメールを何度もチェックし、約束の時刻の十分前に弥生は渋谷駅近くの喫茶店の前にいた。

その男は待ち合わせ時間に五分遅れてやってきた。年齢は多分三十代半ば。グレーのスーツを着た男だった。一見して地味そうで、この人に人事を動かせるコネがあるのだろうかと疑ってしまうような風貌だ。二人で店内に入り、窓際の席に座った。

「彼女から聞いてるよ。急に予定が入ったんだって？」

アイスコーヒーを注文してから男が言った。弥生はその場で頭を下げた。

「そうなんです。代わりに私が参りました。今日は貴重なお時間を割いていただき誠にありがとうございます」

「これ、俺の名刺ね」

名刺を渡される。テレビコマーシャルでも目にする大手旅行代理店の社名が見える。男の名前は漆原《うるしばら》といい、営業課の係長のようだった。

「君、出身は？」

「横浜《よこはま》です」

「へえ、いいとこのお嬢さんってわけ？」

「いえいえ。ごく普通の庶民です」

弥生の実家は横浜市にあり、父は市役所で働く公務員、母はドラッグストアでパートとして働いていた。父は若い頃に小説家を目指していたことがあるようで、家の書斎には古今東西の小説が並んでいた。小学校高学年ぐらいのときから弥生は父の蔵書を読み始め、それがきっかけとなったのか、大学では日本文学を専攻した。もう少し就職に有利な学部を選んでいてもよかったのかもしれない、と最近しみじみ思う。

「履歴書は？」

「あ、すみません」

バッグの中から履歴書を出し、漆原に手渡した。履歴書を見ながら漆原が言う。

「うちの会社、すでに本採用は決まってるけど、実は特別枠っていうのが残っているんだ。まあ推薦枠みたいなもんだよね。派閥っていうの？　出身大学による繋《つな》がりがあって、今年はうちの大学から一人推薦していいことになってるんだ」

そういうものなのか。弥生は背筋を伸ばした。店員がアイスコーヒーを運んできた。漆原は忙《せわ》しない手つきでグラスの中にガムシロップとミルクを垂らし、喉を鳴らしてアイスコーヒーを飲んでから言った。

「君がうちで働きたいという気持ちがあるなら、部長に君のことを推薦してやってもいい」

「本当ですか？」

「ああ。簡単な面接だけは受けてもらうことになると思うけどね。裏で話はつけておくから心配要らない」

いきなり救いの手が差し伸べられたような気分だった。紹介してくれた智香には悪いが、このチャンスを摑《つか》まない手はない。旅行会社に勤務するなど想像もしていなかったが、旅行は嫌いではないし、名前を聞けば誰もが知っている一流の企業だ。

「でも一つだけ条件がある」漆原が不意に目を逸《そ》らした。しばらく間を置いてから上目遣いでこちらを見て言った。「簡単なことだ。写真のモデルになってほしいんだ。いや、神に誓って変な真似はしない。こちらが用意したコスチュームに着替えて、写真を何枚か撮らせてほしい。それだけだ」

漆原が何を言っているのか、最初は弥生も理解できなかった。やがて彼の要求が飲み込めた。写真を撮らせてくれたら就職を斡旋《あっせん》してやる。そう言っているのだ。

「のちのちのことを考えれば悪い話ではないと思うけどな。多少際どいポーズをとってもらうことになるけど、肖像画のモデルになったとでも思ってくれ。もしうちの会社に入りたいのであれば、明日のこの時間、またここに来てほしい。じゃあそういうわけだから」

漆原は履歴書を乱暴に折り畳んで上着の内ポケットに入れた。それから彼は立ち上がり、店から出て行った。コーヒー代さえ払おうとせず、伝票がそのまま残されている。

悔しかった。馬鹿げた取引を持ちかけられたことも屈辱的ではあったが、弥生が一番悔しかったのは、漆原の提案を受け入れる未来を思い描いてしまったことだ。本当に一瞬ではあるが、我が身を犠牲にして就職先を手に入れるという可能性を考えてしまったのだ。

弥生は自問する。本当に一瞬だけだったのか。実は今も私は悩んでいるのではないのか。明日たった一、二時間我慢すれば就職活動に終止符が打てるのだ。この就職氷河期と呼ばれる時代、あんな大手の旅行会社に就職できるのは僥倖《ぎょうこう》に近い。

水を飲もうとグラスに手を伸ばす。指先が震え、うまくグラスを摑めなかった。

午後は説明会に参加し、その後は大学の図書館でゼミのレポートを書いた。帰宅したのは午後八時過ぎだった。二階へ続く外階段の下にその子はいた。半袖半ズボンの三、四歳の子供だった。おかっぱ頭は女の子のようだが、男の子のようにも見える。

隣の子だな、と弥生は当たりをつけた。このアパートには隣の親子以外に子供のいる家族は住んでいない。

通り過ぎようとも思ったが、どこか放っておけなかった。この時間、一人で外で遊んでいるというのも変な話だ。近くに母親がいる気配はない。

「こんばんは」

その子は顔を上げない。手にした木の枝で地面に何かを描いている。

「お絵描きかな？」

反応はない。年齢的には言葉を話せるはずだ。しばらく待っていたが、その子が顔を上げてくれる気配はなかった。半ズボンから覗く細い足に、赤黒い痣《あざ》のようなものが見えた。暗いのではっきりとはわからないが、それが先天的な痣なのか、それともここ最近つけられたものなのか、弥生には判別できなかった。いずれにしても胸がギュッと締めつけられた。

自分にはどうすることもできない。弥生は階段を上り、外廊下を歩いて奥から二番目のドアを開ける。居間のテレビの前に羽根は座っていた。サッカー中継を見ているようだ。テレビの音量が大き過ぎるような気がした。それを注意しようと羽根のもとに向かうと、彼がやけに厳しい目つきでテレビの画面を見ていることに気がついた。

「どうしたの？」

「どうもしないよ」

「嘘。どう見ても怒ってるじゃん」

羽根はテレビの前から離れて寝室に向かう。弥生もそのあとに従った。大きく溜《た》め息《いき》をついてから羽根が説明を始めた。

「さっきコンビニに買い物に行ったんだよ。帰ってきたらうちのアパートの外廊下を一人の男が歩いてた。こざっぱりしたサラリーマン風の男だった。そいつ、隣の部屋のドアをノックした。男が中に入ってすぐ、ガキンチョが外に出てきた。ガキンチョは階段の下で遊び始めた。追い出されたような感じだった。俺が話しかけても一切何も答えなかった。仕方ないから俺は部屋に戻ってきた。そしたら壁の向こうから微《かす》かに声が聞こえてきたんだよ」

どんな声が聞こえてきたのか。それは訊かなくても想像がついた。お隣さんが母と子の二人暮らしであることはわかっている。そこに訪ねてきた一人の男性。子供は厄介払いされたというわけだ。男女の営みの声を聞きたくないがために、羽根はテレビの音量を上げているというわけだ。

気持ち悪い。今日の午前中に会った漆原という大学OBの顔が頭にちらついた。男というのはどうしてそういうことばかり考えるのだろうか。

「そういえば役所は？　役所に相談に行くって言ってたじゃん」

今朝のことだ。今日は月曜日だから役所に相談に行ってくる。羽根はそう言っていた。

「行ったよ。児童相談所っていうのか？　ちゃんと行って全部説明してきた」

彼のこういう点が弥生は好きだった。意外に行動力があるのだ。しかしその行動力を自分自身の生活に活かさないのが、羽根雅人という男だった。

「で、どうだったの？」

「無視されるんじゃないかと思ってたんだけど、話はしっかり聞いてくれた。俺より少し年上ぐらいの兄ちゃんだった。今日の午後、時間の合間を縫って訪問してみます。そう言ってくれたんだ。役所もなかなかやるじゃないか。俺は感心したよ」

羽根はここに戻ってきて、午後になるのを待った。薄い壁なので耳を澄ませば階段を上り下りする足音を聞きとることも可能だった。午後二時過ぎ。階段を上ってくる足音が聞こえた。隣の部屋のドアがノックされる音を聞き、羽根は確信した。

「俺はドアを薄く開けて、隣の部屋の様子を観察した。児童相談所の兄ちゃんが中から出てきた女にあれこれ質問していた。お子さんの様子を確認させてください。兄ちゃんがそう言っても女は相手にしなかった」

ほっといてください、私たちのことなんて。別に何も悪いことしてませんので。それとも役所が助けてくれるんですか？　お金でも恵んでくれるんですか？

「けんもほろろってやつだな。児童相談所の兄ちゃん、たまらずに退散してしまった。俺はすぐに追いかけて、下に停《と》めてあった車の前で話を聞いた。隣に住んでいるのは毛利《もうり》という名前の親子らしいんだけど、実は住民票がこの場所に登録されていないそうだ。要するに豊島区民じゃないわけ。そうなってくると兄ちゃんたちも取り扱いが難しくなってくるんだって」

何となくわかるような気がする。区民ではない住人に対し、行政側がどこまでの住民サービスを提供できるか。そこがネックになっているのだろう。

「じゃあもう児童相談所には期待できないの？」

「上司に報告して相談してみる。兄ちゃんはそう言ってたけどね」

難しいということか。得点が入ったらしく、ゴール、ゴールと実況アナウンサーが連呼していた。しかし部屋の中には重苦しい空気が漂っている。昨日の大騒ぎが嘘のようだ。

昨夜、日本代表は予選ラウンドの第二戦、ロシア戦を迎えた。後半の立ち上がりに稲本《いなもと》潤一《じゅんいち》が見事にゴールネットを揺らし、その虎の子の一点を守り切って日本はワールドカップ初勝利を挙げた。弥生も羽根とともにここで試合を観戦し、日本の勝利を祝った。あのときの余韻は今や、完全に消《き》え失《う》せている。

「引っ越そうか」と弥生は提案する。「実は前々から考えていたんだよね。このアパート古いし、あちこちガタもきてるし、引っ越してもいいかなって」

手頃な家賃に惹《ひ》かれて契約したのだが、オートロックでもないし、女性の一人暮らしには何かと物騒な部屋でもあった。今はこうして羽根と一緒に暮らしているが、いつまでもこの状態が続くとは弥生も考えていない。イケメンというのは気ままな動物だ。

「あのガキンチョを見殺しにはできないよ。さっき見たんだよ。あいつの手足に痣があった。きっと母親か、あの男から折檻《せっかん》されてるんだよ。まったく許せないよな」

羽根の憤りも理解できる。しかし役所が動いてくれない以上、ただの隣人にできることなど一つもない。ベランダに出された子供にチロルチョコを投げてやること以外には。

羽根はベッドの上で腕を組み、何やら考え込んでいる。その隣で弥生も思案する。

明日の同じ時間、同じ喫茶店で待っていると漆原は言っていた。数時間の我慢だ。それだけで私は大手旅行会社に就職が決まる。目の前に垂らされた餌には甘いシロップが塗られているが、同時にそこには毒も含まれているのは間違いない。

ぐっすりと眠ることができず、重い頭で朝を迎えた。一晩経って冷静に考えてみても、やはり漆原のやり方は汚い。どうにかして就職先を見つけたい。そういう就活生の純粋な気持ちにつけ込むような真似は許されるべきではない。

リクルートスーツに着替えて弥生は家を出た。まだ羽根はベッドで眠っていた。隣室の毛利家からは物音は聞こえてこない。あちらもまだ眠っているのかもしれなかった。

少し早めに着いてしまったので、待ち合わせの喫茶店に先に入り、モーニングセットを頼んで食べた。それでもまだ時間があり、システム手帳を開いて今後の予定などをチェックした。そうこうしているうちに待ち合わせの午前十一時になった。しばらく待っていると店の入り口から漆原が入ってくるのが見えた。弥生の姿をみとめ、漆原はだらしなく笑った。

「よかったよかった。来てくれないかと思ってたよ。あ、お姉さん。コーラフロート一つね」

目の前に漆原が座る。たったそれだけで心臓がバクバクと音を立てて鳴り始めた。足元に荷物を置き、漆原が勝手に話し始める。

「弥生ちゃんには期待してるんだよ。一昨年入ったうちの大学の子が、たった半年で仕事を辞めちゃってさ。あれこれ手をかけてやったのにね。弥生ちゃんには秋からはインターンとしてどこかの支店でアルバイトしてもらうことになると思う」ちゃん付けが気持ち悪い。漆原は身を乗り出して小声で言った。「ドリンクを飲んだら場所を変えて、早速撮影を始めよう。なに心配要らない。俺は口が堅いし、君ならいい写真が撮れるはずだ」

無視することもできた。紹介してくれた智香の顔に泥を塗ることになってしまうが、事情を話せば彼女もきっとわかってくれるはずだ。ここにやってきたのは一言ガツンと言ってやりたかったからだ。

「……私、行きませんから」

緊張していたせいか、思っていたよりも声が大きく出なかった。ちょうどそのタイミングで店員が漆原の注文したコーラフロートを運んでくる。店員が立ち去ってから弥生ははっきりとした口調で言った。

「私、写真はお断りします。あなたの要求には応じないということです。こういうことはおやめになるべきだと思います」

自分の声が震えているのがはっきりとわかった。漆原の足元にはカメラケースと紙袋が置いてある。紙袋の中身は撮影のためのコスチュームか。純粋に写真撮影だけが目的なのかもしれないが、それでも言いたいことは全部言ってしまおうと思い、心を奮い立たせて弥生は続ける。

「みんな就職したいんです。そういう気持ちに付け入るなんて卑怯《ひきょう》です。いい年した大人がみっともないと思いませんか。同じ大学の卒業生として……」

「何言ってんだよ、お前」

遮るように漆原が言った。その声は大きく、弥生は思わず身を震わせた。

「こっちはな、可愛い後輩のために貴重な時間を割いてやってるんだよ。それがなんだよ。急に無理なんて言い出してさ。いったいどういう了見だよ。就職氷河期だか何だか知らないけど、内定もらえないのは自分自身にも責任があるんじゃないか」

周りに響き渡るような声だった。周囲の客たちの視線が自分たちに集まっているのをはっきりと感じた。この場から立ち去ってしまいたかったが、体が硬直して動かなかった。

「就職活動っていうのは自分で何とかするもんだよ。ＯＢに何とかしてもらおうっていう精神がそもそもどうかと思うけどね。他人の褌《ふんどし》で相撲をとる的な？　そういう発想っていうのはどこで教わるんだろうね。少なくとも俺は自分の力だけで今の会社に就職したし、君にもそういうガッツを期待した。はあ、何だろうな。君なら理解してくれると思ったんだけどなあ」

涙が出そうになってくる。この時間は何なのだ。これでは私が一方的に説教されている駄目な女子大生みたいではないか。

「……だからさ、君も反省した方がいいって。ＯＢを頼るだけじゃなくて、もっと自分の力で何とかしなよ。未来を切り拓《ひら》くっていうのかな。大事なのはそういう気持ちなわけで……」

その影は不意に現れた。最初は店員が来たのかと思ったが、そうではなかった。色の抜けたジーンズに黒いシャツ。ハッと目を奪われるような端整な横顔。どうして羽根君がこんなところに――。

「ん？　君は何だね」

漆原が羽根の存在に気づく。しかし羽根は意に介さず、テーブルの上に置いてあったコーラフロートの長細いグラスを摑み、中身を漆原の顔面にぶちまけた。漆原の白いシャツがたちまち茶色に染まる。

「な、何をするんだ。君、無礼じゃないか」

コーラが目に染みたのか、目をしばたたきながら漆原が言ったが、羽根はいっこうに気にしなかった。腕を伸ばして弥生の手首を摑み、「行こう」と短く言った。

「ちょっと待ってよ」

隣の席に置いてあったバッグを摑む。羽根と並んで店内を歩いたが、店中の客の視線が自分たちに集まっているような気がした。羽根に引っ張られるように店を出て、そのまま五十メートルほど引《ひ》き摺《ず》られるようにして歩く。

「どうして、ここが？」

ようやく羽根が手を放してくれたので、弥生は訊いた。当然のような顔で羽根は答える。

「尾行に決まってるじゃん。弥生ちゃん、昨日からずっと様子おかしかったからね。何かあったな。さすがに俺でもそのくらい気づくよ。あの男、どうせ汚い取引を持ちかけてきたんだろ。まったく腐ってるな、この社会は」

不安がないわけでもない。さきほどの店では会計を済ませていないし、漆原のシャツのクリーニング代のこともある。それを差し引いたとしても、羽根のやったことはベッカムの芸術的なフリーキック並みに痛快だった。

「でもあの男、割といいこと言ってたよな。未来を切り拓く。うん、いい言葉だ」

渋谷のスクランブル交差点は赤信号だった。隣を見ると、イケメンの彼氏は満更でもなさそうにうなずいている。

それから三日後の六月十四日。遂《つい》に運命の日が訪れた。運命の日というのは決して誇張した表現ではない。今日、サッカー日韓ワールドカップのグループHの最終戦、日本対チュニジア戦がおこなわれる予定になっていた。

　キックオフは十五時三十分。弥生は自分の部屋のテレビで観戦していた。平日のこの時間に呑気《のんき》にテレビを観られるのは、大学生というお気楽な身分のお陰だった。すでに試合前のセレモニーが始まっており、両国の国歌斉唱は終わっていた。あとはキックオフを待つばかりだ。

「そろそろだな」

　羽根がそう言いながらリモコンでテレビを消した。二人で部屋から出る。何度も打ち合わせをしたので段取りはすべて頭の中に入っている。羽根が外廊下を奥に歩き、隣の部屋のインターホンを押した。

　反応はない。二人で顔を見合わせてから、羽根はもう一度インターホンを押した。それでも反応はなかった。中に人がいるのは気配でわかる。羽根はドアを叩《たた》いた。

「こんにちは、毛利さん。隣に住む者です。お話があります。開けてもらえますか？」

　しばらく待っているとようやくドアが開いた。色白の女が姿を現した。この人が例の子供の母親か。まともに顔を合わせるのは初めてだ。子供に暴力を振るうような母親には見えなかった。彼女は上目遣いで警戒した視線を向けている。

「僕たちは隣に住んでいます。そんなに怪しまないでくださいよ。僕は羽根、彼女は片桐っていいます。毛利さん、今日が何の日か知ってますか？　ご存じない？　サッカー日本代表がワールドカップ決勝トーナメント進出を決めるかもしれない、世紀の大一番がおこなわれる日なんですよ」

　女の反応は薄かった。髪は茶色に染めているが、生え際のあたりに地の色が見え隠れしていた。Tシャツの胸元にはブラ紐《ひも》が覗いている。羽根は必死に説明する。

「僕らも自宅のテレビで観戦する予定だったんですが、それがなんとびっくり、テレビが急に映らなくなってしまったんですよ。でもどうしてもサッカーを観たいんです。テレビを修理している時間なんてありません。そこでお願いがあるんですが、テレビありますよね？　よかったら僕らと一緒にサッカー観ませんか？」

この三日間、羽根はあれこれと作戦を練っていた。子供に暴力を振るっているのが母親なのか、それともこの部屋に頻繁に通っている男なのか、それはわからない。とにかく虐待の証拠を手に入れることが先決だ。羽根はそういう結論に達したらしい。

「お願いです。僕たちにサッカーを観させてください。歴史の目撃者になりたいんです」

「悪いけど」女が初めて口を開いた。少し掠《かす》れたハスキーな声だった。「人見知りの子供がいるの。それにサッカーなんて興味がないし。ほかを当たって」

女がドアを閉めようとしたので、羽根が体ごと中に入ってそれを阻止する。いつもは見せない機敏な動きだ。

「だったらこういうのはどうでしょう？　試合を見せてくれとまでは言いません。スターティングメンバーを確認させてください。それだけでいいんです。お願いします」

断られることは想定内だ。なぜスタメンを確認したいのか。若干意味不明だが、どうにかして室内に入る必要があった。羽根は必死になって言う。

「五分、いや三分でいいんです。スタメンを確認したら出ていきます」

「本当に三分で済むの？」

「ええ。必ず」

女の態度が軟化した。これはおそらく羽根の風貌による効果も大きいに違いない。女性は肩をすくめ、それからドアから手を離した。「お邪魔します」と羽根が中に入って靴を脱いだ。第一関門はクリアだ。

基本的に弥生の部屋と同じ間取りだ。しかしお世辞にも掃除が行き届いているとは言い難い。ゴミ屋敷《やしき》とは言わないまでも、台所周りには半透明のゴミ袋がいくつも置かれ、弁当の空き容器が覗いていた。

「では失礼します」

テレビにはドラマの再放送が映っていた。羽根がチャンネルを操作し、サッカー中継に合わせた。ちょうどキックオフの瞬間だった。観客の大歓声が聞こえてくる。

「ええと、フォワードは……」

羽根はテレビの前で膝をつき、熱心にメモをとっている。少しでも母親の気を逸らす。それが弥生に与えられた任務だった。隣の部屋に例の子供がいた。絵を描いているようだ。

「お子さん、何歳ですか？」

「四歳」

女は煙草に火をつけ、紫煙をくゆらせている。ジャージのズボンにTシャツというラフな服装だが、どことなく女の色気のようなものを漂わせている。大学の友達にはいないタイプの女性だ。

「可愛いですね」

弥生はそう言いながら、子供のもとに向かった。床の上の画用紙は——そもそも画用紙だったのかも判別できないが——色とりどりのクレヨンで何重にも塗られ、ほぼ真っ黒だった。少々気味が悪い。暗い森に迷い込んでしまったような気がしたが、それでも何とか弥生は言葉を絞り出した。

「いろんな色があるね」

子供は答えない。こちらを見ようともせず、一心不乱にクレヨンを塗りたくっている。クレヨンは短く、今にも尽きてしまいそうだ。子供の腕の細さに驚いた。この子は満足いくまで食事を摂《と》らせてもらっているのだろうか。お腹《なか》一杯ご飯を食べているのだろうか。

「話しかけても無駄だよ」背後に気配を感じる。振り返ると煙草をくわえた女が立っている。

「人見知りっていうのかな。あまり愛想がよくないんだよ。誰に似たんだろうね」

言いたいことは山ほどあったが、あくまでも他人の家の事情だ。うちの教育方針に口を出すな。そう言われてしまえば元も子もない。しかし——。

「終わりましたよ」

やけに明るい羽根の声で我に返る。羽根がこちらに向かって歩いてくる。

「スタメンは前回と一緒でした。いやあ、ありがとうございました。弥生ちゃん、帰るよ。そろそろ電器屋も来るんじゃないかな」

羽根に肩を抱かれ、そのまま部屋をあとにする。自室に戻ると羽根がテレビを点《つ》けて音量を絞った。テレビは壊れたことになっているので、大きな音で観戦するわけにはいかないのだ。

「ありがとう。無事に終わったよ」

羽根の作戦。それは隣の部屋に盗聴器を仕掛けようというものだった。盗聴器自体は先日秋《あき》葉原《はばら》で購入してきた。虐待の現場を録音できれば、その音源を警察なり役所なりに持ち込めばいいのだ。すべて羽根の発案だ。

何だか暗い気分になってくる。あの壁の向こう側では今もあの子はクレヨンで紙を塗りたくっている。そう考えるだけで胸が締めつけられるような思いがした。一枚の壁を隔てた向こう側は、弥生の理解の範疇《はんちゅう》を超えた別世界だった。

「心配しなくていい。俺があの子を助けるから」

羽根がそう言って頭を撫《な》でてくれる。テレビの画面ではフェイスガードをつけた宮本恒靖《みやもとつねやす》が手を叩いて味方を懸命に鼓舞していた。

※

「副店長、先月の売り上げ報告書、まだできてないの？　そろそろ本社にデータ送らないと間に合わないじゃん」

「すみません。すぐに用意しますんで」

何で自分より年下の店長にあごでこき使われなきゃならないんだ。そんな不満を飲み込み、蟹江友則《かにえとものり》はパソコンを操作して売り上げ報告書のデータを出した。まだ半分も入力されていない。果たして今日中にできるのだろうか。

蟹江がこのスーパーで働くようになって半年が経過していた。以前は系列の百貨店の本社ビルで働いていたが、とある事情によりここに配属された。簡単に言うと左遷だった。きっかけは個人的な事情だった。蟹江は本社で海外から生鮮食品を買い付ける仕事を任されていたのだが、ここ数年は思うような取引ができなかった。新規のルートも開拓できず、若い部下に手柄を横どりされることも何度かあった。

その日は会社の近くで一人で飲み、したたま酔っ払ってタクシーで帰宅した。酔っていてあまり憶《おぼ》えていないのだが、若い男の運転手の態度に少し腹が立った。手柄を横どりした部下の顔が脳裏にちらつき、蟹江の怒りは倍増した。会計の際、釣りを渡してくるのが遅いのに腹が立ち、蟹江は持っていたビニール傘で運転席のシートを突き、さらに外に出てからもタクシーの後部座席のドアを傘で叩いた。その翌日、会社に警察がやってきた。タクシー会社が器物損壊罪で訴えるというのだった。

結局示談が成立したが、蟹江は本社を去ることになった。そして系列のスーパーで副店長という職に就いた。蟹江が本社を追われる羽目になった経緯はここでも筒抜けになっており、決して居心地がいいとは言えない。今年で蟹江は三十二歳になる。転職も考えているのだが、就職氷河期ということもあり、なかなかうまくいかないのが現状だ。

「店長、ルパンさんです」

女の従業員が事務室に入ってきて、店長に向かってそう言った。店長は「またか」という顔で立ち上がり、事務室から出て行った。ルパンというのはこの系列店で使われている隠語で、万引き犯のことをさす。見つけた場合は店から出たところで後ろから声をかけ、悪質だと認められる場合には警察に通報する。実は一度、蟹江もその現場を目撃したことがある。

二ヵ月ほど前だった。特にやることもなく店内をぶらぶらと歩いていると、その女が目についた。スウェットの上下という部屋着のような格好をした女だったが、学生時代に人気のあった女性アイドルに顔立ちが少し似ていた。肌の色が透き通るように白く、髪はポニーテールだった。どこか視線が定まらないというか、危うい気配を感じた。蟹江はやや距離を開けて女を追尾した。

女は調味料のコーナーで立ち止まり、特に警戒することもなく、マヨネーズを手にとって自分のバッグに入れた。決定的瞬間だった。その後も女は店内を歩き回り、カップ麺や菓子などを次々とバッグに入れていった。女が店から出たところで蟹江は声をかけた。本来なら店内の倉庫に連れて行くのがセオリーだが、蟹江はそうはしなかった。女から携帯番号と住所を聞き出した。女の名前は毛利愛美《まなみ》といった。やはり近くで見ると妙に色気のある女だった。蟹江はその夜、女のアパートに行った。三、四歳ぐらいの子供がいた。子供を外に出し、女と関係を結んだ。以来、三日に一度の割合で愛美のアパートに通うようになった。

愛美はかなり困窮しているようで、たまに蟹江がコンビニの弁当を買っていくと非常に喜んだ。しかし子供は愛想が悪く、笑顔を見せることもなかった。ある日、子供と部屋で二人きりになったときのことだ。蟹江が話しかけても子供は返事をせず、それが無性に腹が立った。蟹江のことを小馬鹿にしていた本社の奴らの顔が脳裏に浮かび、気がつくと子供をベランダに引き摺り出して、内側から鍵をかけていた。外から帰ってきた愛美も何も言わず、見て見ぬ振りをした。俺は愛想のないガキを躾しているんだ。蟹江はそう思うことにした。躾は徐々にエスカレートしていった。

「副店長、お客さんがお見えになっています。レジの近くにいるみたいです」

事務室の外からそう声をかけられた。来客の予定など入っていない。訝《いぶか》しく思いつつも蟹江は事務室を出た。売り場を横切り、レジの並んだ会計スペースに向かう。

待っていたのは見憶えのない男で、やけにイケメンだった。そのイケメンぶりに周囲の主婦たちが足を止めて見ているほどだ。男は蟹江の前に立ち、苛立《いらだ》ったような口調で言った。

「あんたに用がある。できればこの場でぶん殴ってやりたいんだけど、それをしてしまうと俺が捕まってしまうからね。まずはこれを聞いてよ」

男がそう言って小型ポータブルプレイヤーを出し、再生ボタンを押した。軽快なサウンドとともに男のボーカルが聞こえてくる。「イノセントワールド」のサビの部分だ。

「ヤヨイちゃん、いつの間にミスチルを……」

そんな独り言を言いながら、男はボタンを何度か押した。いつの間にか周囲にはイケメン見物の輪ができている。やがてポータブルプレイヤーから男の声が聞こえてきた。

『……おい、黙ってないで何とか言ったらどうなんだよ。またベランダに出されたいのか。俺は全然構わないんだぞ。……だから何とか言えよ。……んだよ、その反抗的な目つきはよ。ふざけんな。服脱げ。今日は全裸でベランダだ』

蟹江自身の声で間違いなかった。躾をしているときの声だ。まさかこの男、あの部屋を盗聴していたということか。でもどうしてそんな真似を……。蟹江は自分が置かれている状況や、見知らぬイケメンの意図がわからず、ただただその場に立ち尽くすだけだった。

「どうだい？　よく録《と》れてるだろ」男が勝ち誇ったように言う。「警察にこの音源を持ち込んでやりたいところだけど、今回は勘弁してやる。その代わり二度と毛利さんの部屋に行くんじゃない。もし行ったらどうなるか、あんたにも理解できるよな」

周りの主婦やパート従業員たちが軽蔑したようにこちらを見ているのがわかった。その視線が痛かった。本社で左遷人事を言い渡されたとき、ほかの社員たちが冷めた視線で俺を見ていた。あのときと状況がよく似ていた。

「ち、違うんだ。これは……」

男が再びポータブルプレイヤーのボタンを押した。再び蟹江の罵声が聞こえてくる。今度は別の躾の録音らしい。蟹江の罵声に混じり、子供の泣く声も聞こえてきた。

「違わないよ。あんたは腐ってる」

男は胸に手をやり、何かを突き出す手つきをしたが、その手には何も握られていない。

「レッドカード。退場だ」

そう言い放ち、男は踵《きびす》を返して店から出ていった。

※

その事務所は神保町《じんぼうちょう》の片隅にあった。一階が弁当屋になっているビルの二階だった。本当にこんなところに法律事務所があるのかしら。そんな不安を感じつつも、弥生は狭い階段を上った。

磨《す》りガラスのドアには表札が出ていなかった。インターホンらしきものもない。しかし住所は合っている。勇気を振り絞って弥生はドアに手をかけた。

「ごめんください」

鍵はかかっていなかった。そこら中に段ボール箱が山積みになっている。奥から一人の男が姿を現した。ワイシャツの袖をまくり、ネクタイの先端を胸のポケットの中に入れている。部屋中が埃《ほこり》っぽく、息苦しさを覚えるほどだ。

「お仕事中すみません。猿橋《さるはし》先生から紹介されてやってきました」

「ああ、そうだった。忘れてたよ。あ、ちょっと待ってくれ」

男はいくつかの段ボール箱を開けたり閉めたりして、ようやく目当ての品を見つけたのか、弥生のもとにやってきた。男は透明のケースから一枚の名刺を出し、それをこちらに寄越してきた。印刷業者から渡されたばかりの新品の名刺であるのは明らかだった。名刺には『花岡《はなおか》法律事務所　所長兼代表弁護士　花岡雄二《ゆうじ》』と記されていた。

「私、片桐弥生です。こちらが履歴書になります」

昨日のことだった。専攻しているゼミの猿橋教授にレポートを提出に行った際に呼び止められた。知り合いの法律事務所が人材を探しているのだが面接だけでも受けてみないか、と。猿橋の教え子が大手法律事務所から独立し、個人事務所を設立するにあたり、事務員を探しているという話だった。嬉《うれ》しい話だが、生憎《あいにく》こちらは文学部の学生で、法律方面にはとんと疎い。そういう話を猿橋にもしたのだが、先方が求めているのはあくまでも事務要員であり、法律関係の知識は一切必要ないという。それならば、ということで履歴書一枚持ってやってきたのである。

「あのう、面接はどこで？」

床一面に段ボール箱が散乱しており、足の踏み場もないほどだ。応接セットも見当たらず、面接をするような場所もなかった。すると花岡は意外そうな顔つきで言った。

「面接？　どうして？」

「いや、だって、その……」

「手伝ってくれるなら、是非お願いしたい。条件等については明日までに書類を用意するから」

これはつまり採用が決定したということか。あまりのあっけなさに弥生はしばらく言葉が出なかった。ぼんやりとオフィス――というより単に散らかった部屋――の中を見渡す。窓にはカーテンすらかかっておらず、向かい側のビルの壁が丸見えだ。

「ほ、本当ですか？　本当に私を雇ってくれるんですか？」

ようやく我に返り、一応確認してみる。花岡はさも当然といった顔つきでうなずいた。

「もちろん。君は大丈夫そうだ。一応僕は弁護士だからね。いろんな世界の人間と接してきたし、なかには酷い犯罪者もいた。人を見る目だけはあると自負しているんだよ。たまに勘が外れることもあるけれどね」

信じられない。どうやら本当に雇ってくれるらしい。今日で就職活動に終止符が打てるということか。

「そういうわけだからよろしく。明日の午後、また来てくれ。そのときにいろいろ話そう」

熊みたいな男。それが花岡に対する第一印象だった。柔道やラグビーみたいな肉体を酷使するスポーツが似合いそうな体型の割に、顔は童顔で可愛らしかった。

花岡は弥生に背を向けて、再び奥に行って分厚いファイルをキャビネットに押し込んでいる。見かねて弥生は声をかけた。

「あのう、よかったらお手伝いしましょうか？」

「いいの？」

「ええ、特にやることもないので」

「じゃあお願いしちゃおうかな。ええと、まずは……」

言われるがまま弥生は体を動かした。段ボール箱から出したものを所定の場所に置く。その作業が延々と続いた。作業をしながら花岡があれこれと説明してくれる。

当初は四月から個人事務所を開く予定だったが、前の事務所で抱えていた案件が長引き、七月という中途半端な時期の開業になったこと。元々は弥生と同じ大学の文学部に通っていたが、弁護士になる夢を捨て切ることができなかったらしい。

「……それで指導教授だった猿橋先生に相談したんだ。ほら、うちの大学って法学部がないだろ。法学部のある大学を再受験する必要があったから、僕も結構悩んでいた。そんな僕の背中を押してくれたのが猿橋先生だった。若いうちにやりたいことをやりなさい。そう言ってくれたんだ」

少し恥ずかしい。私にはやりたいことがない。流されるように就職活動をして、今では特に拘《こだわ》りもなく片っ端からエントリーシートを送っていた。そして辿《たど》り着《つ》いた場所がここだった。私はここで戦力として働けるのだろうか。いや、戦力にならなければならない、一刻も早く。

「もしよかったら」思い切って弥生は言う。「ここでバイトさせてください。来年の春まで時間があるので、早めに仕事を覚えたいんです」

「実は僕もそういう提案をしようと思っていたところなんだよ。とても助かる。でもほかにバイトとかしてないの？」

「大丈夫です。今はバイトしてないので。あの、窓開けていいですか？」

「ごめんごめん。埃っぽいよね」

窓を開ける。活気のある街並みだった。飲食店やコンビニ、古本屋などが軒を連ねている。近くに大きな大学があるようで、眼下の道には多くの若者たちが行き交っていた。


「おめでとう、弥生ちゃん。俺もマジで嬉しいよ」

弥生が帰宅すると羽根は飽きもせずにプレイステーションのサッカーゲームに興じていた。就職先が決まったことを伝えると、羽根は我がことのように喜んでくれた。そして今、二人でチューハイを飲みながら簡単な祝勝会を開いている。ただしまだ羽根に伝えただけで、智香や江里子ら友人たちには話していない。自分だけ先に就職先が決まったことが少し気まずい感じがしたからだ。

「法律事務所かあ。何か堅苦しい感じするよね。弥生ちゃんが遠くに行っちゃうみたいで淋《さみ》しいよ」

「遠くになんて行かない。神保町に行くだけよ」

「そういう距離的な問題じゃなくてさ」

部屋にはカレーの匂いが漂っている。羽根が唯一作れる料理がカレーだった。味もそれなりに美味《おい》しい。羽根は幼い頃から誕生日会などのお祝いごとの際には必ずカレーを食べていたという。だからさきほど弥生が就職先が決まったことを報告すると、まずは飛び上がって喜び、その次に財布を持って外に飛び出し、帰ってきてからカレーを作り始めた。今も弱火で煮込んでいる最中だ。

「そういえば」気になったことがあり、弥生はチューハイの缶を片手に訊いた。「お隣さんの様子はどう？　大きな音とか聞こえてこないの？」

「静かなもんだよ。まあよかったよ、毛利さんのところも」

日本対チュニジア戦の日から一ヵ月が経《た》つ。日韓ワールドカップはブラジルの優勝で幕を閉じた。日々の楽しみがなくなってしまった羽根は、その喪失感を埋めるかのようにサッカーゲームに興じている。

羽根の作戦は見事に成功したと言える。仕掛けた盗聴器で録音した会話により、隣の部屋に訪れる男こそが子供を虐待していた張本人であることが判明したのだ。そこから先の羽根の行動は早かった。まるで左サイドを駆け上がるブラジル代表のSB、ロベルト・カルロスのようだった。盗聴器の音声で男が訪ねてきたことを知るや、すぐに男を尾行して名前や勤務先を調べ上げたのだ。そして録音した音源を持ち、男の勤務先にまで押しかけたというのだから恐れ入る。やるときはやる人なんだな、と弥生は彼を見直したほどだ。

「役所の人も訪ねてきてるの？」

「佐藤《さとう》さんだよ。たまに訪ねて話を聞いてるみたいだね。でもここ一週間ほどは連絡がとれないって言ってたなあ」

虐待の瞬間を録音した音声——弥生は怖くて聞いていない——を児童相談所に持ち込んだところ、これは問題ありと判断したようで、担当職員が事情を訊きに隣の部屋を訪れた。そしてその後は区役所の福祉関係の部署に引き継がれたという。

隣の毛利母子がかなり困窮しているのは疑いようがなく、今後は生活保護などを受給することも含め、区役所の福祉部門の担当者が隣の部屋を訪れているようだ。佐藤というのはその担当者の名前だろう。

「ちなみに佐藤さんってさ、女の人？」

「そうだよ。俺より少し年上の女の人」

やっぱりな、と弥生は思う。区役所の女性職員も羽根ほどのイケメンには弱いのだ。そのうち一緒に飲みに行くとか言い出すのではないか。いや、きっとそうなるに違いない。

「佐藤さんから聞いたんだけど、隣の奥さん、妻子持ちの男に捨てられたんだって。結婚してくれるって約束だったのに、彼女が妊娠してるとわかった途端、連絡がつかなくなったみたい。赤ちゃんを産めば男性が戻ってくる。彼女はそう思って赤ちゃんを産んだんだって」

弥生の女友達にも悪い男に捕まって愚痴をこぼしている子がいる。そういう子に限って別れたと思ったら、また似たようなタイプの男と付き合ったりするものだ。男運みたいなものなのか。そういう意味では私は男運に恵まれているなと、チューハイを飲む恋人の整い過ぎた横顔を見た。

「そろそろいいかな」

羽根が腰を上げ、台所のコンロに向かって歩いていく。お玉で鍋の中をかき混ぜながら羽根は満足そうにうなずいた。

「よしよし、いい感じだ。そうだ、毛利さんのところにこのカレーを持っていこうか。ねえ、弥生ちゃん、少しくらいあげてもいいよね？」

「いいわよ。だって羽根君が作ったカレーなんだし」

羽根が炊飯ジャーから炊き立てのライスを皿によそい、その上に熱々のカレーをかけた。その皿を受けとり、弥生は真っ赤な福神漬けを盛る。グチャッとならないようにふんわりとラップをかけた。その皿を再び羽根に渡すと、彼が言った。

「弥生ちゃんも一緒に行こう」

「私も？」

「だってこの部屋の家主は弥生ちゃんだしね。これを機にご近所付き合いが始まるかも」

「やだよ、私」

「そんなこと言わないで。一生のお願いだから」

羽根が顔の前で手刀を切る。それを見て弥生は笑って言った。

「こんなことで一生のお願いを使わない方がいいと思うけど」

羽根が部屋から出ていった。仕方ないので弥生もそれに従った。時刻は午後七時を過ぎているが、外はだいぶ明るかった。アパートに面した通りを会社帰りとおぼしきサラリーマンたちが歩いていくのが見える。

インターホンを押しても反応はなかった。何度か押しても結果は同じだった。羽根がドアを叩きながら中に向かって呼びかけた。

「毛利さん。隣の羽根です。カレー作ったから持ってきたんですよ。ねえ、毛利さーん」

やはり反応はない。すると羽根が鼻をクンクンするような素振りをした。そのまま彼は毛利家のドアの隙間に鼻を近づけた。次にこちらを向いたとき、羽根の顔はいつになく真剣なものに変わっていた。

「どうしたの?」

「臭いんだ。ちょっと嫌な予感がする。これ、持ってて」

カレーの皿を手渡される。羽根がドアのノブを摑み、ガチャガチャと何度も回してみるのだが、ドアが開く気配がない。踵《かかと》を壁につけ、全体重を預けて引っ張ってみても無駄のようだった。正面突破は諦めたのか、羽根は部屋に戻って勢いよくベランダに出る。何をやろうとしているのか、大体想像はついた。

「危ないわよ、羽根君」

「やるしかないって」

独立タイプのベランダなので、隣のベランダまで一メートルほどの距離がある。二階とはいえ落ちたら怪我《けが》をするのは確実だ。顔だけが取り柄だと思っていた男にこんな勇気があるとは思ってもいなかった。羽根はベランダの手擦りによじ登り、「せーの」と叫んで隣のベランダに向かって跳んだ。

怖くて思わず目を閉じてしまっていた。落下音が聞こえてこなかったので、弥生は恐る恐る目を開けた。ちょうど羽根があちら側のベランダに降り立ったところだった。すぐさま羽根は携帯電話のお尻の部分で躊躇《ためら》うことなく窓ガラスを割る。

「弥生ちゃん、玄関に回って」

「う、うん」

そのときになり、いまだに自分がカレーの皿を持っていることに気がついた。ふんわりとラップをかけたつもりが、グチャリとなってしまっている。カレーの皿をテーブルの上に置き、サンダルを履いて再び外に出た。

しばらくしてドアが開いた。それと一緒に何かが腐ったような不快な臭気が鼻をついた。羽根は自分のTシャツの首の部分で鼻を覆ってマスク替わりにしていた。羽根が珍しく声を震わせて言った。

「きゅ、救急車を。それから警察も呼んで。頼む、弥生ちゃん」

「どうしたの？　まさか中で……」

「奥さんは……」いったん口を閉じ、吐き出すように羽根は言う。「息をしてないみたいだ。子供の方は押し入れの中にいる。生きてるかどうかわからないけど……」

羽根は室内を振り返り、何かを決意したかのように中に戻った。火災現場に突入していく消防士のようだった。携帯電話を持っていないことに気づき、弥生は自分の部屋に戻った。充電プラグを引き抜き、携帯電話片手に外に出る。ちょうど羽根が外に出てきたところだった。羽根は子供を抱いている。半袖半ズボンから覗く手足は悲しいほどに痩せ衰えている。女の子のように伸びた髪も、お洒落《しゃれ》を意識したものでないことは明らかだ。この子は散髪さえさせてもらえない状況にあったのか。

「俺が病院に運んだ方が早い。弥生ちゃん、ここをよろしく」

子供を抱いたまま、羽根が外廊下をドタバタと走り、そのまま階段を駆け下りていく。弥生は心臓がバクバクしていたが、自分の携帯電話で一一〇番《ひゃくとおばん》通報をした。一一〇番通報するのは生まれて初めてだ。

「どうしました? 事件ですか? それとも事故ですか?」

男の声が聞こえてくる。冷静になれ、私。自分にそう言い聞かせ、弥生は震える声で現在の状況を説明した。


目が覚めると夜が明けていた。ブラインドの隙間から朝日が差し込んでいるのが見えた。周囲は静寂に包まれている。

弥生は病院の待合室のソファーの上に横たわっていた。肩のあたりに男性用の上着がかけられていた。少し離れたところに羽根が座っている。両手で缶コーヒーを包み込むように持っていた。

「羽根君、私、いつの間に……」

「おはよう、弥生ちゃん」

昨夜は嵐のような騒ぎだった。今思い出しても夢ではないかと思ってしまうほどだ。あのあとすぐにパトカーが到着し、続いて救急車もやってきた。室内に入った救急隊員により、部屋の住人である毛利愛美の死亡が確認された。警察は詳しいことを教えてくれないが、一瞬だけ遺体を目撃した羽根によると、トイレのドアに寄りかかるようにして彼女は死んでいたらしい。首のところにロープが見え、首を吊《つ》ったのではないかというのが羽根の推論だ。

子供もかなり衰弱していて、この病院に運び込まれたときは危険な状態にあったそうだ。昨夜は弥生たちも警察から事情聴取を受けた。解放されたのは深夜零時過ぎだった。羽根が病院であの子の回復を待ちたいと言い出したので、それに従う形で弥生も病院のロビーで一晩を過ごした。

「十五分くらい前かな」羽根が缶コーヒーを一口飲んで説明する。「病院のスタッフが来て刑事さんと一緒に奥に入っていった。何か動きがあるかもしれないね」

「そう……」

今は落ち着いているが、昨夜彼は憔悴《しょうすい》し切っていた。かなり落ち込んでいる様子だった。隣の部屋で母親が自ら命を絶ち、置いてきぼりにされた子供が飢えに苦しんでいた。それなのに自分は隣の親子を救ってあげたという浮かれた気持ちになって、呑気にサッカーゲームばかりやっていた。そんな自分を羽根は責め続けていた。ほんと馬鹿だよな、俺。すっかりヒーロー気どりでさ。情けないよ、まったく。

そこに関しては弥生も同じだった。隣の部屋で起きていることなど知らず、自分の日常を生きていた。羽根を慰める言葉が見つからず、ただただ彼の隣にいてやることしかできなかった。だが結局は先に寝落ちしてしまったのだ。我ながら情けない。

廊下の向こうから足音が近づいてきた。診療時間外であるため院内には人っ子一人おらず、その足音はよく響いた。やってきたのは昨夜も顔を合わせた目白《めじろ》署の刑事だった。二人の刑事は弥生たちの前で立ち止まった。片方の男が言った。

「お子さんですが、危険な状態を脱したようです。命に別状はないだろうとお医者様も言っています。今は眠っているみたいですね」

安堵《あんど》する。隣を見ると羽根も大きくうなずいていた。弥生たちはあくまでも隣人に過ぎないのだが、遺体を発見したという経緯もあることから、昨夜からある意味関係者として扱われている。だからこうして子供の回復状態も教えてくれたりもするのだ。

「面会できますか？」

羽根がそう訊くと、刑事の一人が答えた。

「それは難しいんじゃないでしょうか。かなり衰弱していたようですからね。面会可能になるまでは時間がかかると思いますよ」

「あいつは……あの子はこれからどうなってしまうんですか？　母親はあんな風になってしまって、あの子はどうやって生きていくんですか？　引きとってくれる親戚とかいるんですか？　役所は……行政はあの子を助けてくれるんですか？」

羽根が矢継ぎ早に質問した。少々戸惑いながらも刑事は丁寧に答えてくれる。

「まずは引きとってくれる親族を探すことが第一でしょう。母親が所持していた保険証によると現住所は静岡市清水《しみず》区にあるようです。住民票を移さぬまま上京して、豊島区内のアパートに住んでいたようですね」

面倒を見てくれる親族が誰一人としていなかったからこそ、ここまでの窮状に陥ってしまったのではないか。そんな不吉な思いが胸をよぎったが、口に出すことはできなかった。

「子供の引きとり先等に関しては我々警察ではなく、児童相談所に一任することになるはずです。何はともあれ、今はツバサ君が助かったことが不幸中の幸いでしょうね」

「ツバサ……」羽根がつぶやくように言った。「あいつの名前、ツバサって言うんですか？」

名前も知らなかったのか。そんな怪訝《けげん》な表情を浮かべつつ、刑事が言った。

「母子手帳に記載がありました。毛利翼というのが保護された子供の名前です。四歳になるようですね。お二人もお帰りになられたらどうでしょうか。それでは私たちはこれで」

小さく頭を下げてから二人の刑事が廊下を立ち去っていく。弥生はそれを見送った。羽根はと言えば、なぜか顔をほころばせている。昨夜からずっと自分を責め続け、笑顔を浮かべることなど一切なかったのだが……。

「羽根君、どうしたの？」

「いやさ、あいつが助かってよかったっていうか……。それにあいつの名前、翼なんだろ。俺の名字が羽根。言葉の意味はまるきり同じだよね」

羽根は泣き笑いだった。涙を流しながら、嬉しそうに笑っている。そんな彼の顔を見て、この人と付き合っていてよかったなと心の底から弥生は思った。たとえ彼と別れることになっても、今日のことは決して忘れないだろう。

# 現在

「まさかここまでの熱戦になるとは誰が予想したでしょうか。一回戦第三試合、黄泰然対毛利翼の一戦は、最終ゲームまでもつれこみましたっ」

福森宏樹《ふくもりひろき》はヘッドセットマイクに向かって喋《しゃべ》っている。東京アリーナの放送席だ。満席まではいかないまでも、熱心な卓球ファンが試合に見入っている。

「いやあ古賀《こが》さん、凄い試合になりましたね」

福森は隣に座る解説の古賀博《ひろし》に話を振った。古賀はオリンピックに出場経験もある元卓球選手で、現役引退後は日本卓球協会の理事を務めるなど、裏方として精力的に働いていた。歯に衣を着せぬ解説が好評を博している。

「本当だよね。やっぱ中国って凄いよ。補欠の選手でもこんなにやるんだからさ。日本も見習わないといけないよね」

現在、一分間の休憩中だ。奥のベンチ前で二人の中国人選手が体を休めている。やがてブザーが鳴り、二人は卓球台に向かって歩いてくる。最終ゲームが始まった。手前側に陣取るのが黄泰然、奥が毛利翼だ。

「まずは黄選手のサーブからゲームが開始されます。高まる緊張感の中、果たして両者はどんな試合を見せるのか。おっと黄のサーブはネットイン。やり直しです」

福森は帝都テレビ報道局アナウンス部所属のアナウンサーだ。今年で四十五歳になり、アナウンサーの中でも中堅の立場にある。採用以来、スポーツ中継を担当することが多く、今では「帝都テレビのスポーツ中継と言えば福森」と言われるようになっている。これまでに野球、サッカー、格闘技とさまざまなスポーツ実況をこなしてきた福森だったが、実は卓球には特別な思い入れがある。中学、高校の六年間、福森は卓球部に所属していたからだ。

当時、放課後は毎日部活で汗を流した。部活が終わったあとは部の仲間とともに近所の駄菓子屋でもんじゃ焼きを食べながら、卓球用品のカタログを眺めたりした。青春の一ページだ。

「おっと毛選手のドライブが決まるっ。この無名の男、本当に世界ランキング三位を倒してしまうのかーっ」

毛が五点目をとる。スコアは五対二で毛のリードだ。最終ゲームだけはどちらかに五点目が入った時点でチェンジエンドとなるため、今度は毛が手前側に、黄が奥側へと移動した。試合が再開される。

現在の時刻は午前十時三十分。会場内にはコートは二面作られており、もう一方のコートでは一回戦第四試合、ドイツのユルゲン・ホクツと日本の深川大輝《ふかがわだいき》の一戦がおこなわれ、深川の勝利で試合が終わっていた。不調が伝えられていた日本の若きエースは何とか一回戦を突破したことになる。そちらの試合の実況は入社二年目の新人アナウンサーが大役を任されていた。

「毛のフォアのクロスが決まるっ。黄は立ち尽くすだけだっ。古賀さん、毛選手のフォアの威力は相当なものですね」

「ヤバいね、ありゃ。アッパー気味に打ってるからね。ドライブの落ち方もえげつない。でも黄選手が弱いわけじゃないよ。なんたって世界三位だから」

毛のサーブだった。こちらに背中を向けているのでどうしても見えてしまう。彼のユニフォームの背中の首下には小さな日の丸がついているのだ。

「シャースッ」

毛が吠《ほ》える。さらにポイントを奪い、その差が広がる。彼の背中に日の丸があることに気がついたのは第三ゲームの途中だった。解説の古賀に肘を突かれ、身振り手振りで教えられたのだ。その後、第五ゲームの途中でディレクターの菅野から指示が出た。渡されたメモには「日の丸にはノータッチで」と記されていた。その指示に従い、福森は日の丸を見ない振りをして実況を続けている。カメラをズームにしない限り、視聴者も気づかないくらいの日本国旗だ。

「毛のストレート、黄は手も足も出ないっ」

中国人選手が背中に日の丸を背負う。その意味するところに福森は戸惑いを覚えていた。ちなみにほかの中国人選手のユニフォームに日の丸はなく、毛選手だけだった。彼の政治的思想の表れかもしれないが、そういう行為が許されるとは思えなかった。ナショナルチームの容認を得たうえで日の丸をつけている。そういうことなのか。しかしそれは——。

「遂にマッチポイントを迎えました。毛選手のサーブから始まります。黄の強烈なチキータっ。それを返す毛」

長いラリーのあと、毛のフォアハンドドライブがストレートに決まる。黄は反応していたが、そのラケットは球に追いつかなかった。毛の勝利だ。

「シャースッ」

拳を握って毛が叫ぶ。福森はマイクに向かって言った。

「まさに波乱の展開となりました一回戦第三試合。伏兵の毛利翼選手の勝利。世界ランキング三位、東京オリンピックの銅メダリストが一回戦で姿を消しました。古賀さん、試合の総括をお願いします」

「勝った毛選手が強いってことじゃないかな。次の相手は大輝だろ。こりゃ大輝もうかうかしてられないんじゃないか。あのドライブは……」

館内は拍手に包まれている。両選手はお互いに歩み寄った。同じ中国人同士ということもあり、握手をしながら何やら笑顔で会話をしている。黄選手が毛選手の右手をとり、健闘を称《たた》えるかのように右手を持ち上げた。館内の拍手は大きくなる。毛選手は照れたような笑みを浮かべていた。ちょうど今、毛は福森に対して背中を向けている。この距離では服のタグのように見えなくもないが、あれが日本の国旗であるのは明らかだ。

振り返ると総合ディレクターの中丸が親指を立てている。実況を終了してもいいという合図だ。福森はヘッドセットを外し、実況席に置いてある緑茶のペットボトルに手を伸ばした。

※

駅前ロータリーは閑散としていた。タクシー乗り場には五台ほどタクシーが並んでいて、運転手たちは全員が車から降りて談笑していた。花岡弥生はスマートフォンの地図アプリを見て、目的地を確認する。ここから歩いて五百メートルほどだ。弥生は息子の優太《ゆうた》に声をかけた。

「もう少しだからね。頑張って」

優太は返事もしない。思った以上の長旅に疲れが出ているのは明らかだった。東京から在来線を乗り継いで二時間弱。ここは北関東にある中核都市だ。駅前にはやや老朽化したデパートがあり、その向こうには商店街が北に延びているが、日曜日だというのに半分ほどの店舗がシャッターを下ろしていた。

その店は商店街のなかほどにあった。昔ながらの喫茶店という趣の店で、店の壁は緑の蔦《つた》で覆われていた。ドアを開けるとカランコロンとベルが鳴った。テーブル席が四席、あとはカウンター席だった。客は一人もいないようで、カウンター席でマスターらしき髭面《ひげづら》の男がスポーツ新聞を読んでいた。男は入ってきた弥生たちを見てスポーツ新聞を折り畳んだ。

「いらっしゃい。お好きな席にどうぞ」

真ん中あたりのテーブル席に座る。ラミネートコーティングされたメニューを見る。ソフトドリンクのページを開いて、優太の方に見せた。

「何飲みたい？」

「コーラフロート」

弥生はコーラフロートとホットコーヒーを注文した。いつの間にか優太は弥生のスマートフォンを手にとって、すでにゲームを始めている。優太が勝手にゲームをダウンロードしていると知ったのは先々週のことだった。幸い課金まではしていなかったが、息子の成長ぶりに驚かされるばかりだった。

「はい、お待ちどおさま」

ドリンクが運ばれてくる。マスターはカウンターの中には戻らずにスツールに座った。そこが彼の定位置のようだった。髭面のマスターが気さくに話しかけてくる。

「お客さん、東京の人？」

「そうです。わかりますか？」

「まあね。垢抜《あかぬ》けてるからね」

優太が長細いスプーンを持ち、コーラフロートのアイスクリームを食べている。少し位置が高いのか、腰を浮かせて食べる姿が可愛らしい。

その記憶は唐突によみがえった。コーラフロートが弥生の脳を刺激したのは明らかだった。大学四年生のときだ。友人のピンチヒッターで向かったＯＢ訪問で不愉快な思いをしたことがあった。内定を与える条件として、コスプレの写真撮影を持ちかけられたのだ。

当然断った。すると男が態度を豹変させ、大声で罵ってきた。そんなときだ。いきなり風のように目の前に現れた当時の恋人が、男に向かってコーラフロートを浴びせかけたのだ。

その恋人とはそれから数ヵ月して別れてしまった。別れの理由は今でもはっきりわからない。多分弥生が就職し、無職だった彼との間に心の距離が生まれてしまったのが原因だと思っている。

弥生は今年で四十三歳になる。途中で育児休暇を挟んだが、花岡法律事務所で働くようになって二十年以上の時が流れた。自分の人生を振り返ったとき、大学四年間という時間はどこか中途半端なものだった。勉学に勤《いそ》しんだわけでもなく、バイトに明け暮れたわけでもない。ふらりと学校に行き、ふらりと友達とお茶をし、ふらりと部屋に帰る。そんな時間だった。その中でも彼と過ごした一年と数ヵ月は、弥生の人生の中でもとりわけ無為な時間であると同時に、これ以上ないほどの充足感に満《み》ち溢《あふ》れているという、不思議なひとときだった。

「息子さん、何歳?」

マスターの言葉で我に返る。優太はストローでコーラを飲んでいる。こんな日に優太がコーラフロートを注文したのも何かの巡り合わせかもしれない。

「八歳です。小学三年生です」

「都会の子は賢そうな顔をしてるな、本当に」

カランコロンとベルが鳴り、客が入ってきた。六十代くらいの実直そうな男で、髪にはだいぶ白髪が混じっている。男は店内を見回した。弥生の存在に気がつき、男が頭を下げてきたので、弥生も立ち上がって会釈をした。

男が近づいてくる。弥生の前で男が言った。

「花岡法律事務所の花岡さんですね?」

「そうです。初めまして。私が花岡です」

優太が顔を上げ、男の顔を一瞥《いちべつ》した。それから興味を失ったように再びスマートフォンに視線を戻した。スマートフォンからピコピコという電子音がかすかに聞こえている。

# 十五年前

「だからさっきから何度も言ってるじゃないか。お前の採点方法がおかしいんだよ。寝惚《ねぼ》けながら採点したんだろ。最近は教師もえらく忙しいと聞いてるぞ。お前も寝不足だったんだな、きっと」

目の前のソファーに座る男は偉そうに話している。青木隆弘《あおきたかひろ》は反論することなく、黙って男の話に耳を傾けていた。手ぶらで戦場に放り出された兵士にでもなったような心境だ。いつマシンガンの銃弾が当たっても不思議ではない。いや、もうすでに銃弾は体中に当たっているのかもしれなかった。保護者の言うことには基本的に逆らってはいけない。それが暗黙のルールだった。

「ほら、採点し直してくれ。うちの信太《しんた》が二十九点しかとれないなんて、そんな馬鹿な話があるものか。ほら、早く採点を」

テーブルの上に置かれた算数のテスト用紙を男が指でコツコツと叩く。男の名前は郷家信義《ごうけのぶよし》といい、青木が受け持つ五年一組の児童の保護者だった。つまり息子の信太がテストで二十九点をとったことに不満を感じ、こうしてわざわざ学校まで訪ねてきているのだ。

「どうした？　先生。採点できないのか。赤ペンがないなら職員室からとってこいって」

ここは職員室の隣にある来客用の応接室だ。実は郷家が学校を訪ねてきたのは今日が初めてのことではない。つい先週もここを訪れ、「どうしてうちの子が飼育係なんだ？　動物の世話なんてほかの子にやらせろ」と無理難題を言って青木を困らせた。結局飼育係ではなく別の係に回すということで話は落ち着いたが、今回はどうしようもなかった。信太が算数のテストで二十九点をとったのは紛れもない事実なのだから。

「郷家さん」青木は声を絞り出した。自分の声が震えているという自覚があった。「テストの採点は間違いないです。僕も何回も見直したので。やり直すこともできません」

「だったらノーカンだな、ノーカン。野球とかでもあるだろ。このテスト自体をなかったことにしてくれ。それでいい」

「すみません。それも無理です」

「何だと？　お前、自分が何を言ってるかわかってんのか？　うちの信太が二十九点なんておかしいじゃないか。これまで五十点以下の点数をとったことがないんだぞ。もしかしてお前が作ったテストがおかしいんじゃないか。難し過ぎるんだよ。きっと平均点も低かったんじゃないか」

　平均点はいつもと変わらない。つまり信太の出来が悪かっただけだ。しかしそれを青木は口にできなかった。青木は別の角度で説得を試みる。

「郷家さん、二学期はまだ始まったばかりです。今後のテストの結果がよければ、息子さんの成績も上がるはずです。今回のテストは二十九点ですが、まだまだ挽回《ばんかい》が可能です。たとえば次回のテストで満点をとれば、二十九点を帳消しにできるかもしれません」

「おい、二十九点と連呼するな」

「……すみません」

「お前の言いたいことはわかった。つまり次回の算数のテストでうちの息子に百点をとらせてくれる。そういうことだな？」

「いえ、そういうわけでは……」

「決まりだな。時間をとってもらって悪かったな、先生。次回の算数のテストを楽しみにしてるからな」

郷家はそう言って立ち上がり、満足そうな顔をして応接室から出ていった。ドアが閉まる音を聞きながら青木は溜め息を吐く。次回の算数のテストで信太が百点をとることなど不可能に近い。そもそも信太はあまり学業が得意ではなく、なかでも算数と理科を苦手としていた。この分だと次回の算数のテストを返した翌日、また郷家が乗り込んでくるに違いない。

テーブルの上には信太の答案が残されている。青木はそれを持って応接室を出て、隣の職員室に戻った。放課後ということもあり、多くの教師が自分のデスクで仕事をしている。

静岡市立清水ヶ丘《しみずがおか》小学校。青木が勤務している小学校だ。実は青木は今年の春から採用された新規採用教員だった。四月一日にこの学校に着任し、自己紹介の挨拶を済ませたあと、五年一組の担任を任せられることを告げられた。最初の一年は副担任を任されると事前に聞かされていたのだが、同校の某教員が不祥事で退職することになり、その玉突き人事の影響で担任を任されることになってしまったのだ。いきなり嵐に巻き込まれたような忙しさだった。

「青木先生、大変でしたね」

隣のデスクの男性教師が話しかけてくる。彼は五年二組を担任しており、何かと相談に乗ってくれるいい先輩だ。

「マジで勘弁してほしいっすよ」

「郷家さん、来年はPTA会長になるって噂《うわさ》もあるからね。ご機嫌を損ねたら教頭先生に怒られるよ」

青木が教師を志したのは学園ドラマの影響だ。そう、武田鉄矢《たけだてつや》扮《ふん》する教師が生徒たちと魂のぶつかり合いをするという、例のドラマだ。あのドラマを繰り返し見て、俺もああなりたいと誓い、教職課程に進んだ。教員採用試験にも一発で合格し、晴れて小学校の教員となった。

ところがである。蓋を開けてみれば煩雑な事務作業に追われる日々で、金八っつぁんのように正面から子供に向き合っているとは言い難い。教頭や学年主任のご機嫌を窺《うかが》い、さらには保護者からのクレームが殺到する。宿題のプリントを渡すのを忘れただけで、電話がかかってきて三十分も文句を言われるのである。たまったものではない。

「青木先生、モンスターペアレントって知ってる？」

「何すか？　それ。新しいディズニー映画とか？」

「去年、ある教育者が使い始めた言葉なんだよ。あまりに非常識な要求やクレームを言ってくる保護者のことをそう呼ぶようにしたんだって。最近は浸透し始めているみたいね」

モンスターペアレント。怪物的な親。言い得て妙《みょう》とはこのことだ。子供がテストで悪い点をとっただけで乗り込んでくる。まさにモンスターではないか。

「青木先生、先週の指導日誌、そろそろ出してくれないかな」

斜め前に座る学年主任に言われ、青木は慌ててパソコンを起《た》ち上げる。

「あ、すみません。まだ書き終わっていないんです。今週中には何とか」

「困ったなあ。これだから新人は……」

学年主任の皮肉に身を縮め、青木は作成中の指導日誌を開いた。

※

「じゃあ最後はクラス対抗リレーだな。走る順番はどうする？」

五時間目は体育の授業だったが、外が生憎の雨だったということもあり、来月上旬に控えた運動会についての話し合いをおこなっていた。三崎啓介《みさきけいすけ》は「俺はあまり興味ないんだよ」といった雰囲気を出しつつ、周囲の様子を窺った。教壇に立っているのは担任の青木先生だ。新米教師の青木先生は少し頼りない部分があり、啓介の母親に言わせれば「詰めが甘い」のだそうだ。授業に必要な持ち物を伝え忘れたり、テストを返すのが遅れたりする。だから保護者からも、児童からも少しナメられている。

「やはりこないだの五十メートル走のタイムを参考にするべきかな。それでいいかい？」

啓介は奥歯をギュッと嚙《か》み締《し》める。やはり青木先生、そう来たか。タイムが遅い者から走り始め、後半に行くと速い者が登場するという定番のスタイルだ。だがそれでは駄目なのだ。すると近くに座っていた男子児童が手を挙げた。

「反対。もう一度ちゃんと本番と同じ距離にして、測り直すべきだと思います」

そう発言したのは郷家信太だ。啓介の右腕的存在であり、啓介の言うことには絶対服従するクラスメイトだ。

「俺もそう思います。タイムを測って決めなきゃいけないと思います」

後ろの方でそう発言したのは井上《いのうえ》リカルドだ。ブラジル人とのハーフでもある彼も啓介を崇拝している児童の一人であり、信太とリカルドの二人が王を守るボディーガード的な役割を果たしている。

「別にいいじゃん。五十メートル走のタイム順にすれば問題ないって」

女子児童の一人がそう言うと、信太がすかさず反論した。

「駄目だ。ちゃんと決めるべきだ。来週だ。来週の放課後に走って決めよう」

「嫌よ、そんなの。放課後は予定がぎっしり入ってるし」

クラスメイトたちが口々に発言する。その成り行きを啓介は冷静に見守っていた。信太たちは劣勢に立たされつつあり、このままだと先日の五十メートル走のタイム順で走ることに決まってしまいそうだ。

啓介は優等生であり、それを自分自身でも意識していた。運動も勉強も常にクラスで一番でなければ気が済まなかった。実際、五年生になる今まで常にトップを走り続けてきた自負がある。一学期も学級委員という大役を任されたし、あるいは来年には児童会長もやるかもしれない。いや、きっとそうなるだろう。

だからクラスでの成績も常にトップでなければならないし、体育の授業で一番目立つのは自分でなくてはいけない。ましてや運動会という晴れの舞台において、クラス対抗リレーでアンカーを走るのは三崎啓介をおいてほかにいないはずだった。ところが――。

先日おこなわれた五十メートル走のタイム計測において、啓介より速いタイムを叩き出した者がいたのだ。となると必然的にクラス対抗リレーのアンカーは啓介ではなく彼ということになる。

その兆候は薄々感じていた。体育の授業などで彼の動きを目にして、啓介は感じるものがあった。こやつ、できるな。武芸の達人が敵の技量を推し量るかのように、啓介は彼の実力を肌で感じていた。夏休み前のプールの遠泳記録大会でも、啓介に次ぐ二位の記録だった。不気味なのは彼が本気を出していないように見えたことだ。そして先日の五十メートル走のタイム計測において、遂に啓介は彼の後塵《こうじん》を拝した。その日の食事は喉を通ったが、悔しくておかわりは一回しかできなかった。

「意見は出尽くしたみたいだね」青木先生が教室内を見回して言った。「こないだの五十メートル走のタイムを参考にして走る順番を決める。それでいいかな？」

反対の声は上がらない。最後に青木先生は確認するように啓介の方に目を向けた。そう、青木先生も知っているのである。このクラスの真のリーダーが啓介であることを。

信太とリカルドの援護を活かすことはできなかった。ここで強く主張しても無駄だ。啓介は落胆を悟られぬよう、さも当然という顔つきで言った。

「僕もそれでいいと思います」

「よし、決まりだな。職員室にタイム表があるから、それを元にして先生が走る順番を決めておくよ。次の体育の授業では実際に走ってみることにしよう。じゃあ次は……」

次の議題に移った。全身の血が逆流するかのような怒りを覚えた。まさか自分がリレーのアンカーを走れない日が来るなんて想像もしていなかった。おそらくアンカーの一つ前を走ることになるはずだ。これほど屈辱的なことはない。

近くに座る信太がこちらを気にするようにチラチラと見ていた。こっちを見るんじゃない。

そう言いたい気持ちを我慢して、啓介は教壇に立つ青木先生の言葉に耳を傾けた。

「……ダンスの練習は各自で進めておくように。あと借り物競走に選ばれてる子については……」

チャイムが鳴り、五時間目の授業が終了する。そのまま帰りの会となり、一日の授業が終了した。啓介はランドセルを背負って教室を出た。下駄箱で靴を履き替えていると背後から近づいてくる足音が聞こえた。振り向かないでもわかる。信太とリカルドだ。

「啓ちゃん、ごめん。俺……」

信太が謝ってきたので啓介はそれを制した。

「いいんだよ。仕方ないって」

三人並んで校庭を歩く。一足早く授業を終えた下級生たちがサッカーなどをして遊んでいる。普段はその日に起きた出来事や、クラスメイトへの辛辣な批判などで会話が盛り上がるのだが、今日ばかりは三人とも無言だった。

校門から出たところで、後ろを歩いているクラスメイトの存在に気がついた。啓介の代わりにアンカーを走ることになった少年だ。名前は毛利翼という。天涯孤独の身の上らしく、児童養護施設から通っている。着ている服もTシャツに短パンという質素なものだ。

思いついたことがあり、啓介は両隣を歩く二人に目配せを送る。すぐに二人も啓介の意を汲《く》んだようで、やや残忍な笑みを浮かべた。啓介は立ち止まり、毛利翼が追いついてくるのを今や遅しと待ち受けた。やがてやってきた質素な身なりの少年に対し、啓介は声をかけた。

「よう、毛利。ちょっと顔貸してくれよ」


合計六台ある卓球台のうち、二台が先客で埋まっていた。球を打っているのはいずれも地元の小学生たちだ。ここは啓介の自宅の隣にある卓球場だ。一時間百円というリーズナブルな料金で卓球をすることができ、休日などには近所の学生たちで賑わうスポットだ。

実はこの卓球場、二年前に他界した啓介の祖父、三崎悦男《えつお》が建てたプレハブ造りの建物で、幼い頃から啓介はここで祖父に鍛えられた。祖父はオリンピックにも出場したことがある卓球選手で、孫に卓球を教えたいという一心でこの卓球場を建てたという。

「どうだ？　凄いだろ。俺たち放課後は毎日ここで練習してるんだぜ」

信太が自慢げに言う。毛利翼は物珍しそうな表情で卓球をしている小学生たちに目を向けている。体育の授業に卓球はない。卓球というスポーツを初めて見るという目をしていた。

「俺たちは大会にも出てるんだ。特に啓ちゃんは全国三位なんだ。全国三位だぞ。凄いだろ」

毎年夏に開催される全農杯（全日本卓球選手権大会）に啓介は今年を含めて五年連続で静岡県代表として出場している。最高成績は小学二年生のときのバンビの部（小学二年生以下）での三位だった。ちなみに今年はホープスの部（小学六年生以下）に出場して準々決勝で敗退した。来年こそは捲土重来《けんどちょうらい》、何としても決勝進出を果たすつもりだ。

清水少年卓球クラブ。それが亡き祖父が設立した地元の卓球クラブの名称で、今も二十人ほどの少年少女が会員となっている。代表は啓介の父である三崎広志《ひろし》だが、父が練習に参加することはほとんどない。祖父が亡くなって以降は、近所に住む大学生――祖父の元教え子でインターハイでも活躍した選手――が週に三度、コーチをしてくれる。

「毛利、卓球やったことあるか？」

リカルドが訊くと、翼は首を横に振った。

「ない」

「卓球ってな」リカルドが知ったかぶったような口調で言った。「思った以上にハードなスポーツなんだぜ。お前、リレーのアンカーになったからって調子乗ってるみたいだけどな、本来ならアンカーは啓ちゃんが走るべきなんだ」

「アンカー？　俺が？」

翼がキョトンとした顔つきで言う。本当に何も知らないらしい。それが余計に腹立たしかった。向こうが無頓着なのに対し、こちらはあれこれと戦略を立て、どうにかしてリレーの出走順を変えようとした。何だか馬鹿みたいではないか。

どうする？　そう問いかけるように信太とリカルドがこちらを見ていたので、啓介は空いている卓球台を指さして言った。

「毛利、卓球やろうぜ。なに心配しなくてもいい。道具も貸してやるし、金も払わなくていいから」

リカルドがロッカーの方に走り、貸し出し用のラケットと球を持ってくる。それをおのおのが手にして卓球台を囲んだ。まずはサーブを教えることにする。

「いいか、毛利。サーブっていうのは、最初に自分の陣地に一回球を当ててから……」

啓介はサーブの見本を見せる。啓介が打った球を翼が慌てたようにキャッチした。「やってみな」と啓介は言い、審判の立つ台の真ん中に移動した。最初に相手をするのはリカルドだった。戸惑ったような素振りを見せていた翼だったが、やがて意を決したようにサーブを打つ。初めてにしては上出来だった。翼のサーブをリカルドが打ち返す。強烈なスマッシュ！　球は一直線に翼の顔に向かっていった。直撃は免れたようだが、翼は球をよけようとしてバランスを崩し、尻餅をついていた。

「ヒャッヒャッヒャッ」

リカルドが声に出して笑った。隣に立つ信太も笑っている。リカルドがラケットを頭の上に載せて翼をからかった。

「ダセーな、おい。ぶっ転んでんじゃねえよ。お前、父ちゃんも母ちゃんもいないんだろ。変な名前の施設で暮らしてるんだよな。そんな奴がリレーのアンカーなんてぜってえおかしいよ。おい、早く立って打ってこいって」

翼が立ち上がる。ベージュの半ズボンに白いTシャツという格好だが、シャツにはところどころ染みがついているようだった。昨日今日で付着したものではなさそうだ。清水ヶ丘小にも数人、翼と同じ施設から通っている児童がいるが、どの子もそれなりの身なりをしている。翼だけがやけに質素な服装だった。

「来いよ、毛利」

リカルドの挑発に乗り、翼が再びサーブを打った。リカルドはまたしても強烈なスマッシュを打ち返す。球は翼の顔面に向かって飛んでいったが、弾道を予測していたのか、翼は飛んできた球をよけた。リカルドが激昂《げきこう》する。

「てめえ、勝手によけてんじゃねえよ。お前にそんな権利はないんだよ。顔面ブロックしてみろよ」

翼が何やら小声で言っている。啓介はリカルドに目配せを送り、黙っているようにと指示を出した。翼のつぶやきが聞こえてくる。

「……顔に当てるのが卓球のルールなのかな」

何だか腹立たしい。卓球というスポーツを馬鹿にされたような気がしたのだ。啓介は怒りを押し殺して翼に言った。

「悪いな。リカルドは手が滑ったみたいだ。今度はちゃんとやるから」

啓介はもう一度リカルドに目配せを送る。リカルドはうなずき、ラケットを構えた。翼が球を打った。緩やかなサーブをリカルドはフォアハンドで打ち返した。翼は一歩も動けない、もしくは空振りをするはずだった。ところが翼は敏速な動きで球に追いつき、ラケットを振り抜いた。球がネットを超え、バウンドしてリカルドの脇を抜けていく。翼のポイントだ。

「まぐれだな、まぐれ。次はこうはいかないからな」

言い訳めいたことを言いながらリカルドは球を拾い、今度は自分からサーブをした。翼は球を打ち返した。それをリカルドが打つ。ラリーが二回ほど続いたのち、翼がフォアハンドで打った球にリカルドは追いつけなかった。またしても翼のポイントだ。

「おい、リカルド」たまらずといった感じで信太が声を発した。「てめえ、なに遠慮してんだよ。素人相手に遊んでんじゃないって」

「いや、こいつ……」

「黙れ、ブラジル野郎。そんなんだからお調子者とか言われるんだよ」

信太はリカルドを強い調子で非難する。もともとこの二人は決して仲がいいとは言えない。どちらが啓介のナンバー2に相応《ふさわ》しいか。常日頃からそれを争っているのだ。ただし現状においては信太の方が圧倒的にリードしている。信太の父親は清水港近くで水産加工会社を経営していて、来年にはPTA会長になるとも言われている。一方、リカルドの父親は零細企業に勤める工員だ。その差は歴然としている。

「やめろよ、二人とも」啓介は口を挟んだ。「どうでもいいって。それより何かつまらなくなったな。信太んちに行ってプレステでもやろうぜ。おい、毛利。ラケット盗むんじゃないぞ」

そう言って啓介はその場を離れた。すぐに信太とリカルドが追いついてくる。リカルドが後ろで言った。

「啓ちゃん、ごめん。でもあいつ、絶対素人じゃないって。どっかでやったことあるんだよ、卓球」

啓介は耳を貸さなかった。翼が素人であるのは動きを見れば明らかだった。初めてラケットを握った者があれほどの動きを見せる。翼の身体能力の高さを見せつけられたような気がして、それがたまらなく悔しかった。

啓介の自宅は卓球場の裏手にある二階建ての一軒家だ。信太の家で遊んでから帰宅すると、外の駐車場に見慣れぬ軽自動車が停まっていた。「ただいま」と言って家に入る。ダイニングのテーブルに父の広志がいた。ネクタイを緩め、ウィスキーを飲んでいる。母の亮子《りょうこ》はキッチンで夕飯を作っていた。お客さんがいる気配はない。

「お父さん、外に停まってる車は何？」

啓介は父にそう尋ねながら、父のつまみである小皿の上のナッツを一粒、口の中に放り込んだ。ナッツはしょっぱかった。父はウィスキーを呷《あお》るように飲んで答えた。

「あれ、俺の車だ」

外に停まっていた車を思い出す。お世辞にも格好いい車とは言えなかった。白い軽のミニバンだった。

「えっ？　ベンツは？　ベンツはどうしちゃったの？」

白のベンツＥ２００ステーションワゴン。それが父の愛車だった。これまで父は何度も車を乗り換えてきたが、その中でも今のベンツは啓介も気に入っていた。

「売ったんだ。事情があってな」

父が言った。すでに酔っているようで目が充血していた。何だかいつもの父ではないような気がした。

父は実業家だ。実業家というのがどのような仕事なのか、啓介にはいまいち理解できなかったが、要するにいろいろな仕事を同時進行でおこなうのが父の仕事であると啓介は理解していた。最近では海外からサプリメントを輸入し、それをネット通販で売っているようだ。その売り上げを投資などに回しているらしい。

「啓介、あと少しでご飯できるわよ」

母に言われ、啓介は「はーい」と返事をして、自分の部屋にランドセルを置きに行こうとした。すると背後から父に声をかけられる。

「啓介、こっちに来なさい。話がある」

嫌な予感がした。できれば行きたくなかったが、逆らうことはできなかった。啓介はランドセルをフローリングの上に置き、父のもとに向かった。椅子に座ると父が話し出した。

「突然の話だが、引っ越すことになった。この家を手放さなきゃならないんだ」

その意味を理解するのに数秒を要した。嘘だ、そんなの嘘だ。そう言いたかったが、言葉がうまく出なかった。父が続けて言う。

「お前も五年生になるんだから、少しは大人の事情というものがわかる年齢だろ。簡単に言うとだな、ちょっと商売でしくじってしまってな、お金を用意しないといけない羽目になった。ベンツを売ったのも、この家と土地を手放すのもそのためだ」

信じたくない思いもある一方、思い当たる節がないわけでもなかった。一ヵ月ほど前から父の様子はおかしかった。家ではあまり酒を飲まない人だったが、急に飲むようになった。しかもかなり酔っ払ってしまうので少々怖かった。酔って母を怒鳴っていたこともある。携帯電話で怒鳴るように話している姿も何度か見かけた。別人のようだった。

「引っ越すのは来月の中旬くらいだ。急な話ですまんな」

今は九月の第二週なので、本当に急だ。ただ、この時点で啓介はまだ楽観していた。引っ越すといっても近所のアパートかマンションあたりに引っ越すのだろうと思っていたのだ。しかし父の次の言葉で啓介の心は大きく揺り動かされた。

「引っ越し先は東京の大田区《おおた》だ。向こうの学校にもすぐに慣れるだろ」

頭の中が真っ白になる。転校するとは考えてもいなかったからだ。東京の大田区は母の実家があるので、啓介にとって馴染みのある土地だ。夏休みを丸々過ごしたこともある。しかし転校となると話は別だ。あちらでも友達ができるのか。都会の洗練された子たちとうまくやっていけるのか。不安が洪水のように押し寄せてくる。

「しばらく大田区の実家に居候して、あっちでの仕事が軌道に乗ったらマンションでも探すつもりだ。お祖父《じい》ちゃんの会社で働かせてもらうことになったんだ」

母方の祖父は大田区内で電子機器メーカーの下請け会社を経営していた。そこで働くということだろうが、少し意外だった。母方の祖父は職人気質な人で、父とうまくやっていけるとは思えなかった。

「卓球場は？　卓球場はどうなっちゃうの？」

一番の気がかりはそれだった。ここを引き払うのであれば隣接した卓球場も同様だろう。父がウィスキーを注《つ》ぎ足《た》してから言った。

「新しい所有者次第じゃないか。今野君《こんの》にはさっき電話で伝えたよ。若林《わかばやし》さんには今週一杯で辞めてもらおうと思ってる」

今野君というのは清水少年卓球クラブのコーチを務めている大学生であり、若林さんは卓球場の受付をしている近所の主婦だ。あの卓球場がなくなってしまう。その意味するところは大きかった。

啓介がラケットを握ったのは物心がつく前だった。保育園から帰ってくると卓球場に直行し、祖父に卓球を教わるのが毎日の日課だった。ときにはあまりの辛《つら》さに涙を流すこともあったようだが、翌日にはケロリとした顔で卓球場に向かっていったらしい。啓介が五歳のとき、東京のお笑い芸人が女性アナウンサーと一緒に地方の町を散歩するという番組収録がこのあたりでおこなわれ、そのときにたまたま卓球場がとり上げられた。当然、涙ながらに練習している啓介の姿も全国ネットで放送され、啓介は憶えていないが、泣き虫卓球少年としてかなりの反響があったそうだ。

「……あっちでも……卓球やれる?」

卓球は啓介にとって単なるスポーツというだけではなく、もっと大きな存在だった。勉強でもスポーツでも誰にも負けたくないという啓介の対抗心は、他競技——たとえば野球やサッカーといった比較的人気の高いスポーツ——に対するコンプレックスの裏返しだった。特に清水という土地柄、子供たちの間ではサッカー人気が高く、卓球なんかは基本的に見向きもされないのが現実だ。

「近くにクラブがあればいいんだが」ウィスキーのグラスを回して父が言う。「どうせ中学校では卓球部に入るんだろ。それまでの我慢だな」

父がテレビに目を向けた。この話はもう終わりだ。そう言いたげな態度だったが、啓介自身はどこか釈然としなかった。あまりにも急な話で理解が追いついていない。清水ヶ丘小から転校しなくてはならず、しばらく卓球もできなくなってしまう。そんな馬鹿な話があってたまるものか。

啓介は立ち上がり、階段を駆け上って自分の部屋に入った。後ろ手でドアを閉める。母が階下で何か言っていた。夕飯の支度ができたのかもしれないが、さきほどまで感じていた空腹は消え去っている。

壁に貼られたポスターを見る。赤いユニフォームを着た卓球選手だ。名前は馬彪《マーヒョウ》といい、先月おこなわれた北京《ペキン》オリンピックの金メダリストであり、啓介の憧れの選手だ。学校のクラスメイトたちは夏休み後のプールの時間に、水泳競技の北島康介《きたじまこうすけ》の真似をして「なんも言えねえ」と連呼していたが、啓介にとっての北京オリンピックの象徴的シーンとは、卓球男子シングルスの決勝戦における馬彪の鬼気迫るプレイだった。

本当にしばらく卓球ができなくなってしまうのか——。その事実がたまらなく悲しく、啓介はその場で尻をつき、両膝の間に顔を埋めた。

※

昼休みのことだった。青木が職員室のデスクで書類を眺めていると、「失礼します」という声とともに三人の女子児童が入ってくるのが見えた。彼女たちは真っ直《まっす》ぐ青木のもとまでやってくる。三人とも五年一組の、つまり青木のクラスの児童だった。

「どうした？　お前たち。怖い顔しちゃって」

敢《あ》えて茶化すような口調で青木は声をかけた。三人とも口を真一文字に結び、深刻そうな顔つきをしている。彼女たちの顔を見て青木は嫌な予感がした。クラスで問題が発生したら、それは即《すなわ》ち担任の責任問題に発展することを意味している。

「実はね、先生」と代表して一人の女子児童が話し出す。「優奈《ゆな》ちゃんのお財布が盗まれたの。ロッカーに入れてたけど、なくなっちゃったんだって。さっきからずっと探してるけど見つからないの」

マジか。思わずそんな言葉が口に出てしまいそうだったが、青木は何とか言葉を飲み込んだ。児童の財布が紛失する。大変由々しき問題だ。

「おい、柏木《かしわぎ》。本当なのか?」

一番後ろにいる女子児童に声をかけた。二人に押し出されるようにして柏木優奈が前に出た。女子児童の中ではかなり優秀な子で、一学期は学級委員を務めた。こういう目で見てはいけないと思うが、美形の部類に入る顔立ちをしている。

「……はい、本当です。いくら探しても見つかりません」

「ロッカーに鍵はかけてなかったのか?」

児童の使うロッカーは教室の外の廊下にある。四桁の暗証番号を設定する仕組みになっているが、面倒臭いのでロックをせずにそのまま使っている子が多いのは青木も知っていた。

「……かけてませんでした。ごめんなさい」

「別に謝ることはない。どんな財布?　あ、ちなみにいくら入っていたんだ?」

「ピンク色の二つ折りの財布です。入っていた金額なんですけど、それがその……二万円入ってました」

「二万って柏木、随分大金じゃないか」

小学生にしては大金だ。今の青木の財布の中身は一万円にも満たないというのに。

「実は……」

優奈が事情を説明する。今週末、二歳下の弟の誕生日のようで、彼のための誕生日プレゼントを買うため、父から二万円を渡されていたそうだ。小学生の誕生日プレゼントの予算が二万円というのもどうかと思うが、彼女の財布がなくなってしまったのは間違いないらしい。まったく頭が痛い問題だ。

「でも盗まれたとは限らないだろ。どこかに落としたのかもしれないわけだし」

「盗まれたんだってば、先生」別の女子児童が断言する。「一時間目の休み時間にはあったんだって。で、お昼休みになって手を洗って、タオルをロッカーから出したときになくなっていることに気づいたの。誰かが盗んだに違いないわよ、絶対」

「落ち着きなさい。まずはもう一度しっかりと探してみようじゃないか」

青木は腰を上げ、三人とともに職員室から出た。青木と柏木は教室周辺を、あとの二人は下駄箱やトイレなどを探すことにする。昼休みということもあり、五年一組の教室にはあまり児童が残っていなかった。今日は天気もいいので外で遊んでいる子が多いようだ。優奈のロッカーと机の中を念入りに探したが、やはり財布は見つからない。さらに掃除用具の入ったロッカーや教壇の下などを入念に探してみても、結果は同じだった。

「先生、何やってんの？」

ゴミ箱の中を漁《あさ》っていると、そう声をかけられた。井上リカルドだ。その後ろには郷家信太と三崎啓介の姿もある。いつもつるんでいる三人組だ。リーダーの三崎に従う二人の子分という構図だが、五年一組の中のピラミッドの中でも最上位にいる三人組だ。新米教師とはいえ、青木もそのくらいのクラスの実情は一学期を通じて把握している。

「ん？　ちょっとな」

「ゴミ箱なんて漁っちゃってさ。もしかして探し物？」

答えに窮する。まだ見つかる可能性も残っているので、現時点では大騒ぎしたくなかった。するとそのとき、教室の後ろのドアから優奈が入ってきた。別の場所を探していた二人の姿もある。三人は残念そうな表情で首を横に振った。まだ見つからないのか――。

チャイムが鳴り響いた。昼休みの終了を告げるチャイムであり、あと五分で五時間目が始まる。青木は三人のもとに向かった。

「見つからなかったか？」

青木が尋ねると、代表して優奈が答えた。

「はい。どこにもありませんでした」

「そうか。また次の休み時間にも探してみよう。先生からみんなにも言ってみるから」

五時間目は理科だった。青木はいったん職員室に戻り、必要なプリントなどを用意してから再び五年一組の教室に戻った。

クラスの子の財布が紛失した。かなりの大問題である。こういう場合のマニュアルがあるわけではないが、絶対にやってはいけないのは盗難であると断定し、犯人探しをすることだと以前教わったことがある。教師というのは警察ではない。クラス全員の所持品検査をするなどもってのほかだ。それこそ保護者たちの逆鱗《げきりん》に触れてしまう。

チャイムが鳴り、五時間目の授業が始まった。起立・礼・着席を終えてから、青木は教室を見回して言った。

「授業の前にみんなに話しておきたいことがあるんだ。実はね、柏木優奈のお財布がなくなってしまったらしいんだよ」

クラス内がどよめく。特に女子児童たちは優奈に向かって同情の声を寄せている。青木は続けて言った。

「二つ折りのピンク色の財布だ。もしどこかで見かけたら先生か柏木に教えてくれ。じゃあ授業に……」

すると一人の児童が大きな声で言った。例の三人組の一人、お調子者の井上リカルドだ。

「先生、誰かが財布を盗んだってことはないんですか？」

さらにどよめきが大きくなる。井上の奴、余計なことを言いやがって。内心溜め息をつき、青木は手を叩いて児童たちの動揺を押し鎮めた。

「紛失しただけだ。ほらほら、授業を始めるぞ。ええと、教科書の……」

一度ついた火種はなかなか鎮火してくれない。少々ざわついた空気の中、青木は黒板に向かってチョークを走らせた。

※

六時間目は体育だった。啓介たちはグラウンドで運動会に向けた練習をおこなっていた。今は全員でダンスの練習をしている。女子は比較的熱心に踊っているが、男子の多くは気乗りしていないことが明らかだ。

「おい、男子。もっとちゃんと踊るんだ」

担任の青木の檄《げき》が飛ぶが、男子たちはニヤニヤしながら中途半端に踊るだけだ。単純に恥ずかしいだけであり、本番になれば誰もがしっかり踊るはずだ。

やがてダンスの練習は終わり、リレーの練習をすることになった。青木が名前を読み上げ、奇数と偶数に分かれていく。啓介の名前は最後から二番目に呼ばれた。

「よーし。じゃあ一回通しで走ってみるぞ。休んでいる者のところは飛ばしていいからな」

青木がホイッスルを吹くと、第一走者が走り出した。足の遅い者からスタートすることになっているので、やはり第一走者は遅い。リカルドが近づいてきて、啓介に向かって言った。

「啓ちゃん、柏木の財布を盗んだ奴、誰だと思う？」

「さあな。そんなの知るかよ」

女子たちの間では放課後に捜索隊を結成する話まで出ているそうだ。

「でも柏木も可哀想だよな。啓ちゃん、俺たちも一緒に探してやろうか」

「面倒だな。放っておいていいだろ」

リカルドが少し意外そうな顔でこっちを見ていることに気づいたが、啓介はそれを無視してグラウンドに目を向けた。

柏木優奈とは一学期に一緒に学級委員を務めた仲だ。女子では一番頭が良く、可愛い子だった。周囲にも啓介と優奈はお似合いのカップルと認められており、啓介も満更ではなかった。そんな優奈の財布が紛失したとなれば、本来であれば率先して捜索に乗り出すところだが、今はそんな心境ではない。昨夜、父に切り出された話が啓介の心に重くのしかかっていた。

自分が転校することになるとは想像もしていなかった。一晩経った今でも啓介はその現実を受け止められずにいた。この学校から去るのも淋しかったし、転校生として新しい学校に行くのも嫌だ。

「うわ、信太、前より遅くなってんじゃねえの」

リカルドがそう言って笑う。ぽっちゃり体型の信太は体育があまり得意ではなく、足もそれほど速くない。ドタバタと走るその様子は見ていて滑稽だった。啓介はリカルドの肩のあたりを小突いた。

「笑ってんじゃねえよ。信太も一生懸命走ってんだから」

「ごめん、啓ちゃん」

「そろそろリカルドの番だろ。準備した方がいいんじゃないか」

「そうだね」

リカルドが順番待ちの列に並んだのを見届けてから、啓介は屈伸運動をしたりアキレス腱《けん》を伸ばしたりと準備運動を開始した。するとそのとき、校舎の方から二名の女子児童が歩いてくるのが見えた。二人は啓介のクラスメイトだったが、体操着を着ていない。授業を休んでいる見学組だ。

二人は担任の青木のもとに向かい、何やら話していた。青木の表情が曇っていくのが見ているだけでわかった。不測の事態が生じたのは明らかだが、青木の異変に気づいたクラスメイトはほかにいないようだった。誰もが走っている仲間を応援している。

リカルドの番が回ってきて、バトンの受け渡しに失敗した。バトンを拾い上げ、照れ隠しで舌を出してリカルドが駆けていく。そろそろ準備した方がいいだろう。啓介は順番待ちの列に並んだ。

担任の青木の顔色を窺う。スタートラインの近くに立ち、児童たちのバトンの受け渡しを見守っているが、やはりその顔は冴《さ》えないものだった。もしかすると紛失した優奈の財布問題に進展があったのだろうか。

やっと啓介の番が回ってくる。その場で軽くジャンプをしてから、スタートラインで待機した。前のランナーが徐々に近づいてきたので、間合いを気にしながら走り出す。バトンの受け渡しは成功した。あとは走るだけだ。

一周約二百メートル。その半周なのでおよそ百メートルだ。砂を蹴って啓介は走る。走りながら啓介は思った。俺は本番でも走ることができるのか。引っ越しは来月中旬だと父は言っていた。できれば運動会には参加したい。

あっという間に中継地点に差しかかる。アンカーの毛利翼が走り出すのが見えた。わざとバトンを落としてやろうか。そんな考えが脳裏をよぎったが、失敗するのが難しいほどの絶妙な速度で翼は走っていた。

バトンを渡す。翼が加速していくのを啓介は見送った。その背中はグングンと小さくなっていき、やがてコーナーを回った。驚くほどのスピードだった。女子たちの歓声が聞こえる。近くでクラスメイトがつぶやく声が聞こえた。

「毛利ってあんなに速かったっけ？」

「マジで速いな。陸上やった方がよさそうなレベルじゃん」

誰もがその走りに魅了されている。アンカーは半周ではなく一周走る決まりになっていた。啓介もいつしか翼の走りに見入っていた。翼が一周走り終えると女子児童たちが拍手で彼の走りを称えた。翼はバトン片手に照れたようにうつむいている。

クラス対抗リレーのアンカー。本来なら自分が立っているべき位置だ。しかし自分は最後から二番手という立場に甘んじ、しかも運動会に参加できるかどうかも微妙なのだ。

ふざけやがって。

啓介は周囲の誰もこちらを見ていないことを確認してから、黙って砂を蹴り上げた。

※

「おい、何言ってるんだ。うちの息子が他人の財布を盗んだりするわけがないじゃないか」

青木の目の前では信太の父親、郷家信義が顔を真っ赤にして怒鳴っている。場所は職員室の隣の応接室だ。今週に入って二度目のご登場だ。郷家をここに呼んだのには深い理由がある。

六時間目の体育の授業中のことだった。リレーの練習をしていると、体調不良で見学していたはずの女子児童が二人、青木のもとにやってきた。二人は昼休みに柏木優奈と一緒に財布を探していた子たちだった。財布が見つからなかったことが悔しかったらしく、二人は思案の末、ある作戦を思いついた。あれだけ探して見つからないということは、やはり誰かが盗んだに違いない。だったら体育の授業中にクラスメイトの机を調べてしまおうという、何とも大胆な作戦だった。

しかしそれが功を奏した。ある児童の机の中から優奈の財布が見つかったのである。あろうことか、郷家信太の机だった。財布の中身もそのまま残されていた。

見つかってしまった以上、何もしないわけにはいかなかった。帰りの会が終了後、信太をこっそりと呼び止め、職員室に連れていって事情を訊いた。身に覚えがない。信太はそう証言した。そうか身に覚えがないんだな、じゃあお前は無実だ、帰っていいぞ。と言って解放するわけにはいかず、青木は学年主任に相談した。畠山《はたけやま》という四十代の学年主任のアドバイスに従い、仕方なく青木が父親に連絡したところ、わずか十五分後に郷家信義は学校にやってきた。恐るべきフットワークの軽さだった。

「うちはな、十分過ぎるほどの小遣いを与えているんだ。そこらへんの子供と一緒にするな。おい、お前。ひと月の小遣いはいくらだ？」

いきなり郷家に訊かれ、青木は戸惑いながら答える。

「僕はまだ独身なので、小遣いという概念がないというか……」

「じゃあそっちのあんたはいくらだ？」

郷家の視線が青木の隣に座っている学年主任の畠山に向かう。問題が問題なだけに、今日は畠山も同席している。

「私は……月に三万円ほどでしょうか」

「ふん、そんなもんだろうな」と郷家が鼻で笑う。「信太への小遣いは月に一万五千円だ。小学五年生にしては破格の金額だと俺もわかっている。でもな、金の使い方を覚えるのも勉強だと俺は考えているんだ」

　自分の小学校時代を思い返してみる。月に千円かそこらではなかったか。もし小遣いが足りなかったら
「だからな、うちの信太が他人の金に手を出すわけがないんだよ。いつでも俺に言え。日頃から信太にはそう言っているしな」

　信太も自分はやっていないと言っているわけだし、郷家の言い分は納得できるものだった。しかしそうなるといったいあの財布はどこからやってきたのかという問題が浮上する。考えられるのは……。

「うちの信太は誰かに嵌《は》められたんだ。そう考えるよりほかにないだろ。いったいどこのどいつだ？　うちの信太に濡《ぬ》れ衣《ぎぬ》を着せようとした不届き者は」

　ほかに真犯人がいる。論理的に考えればそうなってしまうのだ。しかしそれを暴き出すのは困難な作業であるし、できれば穏便に済ませたかった。財布が見つかったからひと安心。担任教師としてはそれで一件落着としたかったが、やはり郷家の腹の虫は収まらないようだ。

「警察には連絡したんだろうな。このままでは納得できないぞ」

「すみませんが」と青木は低姿勢で郷家に向かって言った。「警察への通報は現時点では考えていません。警察沙汰にするつもりはないので、その点に関してはご理解ください」

「馬鹿なことを言うな。このままうちの子のせいにして事件を終わらせる魂胆か」

「違います、そうではなくて……」

「違わないだろ。さっさと警察を呼べ。そして見つかった財布から指紋を採ってもらうんだ。うちの子の指紋が出てくることは絶対にないはずだからな」

モンスターペアレント。一昨日教えてもらったばかりの言葉だが、郷家を表現するのにこれ以上相応しい言葉はないように思われた。

「郷家さん、申し訳ございませんが」ここが正念場と感じたのか、学年主任の畠山が割って入ってくる。「警察に通報することはございません。郷家さんのおっしゃる通り、信太君の机に財布を忍ばせた子がいるのかもしれない。しかしそれを暴いて何になるというのでしょう？その子にも将来というものがあります。郷家さんのお気持ちはわかりますが、ここは何卒《なにとぞ》お引き下がりください」

畠山が膝に手をついて頭を下げたのを見て、青木も同じように謝罪の姿勢を見せる。郷家がわざとらしく咳払《せきばら》いをして言った。

「まあ、あんたたちがそこまで言うなら今回は大目にみようじゃないか。だがな、次に何かあったら承知しないからな」

郷家が立ち上がって応接室から出ていく。畠山と二人、下駄箱のある入り口まで追従した。まるで教育委員会の偉い人を見送るみたいで滑稽だった。郷家が去っていくのを見届けてから、畠山と並んで廊下を引き返す。畠山が溜め息交じりで言った。

「今後、ああいう保護者が増えていくって、こないだ出た研修でも言ってたよ。インターネットとか発達してるだろ。誰もが簡単にクレームを入れる時代になってきたからね」

通信機器の発展はめざましい。今年の七月、ソフトバンクからiPhoneという端末が発売された。これまでの携帯電話とは段違いに高性能で、電話機能がついた薄型パソコンのようなものらしい。青木もボーナスで購入を考えたが、今回は見送ることに決めた。

「でも青木先生も大変だよね。まだ若いし、現場の変化っていうのかな、そういうのを肌で感じていく世代になると思うよ。その点、俺なんてもう先が見えてるしさ」

職員室に入る。時刻は午後七時を回っているが、ほとんどの教師が自分のデスクで仕事をしている。教師というのは大変な仕事なのだ。

※

あーあ、つまんないな。地球なんて滅んじゃえばいいのに。

パレットの上で絵の具を混ぜ合わせながら、啓介はそんなことを考えていた。三時間目の図工の授業だ。テーマは『夏休みの思い出』で、夏休みに体験したことを絵に描いているのだった。啓介は北京オリンピックで金メダルを獲《と》った馬彪選手がガッツポーズをしているシーンを描いているのだが、その進捗状況は思わしくない。絵筆が全然進まないのだ。

引っ越しするのは間違いないようで、母は荷造りを始めている。卓球場も閉鎖になっていた。清水少年卓球クラブの面々には「改修のためしばらく卓球場を閉鎖します」とだけ伝えてある。今のところは信太やリカルドもそれを疑ってはいない。

図工室では席は決まっていないため、それぞれ好きなところに座っている。リカルドはいつものように啓介の左隣にいるが、いつも右隣にいるはずの信太はいない。

先週のことだった。柏木優奈の財布が信太の机の中から見つかったという、そんな噂が流れた。それはどうやら本当のことらしいが、信太は頑《かたく》なに自分の無罪を主張したようだった。いつものように信太の父親が応接室で怒鳴っていたという話も聞いた。真相は闇の中だが、その一件以来、信太は啓介たちと距離を置くようになった。財布泥棒の汚名が着せられ、クラス内における信太の序列が下がってしまい、本人もそれを気にしているようだった。小学生というのも複雑なしがらみの中で生きているのである。

「お、海水浴に行ったんだな、なかなか上手《うま》いじゃないか」

担任の青木が見て回っている。こちらに近づいてきそうな感じだったので、啓介は絵筆で適当に塗っていく。

父の酒量は増えていく一方だった。昨日も啓介の寝る時間までに帰宅することはなく、朝起きるとリビングのソファーでスーツを着たまま眠っていた。昨夜母から聞いたところによると、父の借金は一億円以上あり、自宅や卓球場を売っても足りないらしい。足りない分は東京の祖父が立て替えてくれることになったのだが、その条件というのは東京に引っ越してきて祖父の工場で働くというものだった。

母は言った。啓介にも迷惑かけるけど、うちの家族がやり直すためにはこれが一番いい方法だと思うの。あっちに行ったらお父さんも今みたいに好き放題できないはずだから。最後に羽根を伸ばしているのよ、今は。

啓介自身、転校するのは嫌だが、そのうち新しい環境にも慣れる、いや慣れるしかないとこ数日の間で腹を括《くく》っている。唯一の不安は卓球だ。

東京は静岡より卓球が盛んなので、ジュニア用の教室やクラブも多数あるはずだが、問題はそこに通うための費用だ。今までのように無料というわけにはいかないだろう。

東京でも卓球クラブに通いたい。昨夜母にそう告げると、母はこう答えた。一応お父さんに頼んでみるけど、いろいろと軌道に乗るまで難しいかもしれないわね。中学校に進学すれば部活があるんだし、それまでの我慢よ。

つまり中学校に進学するまでの一年半、卓球の練習ができないということになる。全農杯で戦った選手たちは皆、日夜練習を重ねている。そう考えると一年半のブランクというのはとてつもなく大きい。

「翼、上手いな。それはどこだ？ どこかのお寺か？」

「日光東照宮。夏休みに施設の遠足で行った」

「ふーん。ちょっといいか？ みんなにも見せてやりたいんだよ。はい、みんな注目」

青木が声を張り上げた。その声にクラスメイトたちが顔を上げて青木の方を見た。

「これ、翼が描いた絵だ。上手いよな。みんなも参考にするように」

茶色の楼門が描かれている。周囲は濃い緑の森だった。たしかに上手だ。小学五年生くらいだと、ともすれば漫画チックな絵を描きがちだが、ちゃんとした風景画になっている。

「翼君、上手いね」

「素敵。日光行ってみたい」

女子児童たちが口々に言っている。翼はやや赤面して下を向いていた。ここ最近、翼の評価がうなぎ上りだった。先週もリレーの練習でアンカーに相応しい走りを披露し、女子児童たちの注目を浴びていた。シャイな性格をしているが、見てくれも悪くない。それに児童養護施設に入所しているという、ミステリアスな感じも魅力的に映るのかもしれない。これまで翼など相手にしていなかった女子たちが、休み時間に彼に話しかけるシーンを見るようになった。

「調子に乗ってんじゃねえっつうの」

隣に座るリカルドが唇を尖《とが》らせる。啓介はそれを無視して、絵を仕上げることに専念した。

やがて三時間目の終了を告げるチャイムが鳴った。絵は次回提出することになり、青木が手を叩いた。

「片づけたら教室に戻るんだ。遅れるんじゃないぞ」

「はーい」

絵の具セットを片づけてから教室に戻った。四時間目は算数だった。自分の席についた啓介だったが、トイレに行っておこうと立ち上がった。教室から出ようとしたとき、ちょうど入ってきた翼と肩のあたりが触れ合った。たったそれだけのことだったが、なぜか腹が立った。

「待てよ、おい」

思わず呼び止めていた。自分が言っている台詞《せりふ》とは思えなかったが、気づくと声を発していた。さまざまな思いが頭の中で渦巻いていた。突然の引っ越しに対する戸惑い。リレーのアンカーの座を翼に奪われてしまった悔しさ。自分の人生はどうなってしまうのかという漠然とした将来への不安。ずっと胸の中に澱《おり》のように溜まっていた感情が、一瞬だけ表に出たような感じだった。

「あ、ごめん」

翼は謝り、そのまま立ち去ろうとした。が、気づくと手が伸びていた。啓介が肩を摑むと、翼が怪訝そうな顔をしてこちらを見た。駄目だ、そんなことをするな。優等生の三崎啓介がすることじゃないぞ。頭の中でそういう声が聞こえたが、手を止めることができなかった。

拳に、ゴキッという鈍い感触があった。翼が吹っ飛んでいく。その勢いで数台の椅子と机が倒れた。女子児童の悲鳴が聞こえた。

ああ、やってしまった。と思うと同時に、でもまあいいじゃないか、と頭の隅で冷静に考えている自分がいた。どうせ三崎啓介はもうすぐこの学校からいなくなるのだから。

※

「本当に参りましたよ。どうしてうちのクラスばかり次から次へと問題が起きるんでしょうか。勘弁してほしいっす、マジで」

青木はそう言って生ビールのジョッキを置いた。もう酔っ払ってしまったような気がする。もともとアルコールに強い体質ではなく、まだ一杯目だ。

「でもどのクラスも似たようなものだと思うけどね。だって青木先生、まだ一年目でしょう。よくやってると思うわ」

駅前にある居酒屋のカウンター席にいた。隣に座っているのは清水ヶ丘小学校の同僚である谷岡真紀《たにおかまき》だ。二歳上の彼女は二年生のクラスを担当している。残業が終わるタイミングがたまたま重なり——実はたまたまではなく青木が意図的に合わせたのだが——帰りに一杯飲むことになったのだ。

「本当にそうっすかね？　俺、やっていけますかね」

「やっていけるに決まってるじゃない。だってもう二学期だよ。あっという間に三学期が来て、気づけば一年が終わってるわよ。弱気になってる暇があったらビール飲みなさいって」

真紀がそう言って肩をぶつけてくる。大学時代はラクロスをやっていた真紀は見かけもボーイッシュであり、性格もあっけらかんとして一緒にいて楽しかった。どうにかしてお近づきになれないかと青木は虎視眈々《こしたんたん》と狙っているのだが、今のところチャンスらしきものはいっこうに訪れない。

「でも三崎君が暴力をふるうなんて、私には信じられないな」

「三崎のこと、知ってるんですか?」

「あの子、結構有名だからね。天才卓球少年としてテレビに出たこともあったみたいだし。かなり優等生だって聞いてるけど」

「そうなんですよ。だから俺も信じられなくて」

今日の三時間目が終わったあとの休み時間のことだった。教室で事件が発生した。加害者は三崎啓介、被害に遭ったのは毛利翼だった。いきなり啓介が翼をグーで殴ったというのだった。騒ぎを聞きつけ、青木は教室に急行した。翼は唇から出血が見られたので、保健室に連れていった。口の中を切っているだけなので病院に行く必要はないだろうというのが養護教諭の見立てだった。啓介を職員室に呼んで事情を訊いた。ムカついたから殴った。啓介はそう言うだけで、詳しい事情を話そうとしなかった。

「でも翼君の施設の方に感謝しないといけないわね。面倒な親、最近多いから」

「その点はラッキーでしたよ」

今回の出来事を翼が入所する児童養護施設に伝えたところ、応対してくれた同施設の施設長は電話口で笑って言ってくれた。子供同士の喧嘩《けんか》なのでまったく問題ありませんよ、と。

「理解のある施設長で助かりました。まさに人格者ってやつでしょうか」

隣に人の気配を感じた。空席だったカウンター席に一人の男が腰を下ろした。ジーンズに派手なアロハシャツを着ているその男は、驚くほどにイケメンだった。水も滴るいい男、というのはこの男のためにある言葉ではないかと思ったほどだ。

「生ビールください。それと……」

男は一人のようだ。店員を呼び止めて注文する。若い女の店員は顔を赤らめて注文内容を聞いている。女の店員が去ってから、男はおしぼりで顔を拭いて、大きく息を吐いた。男を横目で見ながら青木は話し出す。

「ほかの子にも話を聞いてみたんですけど、どうやら三崎が一方的に毛利に嫉妬していたみたいですね。運動会のクラス対抗リレーのアンカーが翼に決まったことが悔しかったらしいです。三崎はプライドが高いんでしょうね。あいつはこれまで勉強も運動もクラスで一番でしたから。それが今回……」

真紀の視線が気になった。席を一つ飛ばし、アロハの男の横顔に釘《くぎ》づけになっている。するとそのとき驚くべきことが起きた。いきなりアロハの男が話しかけてきたのだ。

「ねえねえ、もしかしてお兄さんたち、清水ヶ丘小の先生じゃない？」

一応先輩教師の意向を伺っておこうと隣を見たが、真紀は困ったように首を傾《かし》げるだけだった。突然話しかけられたことに困惑している様子だった。仕方ないので青木は答えた。

「ええ、そうですが……」

「やっぱりね」そのタイミングで生ビールが運ばれてきた。若い女の店員からジョッキを受けとり、男は続けた。「そうじゃないかと思った。今お兄さんが話してた毛利って、にじいろの毛利翼のことじゃない？」

翼が入所している児童養護施設の名称は〈にじいろ〉だった。清水ヶ丘小の学区内にある施設で、幼児から高校生まで合わせて三十名程度が暮らしていると聞いている。各学年に一人か二人の割合で同施設から通っている児童がいた。

「翼を……毛利翼をご存じなんですか？」

「俺が一方的に知ってるだけで、向こうは俺のことなんて憶えちゃいないと思うけどね」

どういう意味だろうか。さっぱりわからない。男の口調は軽妙で、本気で言っているのか嘘をついているのか、そのあたりの判別がつかなかった。しかし男は翼の名前や彼が入所している施設の名称も知っていた。少なくとも多少の面識はあると考えてよさそうだ。

「今チラッと耳に入ったんだけど、翼の奴、喧嘩したんだって？　相手の子、ミサキっていうんだね。ツバサ君とミサキ君は仲良くしないといけないよね」

男の年齢は二十代半ばから後半といったあたりか。アロハシャツという服装からしてサラリーマンには見えなかった。どこか浮世離れしているのはあまりにも顔が整い過ぎているせいか。テーブル席に座る女性客もたまに男に目を向けている。都会的な雰囲気が漂っており、地元の人間には見えなかった。東京あたりから来ているのかもしれない。

「翼はどう？　クラスでうまくやってる？　あいつ、内向的なところがあるからなあ」

答えるわけにいかない。飲み屋でたまたま居合わせた客に児童の情報を明かす。それが厳禁であることくらいは青木にもわかっている。

「すみません、そういうことを教えるわけには……」

「そっちのお姉さん」いきなり男が真紀に話しかけた。「お姉さんも学校の先生なんでしょ。お姉さん、彼氏いるの？」

「な、何なんですか、いきなり」

真紀が照れたように頰を赤らめた。こういう彼女の表情を見たのは初めてだった。イケメン恐るべしだ。

「いいじゃんいいじゃん。教えてよ。彼氏いるの？　いないの？」

「……いませんが」

脇腹を突かれる。アロハの男が意味ありげな笑みを浮かべて肘で青木の脇腹を突いているのだった。男が訊いてくる。

「お兄さんたち、ポニョ観た？　崖の下のポニョ」

スタジオジブリの映画のことだ。夏休み映画で、児童たちの間でも話題になっていた。青木はまだ観ていない。しかし崖の下ではなく、崖の上だ。

「二人でポニョ観てきたらどう？　面白いかどうかはわからないけど、やっぱり流行《はや》ってるのは観てきた方がいいって」

男の意図がわからず、青木は何も言うことができなかった。単なるお節介な客に見えるが、そうかと思えば翼のことを知っているし、どうにも妙な感じの男だ。

青木は隣に座る真紀に目を向けた。彼女もこちらを見ていた。青木の思いが伝わったようで、真紀は身支度を整え始めた。青木はコロッケの付け合わせのキャベツを食べ、残っていた生ビールを飲み干した。バッグを持って立ち上がろうとすると、男が声をかけてきた。

「帰っちゃうの？　青木先生」

名乗った覚えはないが、名字で呼ばれた。少々薄ら寒さを感じつつ、青木はぎこちなく笑った。

「……お先に失礼します」

「あ、先生」男が手を伸ばし、青木の持つバッグを摑んだ。「翼のことよろしく頼むよ。マジで頼む。あいつのことを見守ってやってほしい。あいつがやりたいこと、思う存分やらせてやってくれよ」

男と視線が合う。決して冗談を言っている風ではなく、何かを切実に訴える目つきだった。

「失礼ですが、あなたはいったい……」

男は答えず、バッグから手を離した。ちょうど店員が鶏《とり》の唐揚《からあ》げを運んできて、男の前に置いた。男が唐揚げにレモンを絞り、食べ始める。真紀がレジの前に立っているのが見えたので、彼女だけに支払わせてはいけないと、青木は慌てて店内を走った。

※

今日は土曜日だった。啓介は一人、自転車を漕《こ》いでいる。普段であれば学校が休みの日は大抵卓球場にいて、クラブの仲間と練習をしたり、客を相手に試合をしたりしているのだが、すでに卓球場は閉鎖となってしまった。卓球のない休日というのはこれほどまでにつまらないものなのか。啓介はそれを実感していた。

赤信号だったので啓介はブレーキをかけた。自転車を停め、ズボンの中から紙片を出した。家のプリンターで出力したこのあたりの地図だ。

クラスメイトの毛利翼を殴ってしまったのは昨日のことだ。当然、三崎家にも連絡が入り、両親の耳にも入ってしまった。飲んだくれの父は何も言わなかったが、母にはこっぴどく叱られた。直接翼に謝ってくるよう、母に言われたのだ。だから今、啓介は自転車に乗って翼の暮らす児童養護施設に向かっている。

青信号に変わったので再び自転車を発進させる。啓介の自宅は清水ヶ丘と呼ばれる住宅街の中にあるのだが、今は港の方に向かって自転車を走らせている。清水ヶ丘小の学区内とはいえ、普段はあまり訪れない場所なので土地勘もない。地図を頼りにようやく目当ての施設に到着したとき、啓介の着ているTシャツはじっとりと汗ばんでいた。

〈にじいろ〉というのが児童養護施設の名称だった。自転車を停め、開け放たれている門から中に入る。入ってすぐのところにバスケットコートほどの広さのスペースがあり、小学校低学年くらいの子供たちがボール遊びをしていた。その向こうに二階建ての建物がある。学校が小さくなったような建物だった。勝手に中に入ってしまって大丈夫だろうか。啓介が逡巡《しゅんじゅん》していると背後から声をかけられた。

「うちに何かご用かね」

振り返るとベージュの作業着姿の男が立っていた。掃除をしていたらしく、竹箒《たけぼうき》を手にしている。清水ヶ丘小の校長先生と同じくらいの年齢に見えた。つまり啓介にとってはおじいちゃんとも言える年齢だ。

「ええと、その……」

どう切り出そうかと思い、言葉に窮した。すると初老の男が笑みを浮かべて言った。

「君は三崎啓介君かい？」

「えっ？　はい。でもどうして……」

「翼に用があるんだろう？　君が来るかもしれないと思っていたんだ。こっちだ」

正面玄関の下駄箱の前で靴を脱ぎ、男が出してくれた来客用のスリッパを履いた。内部の造りは小学校のミニチュア版のようだった。廊下を歩いていると携帯電話の着信音が聞こえた。男が胸ポケットから携帯電話を出し、液晶画面を確認してから言った。

「すまないね。電話だ。この廊下の突き当たりの部屋に翼はいるはずだ」

男はそう言って携帯電話片手に廊下を逆方向に歩いていく。仕方ないので啓介は一人で廊下を奥に進んだ。廊下の壁には無数の絵が飾られている。ここに入所している子供たちが描いた絵だろうか。友達と遊んでいる絵が多かった。

少しずつ騒々しくなってくる。突き当たりの部屋のドアは開け放たれており、そこから子供たちの声が洩れ聞こえてくるのだった。中を覗くと七、八人の子供たちが遊んでいるのが見えた。男子グループと女子グループに分かれているようで、女子たちはぬいぐるみなどを使ったままごと遊びを、男子グループは座り込んで何やら工作に没頭しているようだった。男子グループの輪の中心に毛利翼の姿があった。

「お兄ちゃん、誰?」

女子グループの一人が啓介に気づき、そう声をかけてきた。まだ幼児とも言える年齢だった。その声に室内にいた子たちが一斉にこちらに目を向ける。啓介の存在に気づいた翼があごをしゃくる。中に入ってこいという意味だろうと判断し、啓介は中に入った。

翼たちは段ボールを鋏《はさみ》で切っていた。何を作っているのだろうと思っていると、翼がある物体を啓介に見せてきた。それは卓球のラケットを模した工作物だった。段ボールを幾重にも重ねて貼り合わせ、ガムテープで固定してあった。グリップの部分まで作られていた。素人が作ったにしてはよくできている。

「どうだ? 凄いだろ」見せびらかすように翼がラケットを見せてくる。「こないだ卓球やらせてもらって、どうにかして自分で作れないかと思ったんだ。ラケットの方はいいんだけど、ボールが上手く作れない」

翼がボールの形をした物体を段ボール製ラケットの表面に落とす。何度かバウンドさせたが、高さも方向もバラつきが見られた。ボールはセロハンテープをグルグル巻きにして作ったものらしい。

「貸してみ」

啓介がそう言って手を出すと、翼がラケットとボールを寄越してきた。セロハンテープ製のボールは表面に凹凸があり、これでは真っ直ぐ飛ぶわけがなかった。

「これじゃゲームは無理だな」

「まあしょうがないな。うちの施設、予算がないからさ。遊ぶ道具も全部自前なんだ」

学校にいるときと比べ、翼はだいぶ大人びているように見えた。学校では口数が少ない、物静かな子供だった。しかし今の翼はどことなくリーダー的な雰囲気さえ漂わせている。こちらが翼の本当の姿なのだろうか。

「三崎、俺に謝りにきたのか？」

啓介は動揺する。真意を知られたこともそうだが、それ以上に名字を呼び捨てで呼ばれたことに動揺した。クラスメイトのほとんどは啓介のことを「啓介君」とか「啓ちゃん」と呼ぶ。名字を、しかも呼び捨てで呼ばれることなど初めてだ。

「謝る必要はないって。どうせ大人に言われたんだろ、謝ってこいって。俺は本当に気にしてないから。その代わりと言っちゃあれだけど、一つ頼みがあるんだ」

翼が立ち上がり、正面から啓介の顔を見てきた。浅黒い顔に大きな目。着ているシャツは薄汚れて、ズボンの膝のあたりは破れていた。それでも翼の目は不遜な輝きを放っている。

啓介は自転車に乗っている。後ろを振り返ると、少し遅れて翼も自転車で追いかけてくる。翼の乗る自転車は籠付きのいわゆるママチャリと呼ばれるタイプのものだった。しかもチェーンに不具合があるのか、漕いでいるだけでガチャガチャという異音がした。一方、啓介の乗る自転車は去年の誕生日に買ってもらったマウンテンバイクだ。当然翼のママチャリは完全に見劣りするが、特に気にする様子もなく、啓介の後方で翼はママチャリのペダルを漕いでいた。

卓球場の前に到着した。閉鎖してしまったため静まり返っている。卓球場の前に自転車を停め、「ちょっと待ってろ」と翼に言い残してから、啓介は自宅に卓球場の鍵をとりに行った。鍵を手に戻ると、翼が爪先立ちで窓ガラスから中を覗いている。啓介は鍵を開けて卓球場の中に入った。たった数日間使われていなかっただけなのに、やけに黴臭《かびくさ》かった。

「今日は休みなのか？」

翼に訊かれたので、窓を開けながら啓介は答えた。

「まあな。事情があるんだよ」

「事情って？」

それには答えず、啓介はロッカーから卓球用具をとり出した。球をズボンのポケットに入れて、適当にラケットを選ぶ。ここで貸し出しているラケットは何年も前に買ったもので、ラバーも擦り減っているので試合などでは使えない代物だ。啓介の個人用ラケットは自宅の部屋に保管している。

殴ったことを許す代わりに卓球を教えてくれないか。それが翼の提案だった。特に断る理由もなかったし、啓介自身も時間を持て余していたため、翼に卓球を教えてやることにした。毛利翼というクラスメイトに興味があったというのも大きな理由だった。啓介に対して物怖《ものお》じせずに対等に話してくる同級生はこれまでいなかった。名字を呼び捨てされても不思議と嫌な気はしなかった。

「ほら、これ使えよ」

ラケットを翼に手渡した。ラリーを開始しようと思ったのだが、翼が質問してくる。

「これ、どうやって持てばいいんだ？」

そこから始めなくちゃいけないのか。でも素人なんだし、まあしょうがないよな、と啓介は一から説明を始める。

「握り方は二種類だ。握手をするように持つのがシェークハンド、親指と人差し指でラケットを挟むタイプがペンホルダーだ」

亡くなった祖父から聞いた話だ。もともとヨーロッパではシェークハンド、中国や日本などのアジア地域ではペンホルダーが主流だったらしい。かつてはペンホルダーが隆盛を誇る時代もあったようだが、九〇年代初頭から徐々にシェークハンドで戦う選手が活躍し始め、今では世界的にもシェークハンドが主流になっている。

「三崎は？　三崎はどっちで持つんだ？」

「俺はシェークハンドだな」

「じゃあ俺もそっちで」

翼がシェークハンドでラケットを握ったので、啓介はレクチャーを始めた。

「握る力はそれほど強くなくていい。三割くらいの力で握って、ボールがラケットに当たる瞬間に力を入れる感じだな。こっちの黒い方がフォア面で、こっちの赤い方がバック面。毛利はまだ初心者だから、フォア面だけを使って打てばいい」

啓介は球をポケットから出し、翼に向かって打った。翼は打ち返してくる。ラリーが続いていくごとに、翼の打つ球が力強くなっていく。やはり筋はいい。先日リカルド相手に打ち返したのもフロックではなさそうだ。

ラリーを続ける。翼はさらに上達していったのだが、それは上達しているのではなく、彼のフォームや構え方が自分に近づいているのだと啓介は気がついた。つまり翼は目の前にいる啓介をお手本として、物真似師《ものまね》さながらに動きを複製しているのだ。なるほど、こういうやり方もあるんだな、と啓介は内心舌を巻いた。

「三崎は将来卓球選手になりたいのか?」

ラリーをしながら翼が訊いてくる。初心者ながらラリーの途中で話ができるというだけでも、彼が並々ならぬ運動神経の持ち主であることを物語っていた。啓介は答えた。

「まあな。実業団に入りたいと思ってる」

日本に卓球のプロリーグはない。ただし実業団があり、前期と後期のリーグ戦をおこなっている。自動車会社や生命保険会社、銀行や医療機器メーカーなど、実業団のリーグに所属している企業は多い。啓介の夢はオリンピック出場だが、それはあくまでも夢であり、現実的な目標は実業団卓球部への入部だった。

「ふーん。いいな、それ」翼が球を打ちながら言った。「実は打ち込めるスポーツを探してたんだよね。俺、運動神経いいからさ。できれば将来稼げるスポーツをやりたかったんだ」

運動神経がいいのは認める。何しろ啓介からリレーのアンカーの座を奪ったのだから。

「俺、ああいう施設に入ってるから、あまり金のかかるスポーツは無理なんだよね。野球とかスノボとか。かと言ってサッカーとかチャラくてやりたくないし、そもそもチームプレーが苦手だし。その点、卓球はいいよな。一人でできるし、ラケットとかも高くなさそうだし」

卓球をナメているような口調が気になった。啓介は物心ついたときから卓球に慣れ親しんでおり、もはや人生の一部にまでなっている。

右足をグッと踏み込み、翼が打ってきた球を擦り上げるようにして打ち返した。ドライブという技術であり、縦回転のかかった球は速度が格段に跳ね上がるのだ。翼は何とか反応はしたものの、球を打ち返すことはできなかった。

「凄え、今のどうやんの？」

球を拾ってきた翼が目を輝かせてそう言ってくるが、啓介は素っ気ない口調で言った。

「無理だな、初心者には」

「そんなこと言わないで教えてくれよ。俺、ここに毎日通ってくるからさ」

「ていうか、時間がないんだ」なぜ翼に打ち明けようと思ったのか、啓介はわからない。しかし気づくと言葉が出ていた。「俺さ、近々引っ越すんだ。転校すんの。だからこの卓球場も閉鎖になった。悪いけどお前に卓球を教える時間はないってことだ」

翼は何も言わず、球を打ってくる。しばらくラリーを続けたあと、またしても啓介はフォアハンドのドライブを打った。翼は何とか食らいついたが、打ち返した球は明後日《あさって》の方向に飛んでいく。翼は走って球を拾いにいった。戻ってきた彼が言う。

「引っ越し、いつなんだよ」

「来月とか言ってたかな。あ、俺が引っ越すことはまだ内緒だからな」

「来月だったら、まだ時間あるだろ。三崎が引っ越すまでの間、俺に卓球教えてくれよ。ああいう速くて落ちる球、俺も打てるようになりたいんだよ」

卓球場も閉鎖となり、少年卓球クラブも解散となってしまった今、放課後の練習相手もいなくなってしまった状況だ。信太やリカルドを練習相手にするのもいいが、翼と練習するのも悪くないと思った。まともに喋ったのは今日が初めてだが、波長とでも言えばいいのか、どこか通じるものを感じていた。

「わかったよ、毛利。教えてやる。一回百円な」

「高っ。つうか俺、金なんて払えないし。あ、俺のこと名前で呼んでいいぜ。にいろでも名前で呼ばれるし、名字で呼ばれるのに慣れてないんだ」

「わかった。じゃあそうするよ、翼」

こそばゆい気分だが、決して不快ではなかった。啓介はラケットを握り、翼が打ってきた球をバックハンドで打ち返した。

※

それは昼休みのことだった。青木が廊下を歩いていると、向こう側から二人の男子児童が歩いてくるのが見えた。青木は自分の目を疑っていた。三崎啓介と毛利翼が連れ立って歩いているのだ。二人は笑みを浮かべて話している。この二人は先週騒ぎを起こした当事者同士だ。

「お、お前たち」

すれ違いざま、青木は思わず声をかけていた。二人は立ち止まり、怪訝そうな目つきで青木を見上げた。咳払いをしてから青木は言う。

「野暮なことを訊くようだが、仲直りしたってことだな」

二人は顔を見合わせ、同時に肩をすくめるような仕草をした。答えたのは啓介の方だった。

「仲直りも何も、俺たち喧嘩なんてしてないし」

「だってお前たち、こないだ……」

二人は青木を無視して廊下を歩き出し、角を曲がって姿を消した。どうなっているのだ、と青木は拍子抜けした思いでその場に立ち尽くした。そういえば先週、居酒屋で隣の席に座ったイケメンが言っていた。ツバサ君とミサキ君は仲良くしないといけないよね、と。まさにその通りになったというわけだ。

職員室に戻った。やりかけのテストの採点を始めようとすると、頭上で声が聞こえた。

「青木先生、よかったらコーヒー飲む？」

同僚の谷岡真紀が立っていた。手には紙コップを持っている。「ありがとうございます」と青木は紙コップを受けとった。そのまま真紀は自分のデスクに戻っていった。真紀とは受け持つ学年が違うため、少し席が離れている。今、真紀が座る二年生の担任のシマは彼女以外の教師は全員、席を外していた。これはチャンスではないだろうか。

青木は自分のデスクの下に置いてあるバッグを出し、中から一冊の分厚い本を出した。ハリー・ポッターのシリーズ最終巻だ。昨日書店で購入したものだ。

先週、居酒屋で飲んだ帰り道のこと。真紀に「青木先生、ハリー・ポッターの最終巻、読みました？」と訊かれ、青木は「まだ読んでないです」と答えた。最終巻どころか青木はハリー・ポッターの本を一冊も読んだことがない。映画さえも観ていなかった。

青木が立てた作戦はこうだ。まずは紙片に「今度映画でも観に行きませんか？」とメモし、そのメモを挟んだハリー・ポッターの本を真紀に手渡すのだ。

正念場だ。青木は本を手に立ち上がり、何食わぬ顔をして真紀の座るシマに向かう。自分でも心臓がバクバクしているのがわかった。まるで雲の上を歩いているようでもある。

「青木先生、どうしたの？」

気づくと真紀の前に立っていた。いけないいけない。緊張のあまり話しかけることもできなかったようだ。青木は気をとり直して真紀に言った。

「これ、よかったらどうぞ」

手に持っていた本を真紀のデスクに置いた。本を目にした真紀が言う。

「ハリポタの最終巻じゃない？　えっ？　もしかして私に貸してくれるの？」

「もちろんです。どうぞ」

「嬉しい。どうだった？　やっぱり最後は盛り上がった？」

実は第一巻さえ未読であるとは言えない。青木は調子を合わせた。

「すっごい盛り上がりました。やっぱりハリーは最強ですね」

するとそのとき一人の女性教師が青木たちの近くを通りかかった。四十代の女性教師でお局《つぼね》様的な立場にいる教師だった。真紀が手にした本を見て彼女が足を止めた。

「あら？　ハリー・ポッターじゃないの。もしかして死の秘宝？　私、読みたかったんだよね」

「青木先生に借りたんです」と真紀が応じる。何だか嫌な予感がしてならなかった。「あ、よかったら先生、先にお読みになりますか？　いいですよね？　青木先生」

「ええ、まあ」

いやいや駄目に決まっている。本の中に挟んである映画お誘いメッセージを読まれてしまったら一巻の終わりだ。どうしようか。今さら貸すのをやめると言い出すのも変だし、ほかに方法も思いつかない。

「やめとくわ。実はもう図書館に予約してあるの。三十人待ちになってたけど、気長に待つことにするわ」

そう言って女性教師は自分のデスクに向かっていく。青木は大きく息を吐いた。真紀が本を片手に言う。

「青木先生、遠慮なくお借りします」

「どうぞどうぞ。僕はもう読んだので返却はいつでもいいです」

青木は自分のデスクに戻る。ミッションは完了だ。あとはあのメッセージを読んだ真紀の反応にかかっている。いずれにしても落ち着かない日々が続きそうだ。

そろそろ昼休みも終わりだ。やりかけのテストの採点は放課後に持ち越すしかなさそうだった。五時間目の授業の配付物を持ち、青木は職員室から出た。廊下を歩いていると背後から足音が聞こえた。真紀だった。彼女は青木に向かって一枚の紙片を出してくる。

「青木先生、こんなの挟まってましたよ」

映画お誘いメッセージだ。青木は狼狽《うろた》える。

「ええと、こ、これはですね……」

紙片を青木に手渡し、真紀は駆け足で階段を上っていく。とり残された青木は紙片を見た。

「今度映画でも観に行きませんか?」という青木直筆のメッセージのあとに、おそらく真紀の字で「ぜひ行きましょう」と書かれていた。思わずガッツポーズをしていた。廊下を歩く子供たちが不審の眼差《まなざ》しを向けてくるので、青木は咳払いをしてとり繕った。

単純に嬉しい。たかが映画鑑賞だが、されど映画鑑賞だ。あの男に感謝しないといけないな、と先週居酒屋で偶然隣に座ったイケメンのことを思い出す。不躾《ぶしつけ》なあの男が彼氏の有無を真紀に訊いてくれたお陰だ。あのアシストがあったからこそ、青木は思い切って真紀を誘うことができたのだ。

名前も知らないイケメンに感謝の意を表しつつ、青木は廊下を先に急いだ。

※

「……みんなも驚いていると思うが、先生だってびっくりだ。でも三崎の家の事情なんだから仕方ない。三崎は一学期には学級委員もやってくれたし、みんなを引っ張ってくれるリーダーだった。運動会には参加できるそうだ。クラスで一丸となって運動会を頑張ろうじゃないか」

啓介は黒板の前に立っていた。少々気恥ずかしい。転校することが担任教師である青木の口から告げられたのだ。クラスメイトたちは動揺を隠せないようで、口々に何やら話している。その反応は有り難かった。まるで興味なし、みたいな反応が一番キツい。

「よし、三崎は席に戻るんだ。帰りの会を続けるぞ。ええと、手元のプリントを読んでくれ。夏休みの自由研究の展示について……」

帰りの会が終わり、青木が教室から出ていった。するとクラスメイトたちが集まってくる。転校を名残《なご》り惜しむ声が続々と寄せられる。「手紙書くよ」と一人の男子児童に言われたので「お前は絶対書かないだろ」と冗談めかして言うと、周囲の者たちがドッと笑った。暗いムードはあまり好きではない。

「あとしばらく、よろしく頼むよ」啓介はそう言いながら立ち上がり、一人の女子児童に向かって声をかけた。「柏木、ちょっといいか。話がある」

冷やかしの声が上がる。柏木優奈が困ったような視線を向けてくる。一学期に学級委員を務めた者同士であり、そういう噂があるのも知っていたので、啓介は周囲に向かってぞんざいな口調で言った。

「違うって、そんなんじゃねえよ。信太とリカルドも来てくれ」

啓介は教室から出た。三人がついてきていることを確かめながら廊下を進んだ。向かった先は音楽室だった。この時間は誰もいないことは確認済みだ。音楽室には先客がいた。窓を開けて、毛利翼が枠の部分に座っている。

翼の姿を見て、信太とリカルドが露骨に顔を歪《ゆが》めた。ここ数日間、啓介は翼と行動をともにすることが多い。休み時間も放課後もいつも翼と一緒にいる。それが二人にとって面白くないのだ。

「話って何？　私、これからピアノのお稽古なんだけど」

優奈が怪訝そうな顔つきで言ったので、啓介は説明した。

「悪いな、柏木。先週、お前の財布がなくなったことがあっただろ。その犯人がわかったんだ」

優奈の財布は信太の机の中から見つかったが、信太は身に覚えはないと主張した。財布の中身が無事だったこともあり、担任の青木は大袈裟《おおげさ》に騒ぎ立てることはしなかった。しかし真犯人の正体はいまだ闇の中だ。

「リカルド、お前がやったんだな」

啓介が名指しすると、リカルドが顔を真っ赤にして言った。

「急になんだよ、啓ちゃん。俺じゃないって。だって信太の机の中から出てきたんだぜ」

「翼が見たんだよ。三時間目の図工の時間、お前がこっそりと教室に戻っていくのを」

ここ数日、放課後は卓球場で翼と一緒に練習をしている。飲み込みの早い翼はすでにそこそこ啓介とも打ち合えるようになっていた。練習をしながら翼とはいろいろな話をした。その中で翼が証言したのだ。

優奈が財布の紛失に気づいたのは事件があった日の昼休みだった。そして六時間目の体育の授業中、優奈の友人が教室内を捜索、信太の机の中から財布が発見されていた。

「忘れ物をした。そんな言い訳でお前は図工室から抜け出した。そして柏木のロッカーから財布を盗み、信太の机に隠した。違うか？」

「俺じゃないって」リカルドが唾を飛ばして言う。「俺じゃないよ。忘れ物をしたのは本当だ。でも絶対に俺じゃない」

「じゃあ今の話を先生にしていいか？　あとは先生に判断してもらおうぜ」

急にリカルドが黙り込んだ。リカルドの背後の壁には昔の音楽家たちの肖像画が飾られている。ショパンもバッハもモーツァルトも変な髪型をしていた。もう逃げ場がない。そう判断したのか、リカルドが話し出した。

「あの日の朝、柏木が友達と話してるのを聞いちゃったんだ。弟の誕生日プレゼントを買うからお金をたくさん持ってきてるって。だから財布が盗まれたら大騒ぎになるだろうと思った。最近、啓ちゃんが信太とばかり話してるのが悔しかった」

だから財布泥棒の罪を信太になすりつけたのか。一応リカルドの企《たくら》みはうまくいったと言える。いまだに信太への疑いは晴れていないからだ。

「リカルド、信太と柏木に謝れ」

啓介がそう言うと、リカルドは素直に頭を下げた。

「ごめん」

「もういいかしら」と優奈が面倒臭そうに言う。「私は財布もお金も戻ってきたし、実際のところどうでもいいんだよね。じゃあそういうことで」

優奈は足早に音楽室から出ていった。ただしこれで一件落着というわけにはいかなかった。

信太が唇を尖らせた。

「ちょっと待ってよ。みんなはいまだに俺がやったと思ってんぜ。俺は納得できないね」

こうなるだろうと予想はしていたので驚きはない。やはりリカルドに自首させるしか方法はないだろうか。どうやって収拾しようか考えていると、ずっと黙っていた翼が口を開いた。

「俺がやったってことにしてもいいぜ。そうだな……金が欲しくって柏木の財布を盗んだまではよかったけど、怖くなって近くの机の中に入れた。こういうのはどうだ？　ほら、俺と信太の席はそんなに離れていないし」

「何言ってんだよ、翼。お前が……」

「いいんだよ。俺がやったことにすれば一番いい。その代わり、俺を三崎軍団に入れてくれよ。だってほら、啓がいなくなっちゃうと三崎軍団は実質的に信太とリカルドの二人きりになってしまうだろ。だから俺が加入すればちょうどいいんじゃないか」

意味のわからない交換条件だ。しかし翼はすでに決まったことだと言わんばかりに歩き出している。

「明日の朝の会でみんなに言うよ。啓、今日も卓球教えてくれるんだろ。先に行ってるからな」

翼はそう言い捨てて音楽室から出ていってしまう。短い付き合いだが、懐が深いというか、常識では推し量ることのできない奴だった。もっと早く友達になっておけばよかったと啓介は心の底から思っている。

啓介は二人を交互に見た。リカルドは下を向いて唇を噛んでいた。一方の信太はまだ納得していないのか、不満そうな表情だ。啓介は二人に向かって言った。

「二人ともしけた面してんじゃねえよ。卓球場行こうぜ。翼もそれなりに打てるから、四人でダブルスやろうぜ。ほら、早く」

催促するように啓介が手を叩くと、やがて二人がこちらに向かって歩いてきた。

「ただいま」

帰宅したのは午後七時過ぎだった。三崎家では夕食は午後七時からという決まりだったので、少し遅れてしまったことになる。最近父はほとんど夕食は食べないのだが、今日は珍しいことに父がダイニングテーブルの椅子に座っていた。すでに酔っているようで顔が赤い。

「遅かったじゃないか、啓介」

「友達と卓球やってたから」

大いに盛り上がった。啓介と翼が組み、信太・リカルド組と戦うと、初心者の翼がいい意味でのハンディキャップとなり、対戦が白熱するのだ。組んで戦っているうちに信太とリカルドのわだかまりも解けていったようで、それが何よりも嬉しかった。

「啓介、こっちに来なさい。話がある」

父が偉そうにそう言った。父から話があると言われ、いい話だったことは一度もない。啓介は洗面所で手を洗ってからダイニングテーブルに向かった。今日の夕食はカレーライスであるのは漂っている匂いでわかった。啓介が椅子に座ると父が酒臭い息を吐きながら話し出した。

「二つある。まず一つめだが、こっちはいいニュースだ。引っ越したあとも卓球できるぞ。蒲《かま》田《た》ジュニア卓球クラブというチームがあるようでな、そこに通わせてやる」

「マジで？　いいの？」

「いいに決まってるだろ。強いクラブらしいからな。コーチもそこそこ有名な選手らしいぞ」

素直にうれしかった。クラブ名にも聞き憶えがあった。ここ最近の卓球界の傾向として、若いうちに多く練習を積むのが重要視されている。小学生から卓球を始めるのは当たり前、中学生からでは遅いとまで言われている。

「それともう一つ、引っ越しの日程を前倒しすることになった。ええとな……」

続けて父が口にした日付を聞き、啓介は絶句した。一応壁に貼られたカレンダーを確認する。間違いない。その日は運動会の当日だ。あと二週間を切っている。

「お父さん、その日は……」

「知ってる」遮るように父が言う。「運動会なんだろ。俺だってそのくらいは知ってるさ。でもな、どうしても早めにこの家を空ける必要が出てきたんだ。子供のお前に言ってもわからんかもしれんが、今な、世界中の景気がヤバいんだよ」

連日のようにニュースでやっているので啓介も知っている。リーマン何とかというアメリカの大きな会社が潰れて、世界中で株が急落しているそうだ。

「しかも引っ越し業者の都合もあって、急遽《きゅうきょ》その日に決まったんだ。悪く思わないでくれ。明日、母さんから学校に伝えてもらうから。それとさっき不動産会社から連絡があったんだが、隣の卓球場は取り壊されることになったらしい。更地にして売るそうだ」

あの卓球場がなくなってしまう。それがたまらなく悲しかった。祖父との思い出も一緒になくなってしまうような気がした。

「最近は客も減って、半分ボランティアみたいなものだったからな。啓介、お前も心機一転、蒲田のクラブで頑張るんだぞ」

父は立ち上がり、ウィスキーの入ったグラスを持ってリビングのテレビの前に向かう。タイミングを見計らっていたらしく、母がカレーライスの盛られた器を出してくれる。「いただきます」と言って啓介はカレーを食べ始める。母の作ったカレーはいつもと同じ味だったが、父の話を聞いたせいで美味しさが半減したような気がした。運動会当日に引っ越すということは、それは運動会には参加できないことを意味している。

「ごちそうさまでした」

啓介がスプーンを置くと、母が意外そうな顔をして声をかけてくる。

「おかわりしないの？」

「今日はいい」

素っ気なく言い、啓介は立ち上がった。リビングから出て二階の自分の部屋に向かう。床には段ボールが二つ、置かれている。引っ越しの際、持っていく物と不要な物を分けるように母から言われているが、まだ作業は進んでいない。

学習机の棚の上にラケットが飾ってある。ほとんど未使用のそのラケットは、去年の誕生日に買ってもらった最新式のジュニア用のラケットだ。国内最大手メーカーのもので、合板とカーボン素材が組み合わされたラケットだ。商品名は『スカイハイ』といい、来年の大会にはこのラケットで臨むつもりだった。

啓介はスカイハイを右手にとり、学習机の上に置いてあった球を左手にとる。球を真上に上げてから、下回転のスピンをかけたサーブを放つ。球はカーテンに当たり、そのまま下に落ちた。さらに球をとり、サーブを打つ。

カーテンの向こうにいる見えない敵に向かってサーブの練習を繰り返しながら、啓介の中である決意が芽生えていた。

啓介がその計画を実行に移したのは、それから三日後のことだった。放課後、いつものメンバー——信太とリカルド、それに加えて翼——とともに卓球場に集まった。啓介の計画を聞き、信太とリカルドは驚いたような顔をした。翼はニヤリと笑っただけだった。翼は妙に勘がいいところがあり、啓介の企みに気づいていても不思議はなかった。

「本当にいいの？　啓ちゃん」

不安そうな面持ちでリカルドが訊いてきたので、啓介は答えた。

「いいに決まってる。どうせ壊されちゃうんだからな」

六台置いてある卓球台のうち、右から二番目の台に向かった。一番状態のいい台であるのは日頃の練習からわかっている。啓介は台の端に立ち、ほかの三人に向かって言った。

「じゃあ頼む」

四人で台の四方を囲む。「いっせいのーで」のかけ声とともに卓球台を持ち上げた。さほど重くはない。台の中央に移動キャスターがついているが、段差などは自力で持ち上げる必要があるし、アスファルトでキャスターの車輪が駄目になってしまう可能性もある。できるだけ四人の力で持ち運ぶつもりだった。

最初の関門は卓球場の出入り口だった。台を傾けるようにして何とか外に持ち出すことに成功する。今日、啓介の両親は不在だった。だからこそ今日を選んだのだ。長い道のりは始まったばかりだ。

車の交通量が少ない道を選び、四人で力を合わせて台を運んだ。途中、自販機でコーラを買った。啓介の奢《おご》りだった。四人とも額に玉の汗が浮かんでいた。九月も下旬になるがまだまだ残暑が続いている。

「来週なんてあっという間だよな」とリカルドが言うと、信太が「本当だよ、マジ早過ぎるよ」と言った。一昨日の帰りの会で啓介が転校する日が発表された。来週の金曜日が最後の登校日となり、運動会に不参加になることも、併せて担任の青木の口から告げられたのだ。

「俺は悲しくないけどな」コーラの缶を手にした翼――施設では炭酸飲料を飲む機会がないらしい――が言った。「だって東京なんて一時間で行ける距離じゃん。啓がこっちに来てもいいんだし」

静岡駅から品川《しながわ》駅まで新幹線で約一時間。行けない距離ではないが、乗車賃もかかるのだ。毎週のように通ってくるのは不可能に近い。それに向こうに行ってしまえばあちらでの新生活が始まってしまうのだ。

「信太、俺に金貸してくれ。乗車賃にするからさ。お前んち金持ちなんだろ」

「ふざけんな、翼。お前に貸せる金なんてねえよ」

放課後の卓球練習を通じ、翼も信太たちとすっかり仲良くなっている。序列的には啓介の次が翼で、その下に信太、リカルドと続くといった感じだ。不意に現れた翼に対し、最初は警戒心を見せていた二人だったが、どこか超然とした翼のペースに巻き込まれる形で、いつしか二人も警戒心を解いていった。この分なら啓介が転校したあとも三人でそれなりに仲良くやっていけそうに思えた。

「よし、出発しようぜ」

運搬作業を再開する。途中で何度か休憩を挟みつつ、卓球台を運んだ。四十分ほどの時間をかけ、ようやく目的地である児童養護施設にじいろに到着した。

どうせ卓球場ごと取り壊されてしまうのなら、中にある卓球台を施設に寄付しよう。卓球台があれば施設の子供たちも喜んでくれるはずだし、翼も練習できる。そう思ったのだ。

台を中に運び込んだ。施設の子供たちが興味深そうな顔をして啓介たちを見ていた。

一番奥の部屋に台を設置した。そこは施設内で一番広い部屋らしく、子供たちが遊ぶ部屋のようだった。最初にここを訪れたときに翼が遊んでいた部屋だ。啓介は背負っていたリュックサックを背中から下ろし、中身を出した。卓球場から持ってきたラケットや球だ。子供たちが目を輝かせてラケットや球を手にとった。信太とリカルドがネットを張ってやると、早くも子供たちが卓球台で遊び始めた。ただ球を闇雲に打っているだけで、ルールもわかっていないようだが、それなりに楽しんでいるようだった。

「三崎君、ありがとう。こんな立派なものを」

前回来たときにも会った初老の男にそう言われた。彼が施設長であるのは翼から聞かされていた。啓介は小さく頭を下げた。

「せっかくだから使ってもらおうと思ったんです。どうせ捨てられるものだから」

「最近、翼が学校で起きたことをいろいろと話してくれるようになった。もともと翼は一人でいることを好む傾向があったんだけどね。最近は積極的に仲間と話すようにもなった。君のお陰かもしれないね」

「別に……僕は何も……」

卓球台の方で笑い声が聞こえる。施設の子たちが卓球で遊んでいるのだ。その輪の中には翼もいるし、信太もリカルドもいた。こいつらと一緒に遊べる時間もあとわずかだ。そう考えると鼻の奥がツンとした。

「おーい、啓。こいつらに打ち方教えてやってくれ」

「おう、今行く」

啓介は洟《はな》を啜り上げ、卓球台の方に向かって歩き出した。

※

「ちゃんと並んでくれ。いいかい、今から点呼するから名前を呼ばれた者は返事をするように。まずは一組から。ええと……」

運動会の当日は快晴だった。プログラムも順調に進み、今は最終競技であるクラス対抗リレーがおこなわれている。現在走っているのは三年生だ。保護者席からは熱烈な応援の声が上がっていた。

「よし、次は二組だな。まずは……」

青木は競技係に任命されていた。若い教師の多くが拝命する係であり、簡単に言うと競技に参加する児童をスタートラインまで誘導するのが主な仕事だ。午前中からずっと動きっぱなしであり、足腰にかなりの疲労が溜まっていた。

「じゃあ声がかかるまでここに待機しているように。動くんじゃないぞ」

六年生までの点呼を終えた。これでひとまず仕事は終わりだ。あとはオートマチックでスタ

に向かった。

ートしていくはず。青木は担任としての責務をまっとうするため、五年一組の子たちが並ぶ列にいたアンカーの毛利翼の背中を軽く叩いて青木は言った。

「みんな、頑張れよ」

青木がそう声をかけると、白い鉢巻きの教え子たちが「はーい」と呼応した。列の一番最後にいたアンカーの毛利翼の背中を軽く叩いて青木は言った。

「頼むぞ、毛利。三崎の分まで走ってくれよ」

翼はうなずいただけで、声に出して返事はしなかった。しかしその顔つきからして気合いが入っているのは間違いなさそうだ。一昨日の金曜日、帰りの会の時間を使って三崎啓介のお別れ会を催した。啓介本人は最後まで涙を見せることはなかったが、クラスメイトの数人は涙を流して彼との別れを惜しんでいた。ここ最近、啓介と翼が一緒にいるのを頻繁に目にした。これまで翼は目立たない子だった。施設から通っているということもあってか、どこか遠慮気味にクラスの隅っこにいた。ところが啓介と交わるようになってからその顔つきも明るくなり、クラスでも積極的に前に出るようになった。

あれは先週のことだった。いきなり朝の会で翼が立ち上がり、柏木優奈の財布を盗んだのは自分だと打ち明けた。コーラを飲みたかったから。それが財布を盗んだ理由だった。真偽のほどはわからないが、財布を盗んだ理由にクラス全員がズッコけ、話はうやむやになった。翼はニヤニヤ笑いながらクラスメイトたちの突っ込みを受けていた。その超然とした態度が印象的だった。ポスト三崎ではないが、五年一組のリーダーになれる器ではないかと青木自身も思っている。

すでにリレーは四年生の部に移っている。しばらく係の仕事もないので、ゴール付近で五年一組の応援をしようと歩き出したときだった。背後から声がかけられた。

「青木先生」

振り返ると谷岡真紀が立っている。彼女は二年生の担任をしているため、あとは閉会式を残すのみだ。

「谷岡先生、リレーの結果はどうでした?」

「二位でした。まあまあ頑張ったと思います」

実は明日、青木は真紀とともに映画を観にいくことになっていた。明日の月曜日は運動会の振替休日で清水ヶ丘小は臨時休校なのだ。最初はポニョを観ようと考えていたが、いい年した大人が二人でポニョを観るのも変だろうと思い、『アイアンマン』というハリウッド映画を観ることにした。明日のことを考えると今からそわそわしてしまう。

「五年一組、いい成績を残せるといいですね」

「はい。そうなるといいです」

真紀は少しこちらに近づいてきて、小声で言った。

「明日よろしく」

「こ、こちらこそ」

歓声が上がる。四年生のリレーが終わったらしい。全着順がアナウンスされている。真紀は去年はアナウンス係だったそうだ。拘束時間が長くて大変だったと嘆いていた。

『それではこれより、クラス対抗リレー五年生の部を始めます。現在のところ紅組がわずかにリードしているようです。白組も頑張ってください』

真紀とともにゴール付近に向かう。ピストルの号砲が聞こえ、反対側にあるスタート地点から六人の選手が飛び出した。小学校のグラウンドなので一人が走る距離はさほど長くはない。あっという間にランナーはこちらに向かって走ってきて、次のランナーにバトンを渡したり、または渡せなくて落としてしまったり、さらには転んでしまって半ベソのまま走る子もいたりと、ドタバタとリレーは続いていく。

一組は三番手の位置をキープしていた。悪くない順位だった。後半になるにつれて足の速いランナーが登場するため、後半の展開に期待できそうだ。しかしそれはどのクラスも一緒のようで、なかなか三番手から抜け出せないままレースは後半に移っていく。

「頑張れ、頑張れ」

隣で真紀が声を張り上げている。その声だけ聞いていると何だか自分が応援されているような錯覚を起こし、満更でもない気分になったが、今はニヤついている場合ではないと青木は思い直す。「行け、負けるな」と教え子たちを叱咤《しった》激励した。

砂埃《すなぼこり》を巻き上げ、子供たちは走っていく。転んだことが悔しくて泣いている子。走り終えて必死にクラスメイトに声援を送っている子。そういう子供たちの表情を見ているだけで、ああ運動会っていいな、と青木は思った。

いよいよアンカーだ。依然として一組は三番手につけていた。バトンを受けとった毛利翼が飛び出した。低い姿勢のまま、グングンとスピードを上げていき、あっという間に二番手を走っていた児童を抜き去った。歓声が上がる。

「速いね、あの子」

　真紀の声に青木は答える。

「うちのクラスのアンカーですから」

　アンカーの子は一周する決まりになっている。残り半周。一位を走る子との差は五メートルほどにまで縮んでいた。猛烈な勢いで追いついてくる翼に脅威を感じたのか、一位の子がチラリと後ろを振り向いた。各クラスともアンカーを任されている子は大抵スポーツ万能のエース級だ。現在一位を走っている子は清水エスパルスのジュニアチームに所属している子ではなかったか。サラサラした髪を風になびかせて走っている。それを追う翼は坊主頭で、野性児のような風貌だ。

「行け、翼っ」

　青木はそう叫んでいた。最終コーナーで遂に翼は一位の選手に並びかけ、そのままの勢いで先頭に躍り出た。最後の直線、翼はさらに加速する。八月の北京オリンピック、男子百メートル決勝において世界新記録で優勝したのはウサイン・ボルト。体格に差はあれど、ボルトの走りに通じるものがあった。

　翼が先頭でゴールテープを切る。ちょうど青木の目の前だった。普通であればクラスメイトのもとに向かい、そこで喜びを分かち合うのだったが、翼の場合は少し、いやだいぶ違った。速度を緩めることなく、翼は二周目を走り出したのだ。

　保護者席がどよめく。あの子、何やってるのかな。頭おかしいんじゃないの。たしか施設の子じゃなかったかしら。そんな声が囁《ささや》かれる中、翼は二周目のコーナーを曲がらずに、そのままの勢いで本部席のテントの後ろを通り抜け、正門から出ていってしまった。

あいつ、いったい何してんだよ。

自分の教え子のことながら、青木はその場で立ち尽くすことしかできなかった。

※

「気をつけて運んでくれよ。そのテーブル、イタリアの高級家具メーカーのものなんだからな。おい、啓介。こっちに来て手伝ってくれ。この箱をトラックに運んでくれないか」

啓介は父に言われるがまま段ボール箱をトラックに運んだ。今日は引っ越しの日だ。昼過ぎに引っ越し業者が訪れ、壁や柱を傷つけないように厚手のシートで養生したあと、家中の荷物を次々と大型トラックの荷台に運び込んでいた。母の亮子は午前中のうちに電車で東京に向かって出発した。引っ越し業者のトラックが走り去ったのち、啓介は父とともに軽自動車でここをあとにする予定になっていた。

空は快晴だ。まさに運動会に相応しい晴天が広がっている。そろそろすべての競技が終わる時間だ。クラス対抗リレーは勝てただろうか。五年一組属する白組は勝てただろうか。

引っ越し作業は続いていく。特にやることもなかったので、啓介は家の中に戻って二階にある自分の部屋に入った。すでに室内の荷物はすべて運び出されている。こんなに広かったのかと思った。カーテンを外された窓から外の景色を見た。

住宅街なので、似たようなタイプの住宅が並んでいる。真下には卓球場の屋根が見える。三日ほど前に業者がやってきて、卓球場のある土地の測量をしていた。近々解体工事が始まるのだそうだ。三角コーンが敷地《しきち》をとり囲むように置かれていて、解体工事が始まる旨を知らせる看板も立てられていた。

幼い頃のことを思い出す。小学校が終わって自宅に帰ってくると、啓介はまず二階の自分の部屋に行き、先に宿題を終わらせなければならなかった。それが母から課されたルールだった。学習机で宿題をやっているると窓の外から祖父の悦男が呼びかける声が聞こえてきたものだった。おい、啓介。早く宿題を終わらせろ。今日はバックハンドを徹底的にしごいてやるからな。

二年前に祖父が他界したとき、啓介は人目を憚《はばか》らずに号泣した。卓球を教えてくれた祖父は啓介にとって大切な人だった。祖父が生前愛用していたラケットは棺《ひつぎ》の中に入れた。お前が形見に持っていた方がいいんじゃないか。父にはそう言われたが、祖父には天国でも卓球をやってほしかったので、ラケットは棺に入れることに決めたのだ。もし祖父が生きていたらこの家を手放すことになっただろうか。強情な祖父は柱にしがみついてもこの場所から動かなかったはずだ。

「おーい、啓介。何やってんだ。そろそろ出発だぞ」

一階から父の声が聞こえたときだ。突然、啓介の視界にそれが映った。

通りの向こうから一人の少年が走ってきた。白いシャツに紺色の半ズボン。白い鉢巻をつけている。清水ヶ丘小の体操着であることは明らかだ。その走りを見ただけで誰なのかわかった。翼だ。でもいったい翼が何をしにここに――。

部屋から出て階段を駆《か》け下りる。玄関から外に出たタイミングで、ちょうど翼が家の前に到着した。啓介は翼のもとに駆け寄った。翼は両手を膝に置き、体を折って荒い息を吐いている。やけに苦しそうだ。もしかしてずっと走ってきたのか。ここから学校まで二キロほどだ。

「翼、お前……」

翼の体操着はところどころ砂で汚れている。膝の頭も同様に黒く変色している。運動会で暴れ回った勲章のようでもあり、それが少しだけ羨ましかった。翼が息も絶え絶えに言った。

「はあ、はあ……よかった、間に合って。啓、リレー勝ったぜ」

「お前、それだけ言いに……」

「ほら、これ」

翼がそう言って右手を差し出してきた。その手には黄色いバトンが握られている。リレーで使用する学校の備品だ。どうしてこんなものを……。

「ほら、早く」

翼がバトンを突き出した。これを受けとれということか。困惑しつつも啓介はバトンを受けとった。すると翼が白い歯を見せて笑った。

「へへ、それでいい。任務完了だ」

最後に俺にバトンを渡すため、こいつはここまで走ってきたのか。きっとこの様子だと閉会式にも出ていないに違いない。まったく無茶しやがって。

頬を伝うものに啓介は気がついた。引っ越しが決まってからも涙を流すことは決してなかった。お別れ会でも泣かなかった。多少感傷的な気持ちになることはあっても、涙を流すまでには至らなかった。そんな自分が涙していることに啓介は驚いた。

しかも今、目の前に立っているのはあの毛利翼だ。クラスでもどこか浮いている、児童養護施設から通っている男子児童だ。まともに会話を交わすようになってからまだ二週間しか経っていないが、今や啓介の一番の友人だった。対等な立場で物を言い合える唯一の存在だ。

「ちょっと待ってろ」

啓介はそう言い残し、その場を離れた。引っ越し業者のトラックに飛び乗った。自分で運び込んだので場所はわかっている。一番上に積まれている段ボール箱を下ろし、ガムテープを剝がした。中に入っているのは啓介の私物だ。ゲームのソフトや漫画本、父からもらった腕時計などが入っている。その中から卓球のラケットケースを出した。それを手に再び翼のもとに戻る。

「これ、やるよ」

啓介はラケットケースを翼の胸に押しつける。やや驚いたような顔をして翼はケースを開けた。翼がとり出したラケットはスカイハイだった。

「新品じゃんか。高いんだろ、これ」

「まあな。ラバーも一流メーカーのものだ。でも記念にお前にやる」

「本当にいいのか?」

「うん。俺はまた買ってもらえるし」

背後で父が呼んでいた。そろそろ出発する時間のようだ。翼と視線を交わす。彼の両目も潤んでいたが、顔は笑っていた。多分自分も似たような顔をしているだろうと啓介は思った。

　別れの言葉など要らなかった。別に今生の別れになるわけでもない。向こうもそう思っているのか、翼が素っ気ない口調で言った。

「じゃあな、啓」

「ああ。じゃあな、翼」

　踵を返して翼が走っていく。ここまで走ってきた疲れを一切感じさせない走りだった。一度も振り返ることなく翼は走り去った。

　啓介は自分の右手を見た。黄色いバトンが握られたままになっている。次にあいつにこのバトンを渡せる日が来るのだろうか。いや、きっと来るはずだ。そのときまでこのバトンは大事に持っていなければならない。啓介はそう胸に誓った。

## 現在

「お待たせしました。届きましたよ。中丸さんは海鮮パエリア大盛りでしたっけ？」

「そうだ。すまんな」

中丸は若手スタッフから白いビニール袋を受けとった。東京アリーナ内にある会議室だ。今は昼休憩に入っており、スタッフが各自昼食を摂っている。近くのレストランからウーバーイーツで注文したのだ。

テーブルを囲んでいるのは帝都テレビのアナウンサー陣と解説の古賀、そして後輩ディレクターの菅野といった面々だ。放送席周りのスタッフということになる。カメラを扱う機材部のスタッフたちもやや離れたところに集まっている。

「順当な勝ち上がりと言えるんじゃないですか。毛以外は」

アナウンサーの福森がそう言った。中丸も信頼を寄せている中堅アナで、本人も卓球経験者らしく、今日の実況にも気合いが入っていた。応じたのは解説の古賀だった。

「そうだね。やっぱ中国勢が抜けてるね。決勝は中国人対決になる。賭けてもいいよ」

一回戦の八試合が終了し、ベスト8が出揃《でそろ》っていた。そのメンバーは次のようになる。

王《ワン》　龍《ロン》（中国・三十二歳・世界ランキング二位・右シェーク攻撃型）

ミヒャエル・ゼーラー（ドイツ・三十三歳・世界ランキング九位・右シェーク攻撃型）

毛　利翼（中国・二十五歳・世界ランキング不明・右シェーク攻撃型）
深川　大輝（日本・十九歳・世界ランキング七位・右シェーク攻撃型）
李《リー》　秀英《シウイン》（中国・二十五歳・世界ランキング一位・右シェーク攻撃型）
マルティン・アンデション（スウェーデン・二十一歳・世界ランキング五位・左シェーク攻撃型）
ヨハン・オリベイラ（ブラジル・二十四歳・世界ランキング四位・右シェーク攻撃型）
陳《チン》　志傑《ジージェ》（台湾・二十一歳・世界ランキング八位・左シェーク攻撃型）

午後から準々決勝の四試合がおこなわれる。順調に行けば決勝戦の開始時刻は午後五時の予定だった。すでに午前中の試合の録画データは局に送っており、局で待機していたスタッフにより編集作業が始まっている。

「波乱がなければ」古賀がペットボトルの緑茶を飲みながら言った。「決勝は王対李になると思うよ。東京オリンピックの決勝と同じ顔合わせだな。だってあの二人につけ入る隙がないもん。あ、そういえば中丸ちゃん」と古賀がこちらを見て言った。「例の日の丸、あれってどういう意味？　何かわかったの？」

毛のユニフォームについていた日の丸のことだ。今夜放送予定の番組においても、世界ランク三位の黄泰然が敗れた波乱の一回戦は必ず放送しなければいけないトピックだ。となるとあの日の丸も画面に出さざるを得ない状況となるため、中丸は午前中の間に日本卓球協会を通じて中国サイドに問い合わせをかけているが、現時点では回答はない。

「何もわからないんですよ、それが。問い合わせをしているところなんですが」

「単なる親日家とは考えられないか。日本が好きなんだよ、あの毛って選手は」

「それはないですよ」と口を挟んだのはアナウンサーの福森だ。「中国のナショナルチームですからね。そんな暴挙を許すとは思えませんよ。それはさておきブラジルのオリベイラはどうでしょうか？　一回戦は絶好調だったと思いますけど」

「悪くはないけど、まだまだ力不足って感じかな。中国を倒すのは難しいんじゃない？」

「そうですかねえ。僕はオリベイラに期待してるんだけどなあ」

卓球談義に花が咲く。その話に耳を傾けながら中丸はパエリアを食べた。サフランライスに濃厚な魚介の出汁《だし》が沁《し》み込んでいる。辛めの白ワインを飲みたくなったが、今日アルコールを口にできるのはだいぶ先になるだろう。

ポケットの中でスマートフォンが震えていた。紙ナプキンで口の周りを拭いてから電話に出た。かけてきた相手は日本卓球協会の広報担当だ。今日の録画中継の調整でも何度もやりとりした相手だ。

「例の件ですよね。どうなりました？」

中丸が先んじてそう訊くと、電話の向こうで広報担当は答えた。

「それがですね、日の丸をテレビに流してもいいみたいです」

「本当ですか？　それは正式な向こう側の回答と捉えていいんですね？」

思わず念を押してしまった。要するにあの日の丸をテレビで放映してもいいのだという。そんなことが許されるのか。

「何度も確認したので間違いありません。あの日の丸がテレビに映っちゃっても大丈夫みたいです。中丸さん、これはどういうことでしょうか？」

「さあ、私も何とも……」

中国は国を挙げて卓球選手の育成に力を入れており、今回来日している選手や監督、トレーナー陣はほぼナショナルチームのスタッフだ。国際大会には政府関係者も同行しているという噂もよく耳にする。自国の選手が日の丸入りのユニフォームを着て試合に出場した。それを認めるというのだ。ますます解《げ》せない話だった。

通話を切った。まだパエリアが残っているので、中丸はスプーンを手に食事を再開した。卓球談義はまだ続いている。今は古賀が流暢《りゅうちょう》に話していた。

「……うーん、どうだろうな。決して調子が悪いわけじゃないと思うんだ。大輝が本来の力をとり戻したら、もっと上、簡単に言ってしまえば中国選手と互角に戦えると思うんだよね。でも相手が不気味だよね。毛利翼だっけ？　無名の控え選手が世界三位を倒しちゃうなんて、あの国の底力はほんとに……」

不意に古賀が黙り込んだ。首にぶら下げた老眼鏡をかけ、手元のトーナメント表に視線を落としている。主催者側から関係者に配られたものだ。「古賀さん、どうしました？」と福森が訊くと、古賀が老眼鏡をかけたまま答えた。

「これなんだけど、中国式に考えれば毛が姓で、利翼が名前なんだろうけど、毛利と翼で分けることもできるよね。つまりモウリツバサ」

言われてみればその通りである。トーナメント表の記載には「毛　利翼」となっているため、誰もが中国人の名前だと思い込んでいた。しかし古賀が指摘しているように、読み方次第では日本人の名前のようにも読めるのである。日本人選手が中国のナショナルチームに帯同しているということか。それとも日本にルーツを持つ中国人なのか。

「モウリツバサ、モウリツバサ。どこかで聞いたことあるような気がするんだよなあ」

古賀がそう言って腕を組んだ。中丸をはじめとするその場にいる者全員、箸やスプーンが止まっていた。毛利翼が着ていた中国のアウェイユニフォーム。そこに縫いつけられた小さな日の丸。あれは果たして何を意味しているのだろうか。そして毛利翼とは何者なのか――。

# 十一年前

無という漢字が自分には似合っていると大島美玲《おおしまみれい》は考えている。無理。無表情。無関心。無軌道。無為。無感覚。無意味。無念。無駄骨。無力。数ある無のつく熟語の中でも一番自分に相応しい言葉は「無様」だ。今の私は本当に無様。穴があったら一生入っていたいくらい。美玲は本気でそう思っている。

教室で授業を受けている生徒は十人程度。夏休みの補習だった。一学期の成績が悪かった者たちが参加させられているのだ。勉強は苦手ではないのだが、面倒臭いので最近はあまりしていない。こんなことになるならもっと勉強しておけばよかったなと思う一方、長い夏休みはどうせ暇でやることないし、退屈な補習も暇潰し程度にはなるのだった。

授業が続いている。今は理科の時間だ。有性生殖と無性生殖の違いについて初老の教師が説明している。美玲はそれを聞き流しながら窓の外を見た。

清水港が見える。今日は晴天のため海面も青々と光っていた。白い航跡を残しながら西に向かって走っていくのは駿河湾《するがわん》フェリー。そのまま西の方へと目を向けていくと三保《みほ》の松原、さらにその向こうには富士山《ふじさん》の稜線《りょうせん》が見えた。富士山は年がら年中雪に覆われていると思っていたが、実はそうではないことを静岡に引っ越してきてから初めて知った。

ブブッという微かな振動音が聞こえた。美玲は机の中からスマートフォンを出した。友達からＬＩＮＥが入っていた。最近はメールではなくてほとんどのやりとりがＬＩＮＥになった。

海の画像が添付されている。清水港とは比べ物にならないほどの綺麗《きれい》な海。グアムかサイパンあたりか。続いてメッセージが入ってくる。

『撮影でグアムなう。海チョー綺麗』

美玲は素敵だねと意味するようなウサギのスタンプを送り、スマートフォンを机の中にしまった。美玲がＬＩＮＥをする相手は東京の友達だけだ。中学校の同級生の中で連絡先を交換している者は皆無だ。いまだに私は東京に未練がある。こんな風になってしまった今でも。

「じゃあ今日はここまでだ。問題形式のプリントを用意したので、おのおの復習する感じで解いてみるように」

今日の補習はこれで終了となる。ノートや教科書、スマートフォンをショルダーバッグに入れてから、それを肩にかけた。それから窓に立てかけてあった二本の松葉杖《まつばづえ》――クラッチ式と言われる軽量アルミ製――を両手に持ち、教壇に向かってプリントを受けとった。教師は手伝ってくれる素振りを見せたが、「いいです」と素っ気なく美玲は言い、プリントをバッグの中に入れてから教室を出た。松葉杖を使って廊下を歩く。

「ちょっといいか」

そう声をかけられたのは下駄箱の手前だった。話しかけられること自体が珍しいことだ。美玲が振り返ると、そこには制服のズボンに白いシャツを着た男子生徒が立っていた。浅黒い肌に、ほぼ坊主と言っていいほどの短い髪。同じクラスの生徒だった。名前はたしか毛利翼といったか。

「あのさ、ちょっと話があるんだけどさ」

毛利翼が声をかけてくる。少し緊張しているようだ。この子とまともに話すのは初めてだ。そもそもほかの子とも一切話さず、美玲は普段から心のシャッターを下ろしている。それにしてもこの辺の人たちは語尾の後ろに「さ」を頻繁につけ足してくる。聞いていると笑ってしまう。

「いきなり悪いな。相談があるっていうか……」

山猿。美玲がこの男子生徒につけたあだ名だった。美玲はクラスにいる特徴的な生徒に勝手にあだ名をつけて呼んでいるのだが、毛利翼に関しては見た瞬間に「山猿」に決定した。だってどこから見ても山猿だ。

「相談って何？」

本来なら無視して歩き去っているところだったが、夏休みということもあり、少しだけ話に付き合ってあげることにした。

「お前さ、東京に詳しいんだよな」

詳しいに決まっている。小学校まで港区に暮らしていたし、今も実家は東京にある。だがそれがどうしたというのだろう。私のサインでも欲しいのかしら。

そんな思いが顔に出てしまったのかもしれない。山猿が顔色を窺うように訊いてくる。

「怒ってるのか？」

「怒ってないわよ、別に。で、用は何？」

「実は俺さ、来週東京に行くんだよね。全中の試合があるんだよ。俺が卓球部ってのは知ってる？　あ、知らないよな。俺、卓球やってて、その全国大会に出場するんだよ。全国大会の会場が東京ってわけ」

山猿が卓球部に所属しているのは知っていた。かなり強いようで、全校集会で校長先生が名指しで褒めていたことがある。そのときは県大会で優勝したときだったような気がする。

「顧問の山岸《やまぎし》が同行してくれるはずだったんだけど」山岸というのは数学の教師で、卓球部の顧問をしているインテリっぽい教師だ。「山岸の実家のお父さんが亡くなったみたいで、しばらく喪に服すみたいでさ。まあ俺は一人で行くのも全然大丈夫なんだけど、できれば事前に行く場所を知っておきたいっていうか。行き方っていうの？　そういうのを教えてほしいんだよ。ほら俺、東京で電車とか乗ったことないしさ」

なるほど。一人で東京に行くのが怖いから事前に情報収集をしておこうという算段か。田舎者の考えそうなことだなと思いつつ、美玲は訊いた。

「どこ行きたいの？　試合の会場？　それともホテル？」

返ってきた答えが意外なものだった。山猿が言った。

「マック。中野《なかの》の」

中野のマクドナルドに行きたいのか。でもそんなところに行ってどうしようというのだろうか。彼は試合のために東京に行くのではないのか。

「中野って中央線の沿線だろ。東京駅から一本で行けるのか？　それに東京駅って広いんだろ。俺、意外に方向音痴なんだよな。無事に中央線のホームに辿り着けるかどうか。そういうことを考え始めると不安で……」

山猿が話している間に美玲はバッグの中からスマートフォンを出し、素早く検索していた。

その検索結果を見ながら美玲は言った。

「マック、二軒あるみたいよ。北口と南口に。あ、駅から少し離れたところにも一軒あるね」

「そうなの？　やっぱり都会だよな、東京は。一つの駅にマックが三つもあるんだもんな」

「ちなみにいつから東京行くの？」

「来週。大会は金曜日からだけどさ、木曜日の午後から行こうと思ってる」

人懐こい子だな。それが山猿に対する第一印象だった。気づくと胸元で眠っている犬や猫を連想させる。でも犬でも猫でもなく、こいつは山猿だ。

「よかったら一緒に行ってやってもいいよ」

なぜ自分がそんなことを提案したのか、美玲自身もわからなかったが、気がつくとそう口にしていた。山猿は目を見開いた。

「えっ？　どういう意味？　お前が東京について来てくれるってこと？」

「そう。ていうかお盆も帰らなかったし、私も来週あたり帰ろうと思っていたんだよね」

それは本当のことだ。お盆に帰ってこない娘のことを心配し、母から何度も連絡が来た。補習があるから、という理由で帰省を先延ばしにしてきたが、そろそろ帰ってもいいかなと思っていた。それにこの山猿を連れて東京に行くのも少し面白そうだ。

「携帯番号教えて」

山猿が自分の携帯番号を言ったので、美玲はそれを入力してすぐに発信した。ワンコールで切る。

「今の着信が私の番号。前日あたりに連絡して」

美玲はそう言い残して下駄箱から靴を出した。靴を履いてから、松葉杖を使って歩き始める。外は暑く、日差しが容赦なく照りつけている。歩いていると蟬《せみ》の抜け殻がアスファルトの上に落ちていたので、美玲は右手に持った松葉杖の先端のゴムキャップで蟬の抜け殻を押し潰した。抜け殻はクシャリと潰れてしまい、粉々になった。

天才子役。三年ほど前まで美玲はそう呼ばれていた。

芸能活動を始めたのは五歳の頃からだった。映画やドラマに子役として出演したり、NHKの教育番組にも出た。当然、美玲自身の意思ではなく、家庭環境がそうさせた。美玲の父は映像カメラマンで、母は舞台女優だった。特に母の貴和子《きわこ》は娘を女優として育てることを生き甲斐《いがい》としており、また娘の美玲もその期待に応える形で結果を出していった。ちなみに芸名は『川越《かわごえ》美玲』。川越というのは母の旧姓だ。

七歳のとき、民放の刑事ドラマで主人公である男性刑事の一人娘役に抜擢《ばってき》された。妻に先立たれた男が育児に苦労しながら刑事としても奮闘するというストーリーで、美玲の出番も多かった。その演技が評判を呼び、そこから先は快進撃が続いた。美玲と同じオーディションに参加した子役たちは、美玲の姿を見ただけで出演を諦めるほどだった。子役の仕事は途切れることなく続いた。学業が疎《おろそ》かにならぬよう、芸能の仕事をセーブしなければならぬほどに。

子役としての美玲の長所は勘の良さだった。監督の指示を受ける前に、そういう顔をすることができるのだ。たとえば悲しいシーンの演技だった場合、リハーサルの段階から悲しげな顔をして演技に臨み、大人たちを驚かせた。あの子は本当に勘がいい。美玲はどこの現場でも評価が高かった。

美玲の評価を決定的にしたのは、十歳のときに出演したドラマだ。国民的人気の男性アイドルグループの一人が主演したホームコメディで、主人公の男性アイドルが年の離れた妹と同居生活を送るようになったという設定だった。最高視聴率は二十パーセントを超え、妹役で出演した美玲の泣きの演技は視聴者を釘づけにした。その男性アイドルの応援として、年末の紅白歌合戦にもゲスト出演を果たした。その頃にはオーディションに参加することなく、指名で声がかかるようになり、数年先まで仕事が埋まった。

不安がなかったわけでもない。子役として求められる演技はさほど難しいものではないため、美玲自身の演技のパターンが定型化しつつあったのだ。要するに喜怒哀楽の四種類を使い回すだけの演技だ。それを見抜いていた母の貴和子は厳しかった。このままじゃあなたは通用しなくなるわよ。もっとたくさんの映画やお芝居を観て、演技の幅を広げなさい。あなた程度の役者は劇団に行けば掃いて捨てるほどいるんだから。

母の忠告も理解できたが、当時の美玲にはどうすることもできなかった。学校の合間を縫って撮影に行き——撮影の合間に学校に行っていた時期もある——そして帰宅したら大量の宿題をこなさなければならない。映画やお芝居を観ている時間は皆無だった。

それでも撮影自体は楽しかった。大人たちに交じって仕事をするのはある意味快感だった。教室にいるクラスメイトたちが幼く見えてしまい、自分だけが大人の世界を知っている特権階級になったような気がした。家と学校や現場を往復する日々が続いた。そんなある日のことだった。

美玲は小学六年生になっていた。季節は秋。世田谷《せたがや》にあるスタジオにおいて、翌年の正月にオンエアされる二時間ドラマの撮影をしていた。その日、撮影が終わった美玲はタクシーで帰ることになった。そういうことは珍しいことではなかった。美玲は父が社長を務める個人事務所に所属していて、母がマネージャー代わりだった。社長の父はお飾りのようなもので、ほとんどの仕事は母がこなしていた。その日も母は広告代理店の人間との打ち合わせがあり、スタジオで娘に付き添ってやることができなかったのだ。

自宅のマンションの百メートルほど前でタクシーを降りた。何だかやけに疲れていたので、コンビニで最近流行っているエナジードリンクを買うつもりだった。雨が降っていたのが予想外だったが、傘をさすほどの雨ではなかった。通りの向こう側にあるコンビニに行くため、タクシーの後方から車道に出たそのときだった。ヘッドライトの強烈な光が目に入り、とてつもない衝撃に襲われた。美玲の意識はそこで途絶えた。

自分がバイクに轢《ひ》かれた。その事実を美玲が知るのは二十四時間後のことだった。集中治療室にいるということはわかったが、頭の中はどんよりとしていた。まるで夢の中を彷徨《さまよ》っているようだった。でもこれで私、入院患者の演技が上手になるのではないかしら。頭の隅でそんなことを考えたりもした。この時点ではまだ余裕があったのだ。

事故から三日後、一般病棟の個室に移され、そこで医師の口から怪我の具合と今後について、重大な事実が明かされた。肋骨《ろっこつ》や腰の骨、左足大腿骨《だいたいこつ》を折る重傷だが、臓器に影響はなかったという。頭の方も問題なかったが、左下肢に障害が残る可能性が大だと医師は言った。今後は車椅子、もしくは松葉杖を使う生活を送っていただくことになるでしょう、と。しかも治る見込みはほぼゼロだと医師は言った。

　そんな馬鹿な話があってたまるものか。そう憤慨したのは両親で、すぐさま別の病院に連れていかれてセカンドオピニオンを求めたが、結果は同じだった。さらに別の大学病院に行き、そこでのサードオピニオンも診断結果は変わらずだった。セカンドとかサードとか、エヴァンゲリオンみたいだな、と思いながら美玲は病室の枕を涙で濡《ぬ》らし、ときには病室中の物を壁に向かって投げつけたりして、抑えられない怒りの感情を表出させた。

　しかし泣いてばかりもいられない。怪我の回復を待ち、長いリハビリが始まった。自分にできることと、できないこと。それを知るのがリハビリだった。左足がまったく動かないという現実を美玲は粛々と受け止めた。受け入れるしかなかった。何しろ毎日それを実感させられるのだから。

　退院の許可が出たのは事故発生の翌年の三月だった。四月から中学に進学するにあたり、都内にある特別支援学校への入学をケースワーカーに勧められたが、美玲はそれを断った。東京にいたくなかった。これでも一応芸能人であり、ＴＳＵＴＡＹＡに行けば美玲の出演しているドラマのＤＶＤが並んでいて、そのうち数本は必ず貸出中になっている。東京なんかに住みたくない。四六時中誰かに見られているような気がする。その誰かはきっと満足に歩けなくなった私を笑っているんだ、きっと。

　そして美玲は母の実家でもある静岡市清水区に引っ越した。祖父は亡くなっているが、祖母は健在で、そこに居候することになった。特別支援学校ではなく、普通の市立中学に通うことにしたのは意地だった。東京から逃げてきてしまった自分だが、せめて田舎では逃げたくなかったのだ。

こちらに引っ越してから二年と半年が経つ。決して馴染んだとは言えないが、それなりに過ごしている。無為な日々であるのは間違いないが、東京だったら引き籠もっていたことは確実なので、それに比べれば幾分マシだろうと自分でも思っている。

中学を卒業したらどうするか、美玲はまだ決めていない。二学期が始まるとすぐに三者面談がおこなわれる。東京から母がやってくることになるだろうが、それを考えると今から憂鬱で仕方がない。


東京行きの新幹線こだまの自由席は五割程度の乗車率だった。夏休み期間中なのでもう少し混んでいると予想していたが、思っていた以上に車内は空いていた。二人掛けの座席に美玲は山猿こと毛利翼と並んで座っている。美玲が窓側、山猿が通路側だ。

山猿は学生服のズボンに白いシャツ、おまけに学帽まで被っている。彼は卓球の全中――全国中学校卓球大会に参加するために上京するのであり、それは学校活動の延長ということになるらしい。しかし美玲にとっては単なる夏休みの帰省に過ぎず、駅前のコンビニで買ったハーゲンダッツのストロベリー味を食べている。

「これ、捨ててきて」

食べ終わったアイスのカップとスプーンを山猿に渡した。彼は文句も言わずに立ち上がり、通路を歩いてゴミ箱まで捨てにいく。これは意外に重宝しそうだな、と美玲は内心ほくそ笑んだ。基本的に普段東京に行くときはすべて自力だ。駅では駅員が協力してくれるが、それ以外は結構面倒だ。助手ができたみたいな気分だった。

戻ってきた山猿が座席に座る。今日は補習もなく昼まで惰眠を貪《むさぼ》っていたので、昼寝という気分ではない。暇潰しも兼ねて美玲は山猿に訊いた。

「あんた、大会でどのくらいまで行けそうなの？　一回戦は勝てそう？」

すると山猿は足元に置いてあるボストンバッグを開け、中から一冊の雑誌を出して美玲の膝の上に置いた。山猿はどことなく得意げな顔をしている。

月刊卓球ジャーナル。ユニフォームを着た醤《しょう》油《ゆ》顔《がお》の男がラケットを持ってポーズをとっている。思わず美玲は口に出していた。

「ダッサ」

「馬鹿、ダサいとか言うなよ。この人、今日本でトップの選手なんだぜ。次のオリンピックでメダルも狙えるって言われてるんだから」

付箋が貼ってあるのが見えたので、そのページを捲《めく》ってみた。『全中、始まる！』という見出しとともに、有力な中学生たちが紹介されている。写真で大きく紹介されているのが有力な選手らしい。ページの隅の方に山猿が写真付きで紹介されていた。

『清水桜中学の毛利翼（中三）、圧倒的なパワーで県大会を突破。台風の目となるか』

写真は小さいが、こうして紹介されているからにはそれなりの実力の持ち主ということになる。ほかの有力選手たちの写真を見るが、やはりどこか野暮ったい。半ズボンだからだろうか。膝丈のパンツくらいにしておけばいいのに。あとはスパッツを穿《は》くとか。

「なれるといいね、台風の目に」

美玲は雑誌を返した。山猿が鼻を鳴らして言った。

「ふん。まあやってやるさ」

不思議な感じだった。教室でもほとんど話したことがないクラスメイトとともに新幹線の座席で肩を並べているのだから。

「大島はさ、もうドラマとかの仕事はしないのか？」

不躾な質問。やっぱりこいつは山猿だな。そう思いながらも美玲は答えてやる。

「やるわけないじゃない。こんな風になっちゃったんだし」

「でも車椅子の人の役とかだったらできるんじゃないの？」

「そう単純にはいかないのよ」

端役だったらあるかもしれないが、美玲はこの年にして顔が売れ過ぎている。芸能界というのは格を重んじる世界であるため、主役級の役者の顔を立てなければならないのだ。もし美玲が端役で出演したら、キャストやスタッフに要らぬ気遣いをさせてしまうことは確実だ。

「俺、大島が出てるドラマ観たことないんだよね」

ドラマ、めっちゃ観てましたよ。とはよく言われるが、面と向かって観てないと言われたのは初めてだった。

「観なくていいよ、別に」

美玲は素っ気なく言った。

車内アナウンスが聞こえ、そろそろ新横浜駅に到着することを伝えていた。普段であれば電車を降りる準備をいそいそと始める頃合いだ。松葉杖でデッキに向かい、そこに置いてある車椅子――自転車用のチェーンで固定してある――のロックを外したりと、意外に準備に手間がかかるのだ。しかし今日は精神的に楽だった。隣には山猿がいる。彼に命じればある程度のことはやってくれるはずだ。

※

その車椅子の女の子が店内に入ってきたとき、三崎啓介は我が目を疑った。思わず口に含んでいたマックシェイクバニラ味を噴き出してしまいそうになったほどだ。啓介が驚いたのは車椅子の女の子の風貌にではない。それを押していたのが毛利翼だったからである。

「よう」

翼はそう言いながら啓介のもとにやってきた。会うのはほぼ四年振りだが、それを感じさせない気さくな態度だった。一人で来るものだと思っていたが、連れがいるとは驚きだ。しかも車椅子の女の子！　さきほど翼からメールが入ってきて、一階の席にしてくれと指定された。それにはこういう理由があったのだ。たしかにこの女の子を二階席に案内するのは大変そうだ。

「先に何か買ってくるよ。大島、何がいい？」

「アイスコーヒーのMサイズ。ブラックで」

「了解」

翼はすたすたと歩いていき、レジ待ちの列の最後尾に並んでしまう。まったく勝手な奴だ。せめて紹介くらいしてくれよ。内心舌打ちをしながら啓介は車椅子の女の子に目を向ける。

夏だというのにマスクをしているので、その顔はよくわからない。しかし涼しげな目元からしてかなり可愛い子であるのは想像できた。啓介は意を決して女の子に話しかける。

「初めまして。翼の同級生？」

「そう」

素っ気ない答えが返ってくる。特に会話を弾ませようという気持ちがないらしく、彼女はスマートフォンに視線を落としている。啓介はめげずに質問した。

「ねえ、君はどのへんに住んでるの？　俺も小学五年まで清水にいたんだよ。あ、俺の名前は三崎啓介。清水ヶ丘小で翼と一緒だったんだ」

彼女は質問には答えてくれなかった。ちらりとこちらを見ただけで、またスマートフォンに視線を落とした。車椅子の後ろ側には二本の松葉杖がセットされている。丈の長いワンピースを着ていて、肌が驚くほどに白い。もしかしてこの子、ずっと病院暮らしで最近外の世界に出たばかりではないか。そう思ってしまうほどだ。

沈黙が続く。レジに目を向けるとちょうど翼の順番が回ってきたらしく、壁のメニューを指でさして店員に伝えていた。やがて翼がトレーを手にこちらに戻ってくる。翼はビッグマックのセットを買ったらしい。

「よく食うな、翼。夜にはとんかつ食いに行くんだぜ」

「大丈夫大丈夫。心配するなよ」

翼はアイスコーヒーを女の子の前に置いた。彼女は礼の一つも言おうとはしなかった。いったい翼とどういう関係なのか。それを訊きたいが、今はその質問を切り出せる空気ではなかった。鈍感な翼はすでにハンバーガーを食べ始めている。

東京に引っ越してきてからも、翼とだけは連絡をとり続けていた。小学生の頃はたまに電話をして話す程度だったが、中学に進学してから翼が携帯電話を入手して以降、メールを使ってやりとりできるようになった。翼は清水桜中学校の卓球部に入部し、そこでメキメキと実力をつけた。一年生のときには市の新人戦で優勝、そして三年生になってからは県大会でも優勝した。続く東海大会でもベスト4に入り、全国大会への出場権を見事に得ていた。

清水桜中は静岡県内でもスポーツに力を入れている公立校として知られていた。翼の住む学区からは本来通えないのだが、どうしても清水桜中で卓球をしたいという翼の願いを叶《かな》えてくれたのは、担任教師の青木先生だったらしい。彼があれこれ骨を折ってくれたお陰で、今の翼があるのだ。あの頼りなかった新人教師が翼のために動いてくれた。正直啓介にはピンと来ない。

「旨《うま》いな。東京はマックも一味違うな」

「馬鹿だな。味は変わらないって」

啓介も卓球を続けていた。中学は中野区にある卓球の名門、中野誠心《せいしん》中学に進学した。中野誠心は関東地区でも五本の指に入る強豪校として知られていて、実業団でプレイする卒業生も多かった。練習はきつかったが、その分鍛えられた。三年生になり、啓介は部長に任命された。明日から始まる全中でも啓介は個人戦、団体戦の両方に出場する予定になっている。

「いやあ、旨かった。あ、でもとんかつは全然いけるぜ」

翼が紙ナプキンで口を拭きながら言った。啓介は近況を確認した。

「ところで信太やリカルドは元気にやってるか？」

「うん、元気だよ。でも学校違うから前みたいに遊んだりできないんだよな」

そのときだった。啓介は信じられないものを見た。車椅子の女の子がアイスコーヒーを飲むためにマスクを外したのだ。マスクを右耳に引っかけたまま彼女はアイスコーヒーを飲む。その顔に見憶えがあり、啓介は思わず「あっ」と声を出してしまった。

「何だよ、啓」と翼が視線を向けてくる。啓介は何も言うことができなかった。すでに彼女はマスクをつけてしまっている。

川越美玲。有名な子役だ。単なる子役というより、準主役といった役どころのドラマや映画もある。美少女というより愛嬌《あいきょう》があるタイプの女の子だったが、さきほどマスクを外したときの彼女の顔には女性としての美しさが備わっていた。こんなに可愛い子は東京でも滅多にお目にかかれない。さすが芸能人だ。

意味がわからない。どうして川越美玲がここにいるのだ？　そういえば、と啓介は思い出す。たしか彼女は数年前に交通事故に遭い、芸能界を引退したはずだ。その後の消息は啓介もわからない。それほど芸能界に詳しいわけではない。

駄目だ。どうしても意識が彼女の方に向かってしまう。それに気づいたのか、彼女が早口で言った。

「疎開してるの、静岡に。こっちだといろいろ人目につくから。ここに来たのは山ざ、いや毛利君に道案内を頼まれたから。私もちょうど帰省したかったし」

美玲が再びマスクを外し、アイスコーヒーを一口飲んだ。翼がフライドポテトを指でつまんで言った。

「よかったら大島も俺たちと一緒にとんかつ食べない？　勝つためにはとんかつがいいんだぜ」

「遠慮しとく。別に私、勝負事なんてしないし」

元人気子役は冷たい口調でそう言い放った。親友との久し振りの再会に予期せぬ闖入《ちんにゅう》者が現れたわけだが、啓介の心はざわついていた。一瞬だけマスクを外すときに見える美玲の顔。それが啓介の瞼《まぶた》に刻印のように焼きついていた。


空調は効いているはずだが、会場内はやや蒸し暑かった。当然だ。二百人以上の選手たちが体育館にひしめいているのだから。ちょうど開会式が終わったところだった。これから四日間、ここ有明《ありあけ》にある体育館で全国中学校卓球大会がおこなわれるのだ。

前半の二日間は男女のシングルス、後半は男女の団体戦が予定されている。啓介はどちらにも出場予定なので、四日間ぶっ通しで試合をする羽目になる。競技がスタートする午前九時まであと三十分ほどだ。今は各選手が準備運動をしたり、顧問の指示に熱心に耳を傾けている姿が目立った。

「啓、お前んところのユニフォーム、スウェーデンみたいでかっこいいな」

振り返ると翼が立っている。青い短パンに白いシャツを着ている。学校の体操着のようだった。ゼッケンナンバーは八十九番。

「まあな。一応揃《そろ》えてるからな」

中野誠心中学のユニフォームは青い下地に黄色のストライプが入っている。卓球の強豪国、スウェーデンの国旗の色だ。かつてスウェーデンから監督を招聘《しょうへい》したことがあるらしく、その伝統がユニフォームに受け継がれているという。

「それにしても人が多いよなあ。何か息苦しい感じがするもん」

翼はそう言いながら自分のラケットをこちらに寄越してくる。啓介も同じように自分のラケットを翼に渡した。お互いどんなラケットを使っているのか。表裏にどんなラバーを貼っているのか。それを確認するための儀式のようなものだ。犬同士が匂いを嗅ぎ合うかのようにラケットを確認し合う。卓球選手の習性だ。

「ちょっとやろうぜ」

「おう」

空いている台を探し、ラリーを始めた。本当に翼は上達した。本格的に卓球を始めたのは中学からなのだから恐れ入る。静岡は卓球のレベルが東京ほど高くないが、それでも県予選を勝ち抜くのは並大抵のことではない。こうしてラリーをしていても、翼の威力のあるドライブに差し込まれることもある。しかもまだまだ荒削りで、これで一流の指導者がついたらどうなってしまうのか。それを考えると少々怖い。

「おっと、悪い」

球が台の角に当たって思わぬ方向に飛んだため――ルール上はエッジボールという――翼が謝罪した。啓介は転がっていく球を拾い上げ、再び翼に向かって打つ。力強いドライブが返ってくる。

単純に運動神経がずば抜けているのだと思う。たとえば啓介が生まれ育った清水の場合、クラスで一番運動神経のいい奴は大抵サッカーをやる。その次が野球だ。だから必然的に人気スポーツに運動能力の高い者が集まっていくわけであり、本来なら翼がサッカーを選んでいても不思議はなかった。サッカーをやるために生まれてきたような名前なのだし、その俊足を活かして優れたサイドプレイヤーになっていたはずだ。ところが翼はサッカーには見向きもせずに卓球を選んだ。ただそれだけだ。

「ラスト」

そう言って啓介が球を打つと、翼が片手でキャッチした。後ろで待っていた選手に台を譲り、翼と肩を並べて台から離れた。翼が尻のポケットから紙片を出し、それを広げた。

「それにしても参加者多いよな。啓と当たるとしたら決勝か。一、二、三……六回勝たなきゃ当たらないぜ」

翼が見ているのはトーナメント表だ。男子シングルスの出場者は総勢百十四人。ぎっしりと名前が並んでいる。関東や東北などの各ブロック大会において上位に進出した者たちだ。ちなみに啓介は関東大会において個人では三位、団体は準優勝の成績を収めている。それなりに注目されている選手の一人だ。

「でも翼も有名人だよな。そのうちサインとかねだられたりして」

「やめてくれ、啓。結構恥ずかしかったんだから」

先月の卓球ジャーナルだ。全中の注目選手が見開きで特集されており、その中に何と翼が写真つきで紹介されていたのだ。啓介ですら紹介されていないというのに、東海大会ベスト４の選手が注目選手として掲載されるのは異例のことだ。きっと大会に居合わせた記者が翼のプレイを見て、こいつはいけるとインスピレーションが働いたに違いなかった。あの記事を見たとき、嫉妬よりも喜びが勝った。部活の仲間たちに記事を見せて回った。こいつ、小学校のときの同級生で、俺の友達なんだぜ。

「翼、あの子は応援に来てるのか？」

「大島のこと？　来てるよ。結構暇なんだな、あいつも」そう言って翼は観客席の二階を見る。東側の二階席のあたりを指でさした。「ほら、あそこにいるだろ」

目を凝らすとたしかに大島美玲の姿がある。今日もマスクをしているので周囲の観客たちは誰も気づいていないようだった。

昨日の夕方、中野のマクドナルドを出たところで彼女は帰っていった。その後に入ったとんかつ屋であれこれと探りを入れてみたのだが、翼と彼女は単なるクラスメイトという関係であるのは間違いなさそうで少し安心した。美玲はクラスでも浮いた存在で、周囲と積極的に交わろうとはしていないらしい。まあそれは当然だろう。何しろあの川越美玲なのだから。

翼はこう言っていた。あいつさ、抜け殻みたいになっちゃったんだと思うんだよね。俺や啓から卓球とったら何もなくなるだろ。それと一緒さ。だからほかの何かが見つかればいいんだけど、それはあいつが自分で見つけるしかないんだよなあ――。

『競技開始まであと十分です。選手の皆さんはトーナメント表を確認の上、各自のコートに向かい、審判席でエントリーをおこなってください。繰り返します……』

場内アナウンスが聞こえてきた。練習をしていた選手たちもいったん中断し、おのおの戦いの場であるコートに向かって歩いていく。体育館は腰ほどの高さの間仕切りにより、升目状にコートが作られている。

「じゃあな、啓。頑張れよ」

「お前こそ」

軽く拳を合わせてから翼と別れ、啓介は自分がエントリーされている八番のコートに向かう。審判席でエントリーをしてから、少し離れたところに陣どった。三試合目なのでまだ時間はある。啓介はもう一度東側の二階席を見上げた。

すぐに彼女の姿は見つかる。二階席は空いており、彼女は自分の松葉杖を隣の座席に立てかけるようにして置いている。美玲はスマートフォンに視線を落としている。試合が始まっていないため退屈しているのかもしれなかった。


まずいな、これは。

啓介は苦戦していた。すでに二ゲームを相手に先取され、もうあとがない状況だ。ラケットのグリップの汗をシャツの裾で拭った。重心を低くし、相手のサーブに備える。

三回戦だった。対戦相手は水戸康晃《みとやすあき》。青森にあるスポーツ強豪校の選手であり、本大会の優勝候補と目されていた。三年前には全日本卓球選手権大会ホープスの部（小学六年生以下）で優勝し、去年は同大会のカデットの部（十四歳以下）で優勝した、啓介の世代のトップ選手だ。翼が掲載された先月号の卓球ジャーナルの記事においても、一番大きな写真で紹介されていたのは水戸だった。

「エイヤーッ」

またしても水戸のポイントとなる。反応していたが、水戸の強烈なドライブに啓介のラケットは数センチ届かなかった。球が後方に転がっていく。それを追って啓介は球を拾い上げた。立ち上がって深呼吸をする。ちょうど東側の二階席が目の前に見え、思わず彼女の姿を探していた。二本の松葉杖が立っているのでよく目立つ。彼女がこちらを見ていたので、恥ずかしくなって啓介は視線を台に戻した。

俺、何やってんだろ。試合中なのに。

啓介は自分の頰を軽く叩き、試合に意識を集中させた。啓介のサーブで試合は再開する。下回転をかけたサーブを水戸がレシーブする。水戸がストレートに打ってきたので、啓介は踏み込んでクロスを狙う。数回ラリーが続いたのち、啓介の打ったドライブがわずかに逸れてアウトとなった。

得点板を見る。六対二で負けている。このままだとストレート負けを喫することになる。水戸とは過去にも対戦歴があり、まだ一度も勝利したことがない。ある一定のレベルを超えた選手たちは各大会で何度も顔を合わせたことのある顔馴染《かおなじ》みだ。

サーブを打つ。若干回転を変えてみたのだが、水戸は慌てることなく冷静に返してくる。啓介が力任せにドライブを打つと、水戸も呼応するかのように力強いドライブを打ってきた。何度かやり合っているうちに啓介がミスショットを放ってしまい、スコアは七対二となる。

翼の奴、勝ってるかな。

今、翼も三回戦を戦っているはずだ。対戦相手は愛知にある強豪校の選手だった。翼の実績からすると一枚も二枚の上手の選手であり、正直翼には分が悪い相手だった。

余計なことを考えていたのがいけなかった。水戸のサーブを打ち損じてしまい、サービスエースを与えてしまう。八対二。

「ゾーン」という言葉がある。アスリートが集中力を極限にまで高め、最高のパフォーマンスを発揮できる状態のことをさすらしい。日本語に訳すと「無我の境地」や「忘我状態」であり、その状態に入ると選手自身も特別な何かを感じることができるとも言われている。野球選手が「球が止まって見えた」と語ったり、一昨年のサッカーワールドカップ南アフリカ大会でチームをベスト16に導いた日本代表監督の岡田武史《おかだたけし》氏は「ゾーンのような状態にチームが入った」と話したこともある。

去年の全日本卓球選手権大会カデットの部、啓介は二回戦で敗退した。そのまま決勝まで観戦し、決勝戦で戦う水戸の姿を見た。まず目つきが違った。完全に別の世界にいると思った。きっとあのとき、水戸はゾーンに入っていたはずだ。しかし今、啓介の目の前にいる水戸にはそのときのような鬼気迫るものが感じられない。それはつまり、水戸にとって三崎啓介という卓球選手はさほどの集中力を要せずとも勝てる相手であることを意味していた。

悔しかった。どうにかして水戸を本気にさせたいが、今の自分にその実力がないのはわかっている。自分に足りないものは何か。それがここ最近の啓介の悩みだ。

「ゲームセット」

審判の口から非情な言葉が発せられ、その瞬間に啓介の三回戦敗退が決定した。台の中央に歩み寄り、水戸と握手を交わす。彼は勝って当然といったように不敵な笑みを浮かべていた。

審判に向かって一礼してから卓球台から離れた。まだ試合がおこなわれているコートもあり、啓介は翼が戦っているコートに向かって足を進めた。得点板を見ると翼が二ゲーム、対戦相手が一ゲームをとる接戦だった。

翼が放ったストレートが決まる。会心のショットに翼が雄叫びを上げた。

「よっしゃっ」

スコアは四対二で相手選手がリードしているが、無邪気に喜ぶ翼の顔を見て、啓介はなぜか翼の勝利を確信した。

※

昨日は蟻《あり》んこのように体育館にひしめいていた卓球小僧たちは、二日目になると一気に半分ほどにまでその数を減らしていた。初日に敗《ま》けた者が去り、勝者だけが二日目に進出できるという弱肉強食スタイルだ。今日も美玲は二階席でぼんやりと卓球の試合を眺めている。

今日は昨日に比べて卓球台もだいぶ減り、今は八試合が同時におこなわれていた。そのうちの一試合に目を向ける。山猿こと毛利翼が相手の球を打ち返したところだった。相手も果敢に打ってくる。何度かラリーが続いたのち、相手のミスショットにより山猿のポイントになる。はい来るよ、山猿の雄叫び。

「よっしゃっ」

何の迷いも見せずに叫ぶ山猿を見て、最初のうちは気恥ずかしさを覚えていた美玲だったが、徐々に気にならなくなってきた。私と山猿が同じ中学校に通っていることなど誰も知りっこない。ポイントをとったら大きな声で叫ぶのが卓球のお決まりらしく、そこかしこで奇声が上がっている。

山猿がサーブの姿勢に入る。山猿サーブだ。山猿の繰り出す技のすべてに美玲は勝手に名前をつけているのだが、どの技にも山猿という単語が入る。山猿アタック、山猿スマッシュ、山猿ネットインといった具合に。だって山猿なんだから仕方ないよね。

「せいっ」

山猿の対戦相手が叫んだ。山猿アタックが外れてしまったのだ。ここまでは一進一退の攻防が続いている。昨日からずっと見ているお陰で、ルールも大体わかっていた。

どうして卓球の試合を見ようと思ったのか。それは美玲にもよくわからない。美玲が頼まれていたのは東京の道案内だった。昨日の早朝、山猿が宿泊している品川のホテルに彼を迎えに行き、そこから京浜東北線とりんかい線を乗り継ぎ、国際展示場駅で下車、徒歩で有明の体育館に向かった。体育館の前で山猿に「見ていくだろ」と言われ、どうせ暇だったし「うん」と答えた。

やはり全国大会ということもあってか、試合に臨む選手たちも気合いが入っている。たまに敗退すると同時に悔し涙を浮かべている子もいた。それは美玲もかつて経験したオーディションにも似た空気だった。若い者たちが己のすべてを賭け、全力で戦いを挑む。美玲も以前はそういう場にいたのだった。

一昨日、ほぼ半年振りに港区の実家に帰宅したが、両親との間に会話はほとんどなかった。

父は泊りがけで千葉にゴルフに行っているらしく、顔を合わせることもなかった。母とは夕食のときに顔を合わせたが、「勉強しっかりやってる?」と訊かれたので、「それなりに」と答えただけで、そこから先はまともな会話が続かなかった。

今、母の興味は美玲の二つ年上の兄、恭平《きょうへい》に向けられている。兄は子役になど興味はなく、ずっとサッカーに夢中だった。母の関心を一身に受けていたのは美玲であり、兄は自由にサッカーをやっていた。将来はスペインリーグに所属したい。兄はそう言って東京に本拠地を置くプロサッカーチームのユースクラスに通っていた。

そんな兄が突然サッカーをやめた。単純に言うと自分の才能の限界に気づいたようだった。チームでも補欠で試合に出れない日々が続き、嫌気がさしてしまったのだ。そして兄は母にこう宣言する。俺、モデルをやりたい。できれば将来はお芝居もやってみたい、と。その台詞を聞いた母は狂喜乱舞する。美玲の離脱により空席になっていたポジションに兄の恭平がそのまま収まった。兄は去年の年末におこなわれた男性ファッション誌のオーディションにおいて審査員特別賞を受賞し――多分母が知り合いに頼んでごり押ししたに決まっている――晴れてモデルとしてデビューを果たした。めでたしめでたしというわけだ。

「そこ、空いてる?」

顔を上げると山猿の友達、三崎啓介が立っていた。彼は青いジャージを着ていた。啓介は昨日の三回戦で敗退していた。今日は見学しているようだ。断る理由もないので美玲は言った。

「どうぞ」

一つ座席を空けて啓介が座る。一昨日中野のマックで少し話しただけだ。中野まで向から中央線の車中で頼んでもいないのに山猿が説明してくれたところによると、彼はもともと清水に住んでいて翼と同じ小学校に通っていたらしい。

「どう？　卓球面白い？」

啓介がそう訊いてくる。山猿よりも背が高く、都会的な雰囲気を漂わせている。学級委員をやっていそうな優等生タイプだった。

「まあまあかな」

「それはよかった、つまらないって言われるよりはマシだな」

「それよりあの子、あと何回勝てば優勝できるの？」

美玲は山猿がプレイしている卓球台の方をあごで示した。啓介が腕を組んで答えた。

「今の試合を含めてあと三回勝てば優勝だよ。正直ここまでやるとは思ってもいなかった。よ
、やってるよ、あいつ」

勝できそう？」

な。期待はしてるけど、ちょっと難しいかな。これから先、当たる相手は子供の頃か
ら込んできたエリートたちだからな。そう簡単に勝てる相手じゃない」

そうだ。幼少の頃から事務所に所属し、子役養成スクールに通っていた子でな
を勝ち抜いていくのが難しかった。卓球の世界も似たようなものらしい。

ラマとかの仕事はやらないの？」

美玲は黙って啓介の顔をまじまじと見る。彼が赤面して言った。

いう質問はＮＧだったかな」

わ」美玲は自分の左の膝をパンパンと叩いて言った。「動かないし、痛みさえないの。こんな私にできる役なんてないもの。ところであなた、学級委員やったことあるでしょ？」

「あるよ。ていうか毎年やってる。何で？」

「いや、別に」

歓声が上がる。山猿がチャンスボールをきっちりとスマッシュで決めたのだ。「よっしゃっ」と山猿がガッツポーズをして跳び回っている。あんな風に動けたらどんなに楽しいだろうか。少しだけ山猿に嫉妬している自分がいることに美玲は気づいていた。

※

「続きまして、準優勝は清水桜中学、毛利翼君です」

司会の男がそう言うと、翼が前に出てきて照れたような顔つきで表彰台に上がった。啓介は一階の出入り口のあたりからそれを見ていた。大会二日目の日程が終了し、今は表彰式がおこなわれていた。

「優勝は東北王林《おうりん》中学、水戸康晃君です」

盛大な拍手に包まれる。特に東北王林中学の部員たちが集まっているエリアからは怒号のような祝福の声が上がっている。優勝した水戸が一位の表彰台に上がると、大会関係者が入賞者の首にメダルをかけていった。

翼は決勝戦まで進出した。まさに快進撃だった。決勝で当たった相手は啓介が三回戦で敗れた水戸だった。これまでの快進撃が嘘のように、翼は一ゲームも獲ることなく、ストレート負けを喫したのだ。それでも随所に光るプレーを見せ、水戸を慌てさせる場面もあった。しかし結果は結果。決勝戦で負けた翼の悔しそうな顔つきが印象的だった。今は表彰台の上で翼は晴れ晴れとした顔でメダルを首からぶら下げている。

「もしかして悔しい？　あいつが準優勝したことが」

隣にいる大島美玲が言う。彼女は車椅子に乗っている。今日の午後、ずっと彼女と一緒に試合を観戦していた。彼女は同学年とは思えないほど大人びていて、ちょっぴり厭世家《えんせいか》だった。

「別に悔しくないよ。むしろ嬉しいくらいだ」

「本当に？」

「本当だって」

嫉妬の気持ちがないといえば嘘になる。だが、それ以上に翼の活躍は見ていて痛快だった。無名のダークホースが次々と卓球エリートたちを撃破していったのだ。

啓介の気持ちは明日の団体戦へと切り替わっている。トーナメント表を見る限り、おそらく東北王林中学とは準決勝で当たることになる。個人戦では水戸に負けてしまったが、団体戦になったら勝ち目はある。主将として恥ずかしい戦いはできない。

「行こうか」

「いいの？　私なんかがコートに入っても」

表彰式が終わり、メダルをもらった入賞者たちは仲間の部員らと写真を撮ったり、談笑したりしていた。翼は一人、所在なげな様子で立っている。

「いいんだよ。だって君、翼の付き添いだろ」

「違うわよ。ただのクラスメイト」

啓介が歩き出すと、美玲も渋々といった表情で車椅子を前進させた。右の肘かけのところにスティックがあり、それを押すと動く仕組みになっているようだ。いわゆる電動車椅子というやつだろう。さきほど話を聞いたところによると、基本的には松葉杖で移動するらしいが、初めから長距離の移動がわかっている場合に限り、車椅子も使用するらしい。

美玲と並んでコート内を歩く。車椅子の美玲に気遣ったのか、誰もが道を開けてくれる。近づいてくる啓介たちの姿に気づき、翼の顔がパッと明るくなった。翼が胸のメダルを見せつけるように言った。

「どうだ？　啓。準優勝だぞ」

「凄いな、翼。でも決勝は厳しかったな」

「ああ。水戸は強かった。実力差がだいぶあるよな。高校になったら絶対に倒すよ。大島、準優勝だぞ。少しは見直しただろ、俺のこと」

「別に。優勝したら褒めてやろうと思っていたんだけどね」

周囲では写真撮影が続いている。それを見て翼が「俺たちも撮ろう」と言い出したのだが、誰もカメラを持っていなかった。すると美玲は首にかかっていたスマートフォンを手にとり、「これでよければ」と首から外した。

近くにいた見知らぬ選手に撮ってもらうことにする。翼が真ん中、その両脇に啓介と美玲が並んだ。

「はい、撮りますね」

その声がかかると同時に美玲がマスクを外した。ほんの一瞬の出来事だった。スマートフォンを預けた男が目を見開いている。美玲の正体に気づいたのかもしれなかった。しかしすでに美玲はマスクをつけている。

三人でスマートフォンの画面を覗き込む。真ん中の翼は誇らしげに笑い、啓介は少し照れたように笑い、そして美玲は元天才子役の名に相応しい、涼しげな微笑を浮かべていた。

いい写真だ。啓介は心の底からそう思った。

※

タクシーが停車した。美玲が料金を支払うと、運転手が車から降りて後部座席に回ってフォローしてくれる。運転手から松葉杖を受けとり、美玲は「ありがとうございます」と頭を下げた。タクシーが立ち去るのを見送っていると背後から足音が近づいてきた。

「悪かった。急に呼び出したりして」

三崎啓介だ。今日はジャージ姿ではなく、ジーンズにシャツという私服だった。全中から一週間が経っている。翼はすでに静岡に帰っていたが、美玲は引き続き都内の実家に滞在していた。夏休みが終わるまで東京にいようと思っている。

昨日山猿からメールがあり、そこには三崎啓介からの伝言が記されていた。どうしても会わせたい人がいる。そういう内容だった。その思わせぶりな内容にこうして足を運んでしまったわけだ。夏休みを持て余していたという理由もある。

「いったいどういうこと？　私に会わせたい人って誰？」

啓介は答えない。ニヤニヤ笑っているだけだ。彼が歩き出したので美玲は仕方なくそのあとを追う。原宿《はらじゅく》の竹下通りだ。原宿に足を運ぶことは滅多にない。こんなに暑いのにこの人たちは平気なのかしら。そう不安になってしまうほど原宿の街には若者が溢《あふ》れている。まあ私もその中の一人なのだけど。

「ここだよ」

雑居ビルの前だった。『原宿卓球倶楽部《クラブ》』という看板がかかっている。右隣はドラッグストア、左隣はアニメグッズ専門店で、どちらもひっきりなしに若者が出入りしていた。啓介が中に入っていく。こんな場所に卓球場があるのだろうか。そんな疑問を感じつつ美玲も足を踏み入れた。

受付のような場所があり、そこで啓介が初老の男性と笑顔で話していた。顔見知りのようだった。「こんにちは」と初老の男性に言われたので、美玲も「こんにちは」と返した。啓介とともに廊下を奥に進む。着替えをするロッカールーム、シャワー室もあるようだった。廊下の突き当たりのドアを開けると、そこは卓球場だった。

卓球台は全部で八台。すべて埋まっていた。卓球に興じているのは上は六十歳くらいの老人から、下は小学生とおぼしき少年と年齢層もさまざまだ。そのプレイの成熟度も台によって異なっていて、遊び半分で球を打つ大学生らしき者もいるし、きちんとユニフォームを着て真剣な顔つきで練習している小学生もいる。球をラケットで打つ乾いた音と、シューズが床を踏みしめる音が鳴り響いていた。

一番奥の台にその人物はいた。車椅子に乗った女性がラケット片手に卓球をしていた。車椅子に乗っているのもさることながら、その風貌に驚かされた。黄色い派手なウェアに身を包んでおり、髪型もこれまた派手だった。金髪をベースにして、赤やブルーなどのメッシュが入っている。両耳には大ぶりのピアスが光っている。その姿に美玲は孔雀《くじゃく》を連想した。鮮やかな青緑の羽根を広げたオスの孔雀だ。

「ちょっと休憩入れよか」

車椅子の女性がそう言い、いったんラリーを終了させた。するとマネージャーっぽい若い男性がタオルを持って女性のもとに向かう。化粧を気にしながら汗を拭き、顔を上げた女性がこちらを見て言った。

「啓、来てたんや。本番近いからな、つい練習に熱が入ってもうたわ」関西弁のイントネーションだ。「どうや？　この髪型。イケてるやろ。五輪バージョンやで」

「凄く似合ってます」

「そやろ。一万なんぼしたんやからな。担当した美容師が絶賛してたわ」女性は啓介の背後にいる美玲に気づいて言った。「ん？　その子は誰？　まさか啓、うちに内緒で彼女作ったんちゃうやろな」

「違いますって、トモコさん。最近会ったばかりの友人です」

「そういうことにしておこうか。ちょっと貼り替えたラバーの調子がいまいちやねん。待っててくれるか」

トモコと呼ばれた女性がラケットを持ち、再びラリーを開始した。練習相手は三十代ぐらいの男性で、彼は車椅子には乗っていない健常者だ。啓介が振り向いて小声で言った。

「塚原《つかはら》トモコさん。今月末のロンドンパラリンピックの日本代表。俺もたまにここで練習させてもらうことがあるから、その関係で知り合いになったんだ」

ラリーは続いている。先日見た全中のプレイほどの激しさはないが、トモコは右へ左へ球を打ち返していた。あまり大きな移動ができないのをカバーするためか、車椅子は台のほぼ中央に居座っている。それでもたまに左手で車椅子の車輪を持ち、わずかに動いて打ち返すシーンも見られた。

美玲はこっそりスマートフォンを出し、彼女の名前を検索した。数日前のネットの記事が検索の上位に引っかかった。そこには次のように書かれていた。

『塚原トモコ（六十三歳、アサヒ不動産所属）はこの夏、三度目のパラリンピックに挑む。初挑戦のアテネでは五位、前回の北京大会では四位だった。三度目の挑戦でメダルを獲得できるか。塚原さんはこう語る。「三度目の正直ですよ。何とかしてメダルを持ち帰りたい」

塚原さんが事故に遭ったのは二十年前のこと。夫の運転する車で高速道路を走行中、大型トラックが絡む追突事故に巻き込まれた。最愛の夫に先立たれ、塚原さんの下肢にも重い障害が残った。「死んでしまった方が楽だった。そう思ったことも一度や二度のことではありません」

卓球に出会ったのは事故から三年経った頃だ。友人の強い薦めで練習に参加し、もともと体を動かすことが好きだったトモコさんはすぐに卓球の虜《とりこ》になった。翌年には全国大会で準優勝。以来、数々の大会で結果を残してきた。その個性的な風貌と明るい性格で彼女を慕う人間も多い。障害者スポーツ界のゴッドマザーとも言われている。

「今の私があるのは卓球のお陰。感謝の気持ちを胸にロンドンで暴れてきます」

三度目の正直。塚原トモコの挑戦が始まる』

写真も掲載されていた。練習に励む彼女の姿だ。真っ赤なシャツに髪はドレッドヘアだった。今とは違うが、かなりインパクトのある風貌だ。

「これでラスト」

トモコがそう言って練習を切り上げ、こちらに戻ってくる。六十歳を超えているとは思えないほど肌の艶がいいことに驚かされる。子役時代、共演した往年の名女優たちと似たような空気感を持っている。ペットボトルの水を飲みながらトモコが言った。

「そこの彼女、名前は？」

「大島美玲です」

「何でマスクつけてんの？　花粉症？　それとも風邪でもひいてるん？」

「……違います」

すると啓介が彼女のもとに向かい、屈んで何やら耳打ちした。それを聞いたトモコが笑って言った。

「自意識過剰やな。あんたのことなんて誰も見てへんで。よっしゃ、一丁やったろか。うちの予備の車椅子、貸したるわ」

どうやら卓球をやらされる羽目になるらしい。別に卓球などやりたくもない。抗議の声を上げようとしたが、準備はどんどんと進んでいく。啓介はニヤニヤ笑っているだけで何も言ってくれなかった。少し腹立たしい。

「来た球をこれで打ち返すだけや。できるやろ」

ラケットを渡される。それから用意された車椅子に座った。一瞬だけ悩んだが、美玲はマスクを外した。飲食時以外で大人数の前でマスクを外したのは久し振りかもしれない。

「行くで」

トモコが球を打ってくる。少し距離があったので、美玲は車椅子を前に出して何とか球を打ち返した。ラリーが続く。きっとトモコが打ち易《やす》いコースにスピンもかけずに打ってくれるお陰だった。体育の授業はいつも見学だったので、体を動かすことに慣れていない。それでも何とか球を打てた。

初めての卓球は楽しかった。

# 現在

『ただ今より、準々決勝第一試合、及び第二試合をおこないます。まず入場いたしますのは王龍選手、ミヒャエル・ゼーラー選手でございます』

場内アナウンスの声とともに、クラシック音楽が流れ始める。ワーグナーの『ワルキューレの騎行』だ。王龍とゼーラーが体育館の中に入ってくると、場内に拍手が鳴り響いた。午後になって客の数が一気に増えた。一階は八割程度は埋まっているのではないだろうか。

中丸は定位置でもある放送席の後ろの席に座っている。同時に試合がおこなわれるため、少し離れた場所にあるサブ放送席でもアナウンサーが実況する予定になっていた。

『続きまして第二試合に出場する選手の入場です。毛利翼選手、深川大輝選手です』

場内の拍手が大きくなる。日本のエース、深川大輝が入場してきたからだ。深川は青いウェアに身を包んでいた。対する毛利翼は一回戦と同じ、黒い虎のあしらわれた黄色いユニフォームだった。

『深川選手、落ち着いているようです。大一番を前に緊張している様子はありません。古賀さん、どうご覧になりますか』

『悪くないんじゃないの。大輝は普段は闘志を内に秘めるタイプだからね。ドカンと爆発させてほしいよね、ドカンと』

前に座る実況アナの福森と解説の古賀の声がイヤホンから聞こえてくる。「どうだ？」と中丸は菅野に訊いた。小型ビデオカメラ片手に菅野は答えた。

「ついてますね、やっぱり」

「貸してくれ」

カメラを借りてレンズを覗く。第二コートの卓球台にカメラを向けた。深川と毛がラケットを交換し、ラバーを確認し合っているところだった。倍率を上げて毛の背中を見ると、首下に小さな日の丸がついていた。

「意図的だな。中国側も認めてるってわけだ」

仮に毛が勝手に日の丸をつけて一回戦に臨んだとする。当然、中国側もそれに気づくはずだから、昼休憩の間に監督・コーチあたりから毛が注意され、日の丸を外して準々決勝に臨むのではないか。そういう読みもあったのだが、それは外れてしまったようだ。

「古賀さんの説、当たってるかもしれませんね」

毛利翼イコール日本人説だ。姓が毛利で、名が翼。そうであるなら彼が日の丸を背負っている理由も説明できるが、そもそも中国という国が日本人選手をチームに加えるという話自体が信じられない。

「どうだかな。決めつけるのはまだ早い」

中丸がそう答えたときだった。胸ポケットの中で振動があり、スマートフォンに着信が入ったのがわかった。出して画面を確認すると『藤村《ふじむら》さん』と記されていた。中丸は席を立ち、通路を歩きながらスマートフォンを耳に当てた。

「もしもし?」

「中丸ちゃん、今、東アリだろ」

東京アリーナのことだ。中丸は答えた。

「ええ、そうです、東京レガシー卓球を観戦中ですが」

藤村拓郎《たくろう》。スポーツジャーナリストだ。ジャンル問わずスポーツ全般を取材している五十代の男で、その著作も多い。中丸はスポーツ中継の仕事を通じて彼と知り合った。遠征先で何度か酒を酌み交わしたこともある。

「だと思った。実は今、そっちに向かってる。そうだな、あと二、三分で着きそうだ。ちょっと話があるんだよ」

「どんなことでしょう？　解説席に座っていただけるなら大歓迎ですが」

冗談めかして中丸が言うと、真剣な口調で藤村が言った。

「そんなことじゃない。もっと大事な話だ。おたくの公式ツイッターを見ていて気づいたことがあるんだ。あ、運転手さん、そこの角を曲がってくれ」

「わかりました。お待ちしております」

中丸は通路を歩いて体育館から出た。正面玄関に向かう。入場してくる観客の姿もちらほらと見える。一台のタクシーがロータリーに入ってきて停車した。後部座席からずんぐりとした体型の中年男性が降りてくる。藤村だった。

「藤村さん、ご苦労様です」

中丸がそう言って駆け寄ると、挨拶もそこそこに藤村が言った。

「中国の毛って選手いるだろ、一回戦で同じ中国の黄泰然を倒した。奴のことが気になって仕方がないんだ。今日は午後から中山競馬場に行くつもりだったが、何か胸騒ぎがしてこっちに急行したってわけだ」

実はそんな予感がしていたので驚きはなかった。一回戦の試合結果はすべて帝都テレビの公式ツイッターで短い動画とともに紹介している。ただし毛に関しては例の日の丸だけは見えないように配慮していた。それなのに藤村は何かに気づいたということか。

「まずはこの目で毛っていう選手を見たい」

「今ちょうど試合中です。こちらになります」

藤村を案内してアリーナ内に戻る。通路を歩いて第二コートの一番前に向かった。まだ試合は始まったばかりで、スコアは四対二で毛がリードしている。中丸は菅野から小型ビデオカメラを借り、それを藤村に手渡した。藤村は中腰の姿勢でレンズを覗き込んだ。中丸もまた藤村の背後で中腰の姿勢をキープする。深川大輝が鋭いドライブを決め、雄叫びを上げた。

「ドリャーッ」

拍手に包まれる。隣のコートでは世界ランキング二位の王龍が試合をしているというのに、やはり多くの観客たちの視線は日本人選手の深川大輝に向けられていた。カメラから目を離した藤村があごをしゃくった。場所を変えて話したい。そういう意味だと理解し、中丸は煙草を吸う仕草をした。藤村がうなずいたので、二人でアリーナから出た。藤村がヘビースモーカーであるのは知っている。藤村が話し出す。

「八年くらい前だったかな。俺は当時人気絶頂だったイクマイの取材をしていた。彼女の出場する試合はほとんど現地に足を運んだ。大手出版社から彼女の伝記を書いてほしいという依頼を受けていたんだよ」

幾田麻衣《いくたまい》。イクマイの愛称で知られた卓球選手だ。幼い頃から両親の英才教育を受けて育ったエリート卓球選手で、中学生の頃からマスコミにとり上げられた。彼女の場合は卓球が上手いだけではなく、その美貌も話題の的だった。人気ファッション誌とモデルとして専属契約を結ぶほどだった。卓球界のシンデレラ。そう呼ばれていた。

「彼女が出たインハイも取材した。会場は滋賀県だった。イクマイ目当てで多くの報道陣が会場に詰めかけていた。たしかテレビも来てたはずだ。俺は出版社が用意してくれた席に座って試合を観戦した。イクマイは見事優勝したよ。フィーバー状態とはあのことだ」

喫煙スペースには誰もいなかった。中丸は電子煙草をセットした。藤村は紙巻き煙草だった。紫煙をくゆらせながら藤村が続ける。

「イクマイが優勝した途端、マスコミがすうっといなくなってしまったのには笑ったな。そのあとに男子シングルスの決勝戦がおこなわれた。勝ち上がってきたのは優勝候補と目されていた東北王林のエース、名前は水戸だったかな。対するは静岡の毛利っていう選手だった」

「毛利って、まさか……」

毛利翼は日本人ではないのか。解説の古賀が口にした仮説が現実のものになってしまうのか。

「戦前の予想では水戸が圧倒的優位とされていた。だがな、蓋を開けてみれば毛利の圧勝だった。二人は全中の決勝でも対戦したことがあるようだが、そのときは水戸が勝利していたらしい。つまり借りを返したわけだ。俺はこう見えてスポーツジャーナリストの端くれだ。それなりに選手を見抜く目を持っている。そんな俺が毛利翼という選手を見て感じたんだ。こいつは近い将来、ヤバい選手になるんじゃないかってな」

中丸はわずかに体温が上昇したような高揚感を覚えていた。かつて毛利翼という日本人卓球選手がいた。どういう経緯があったのか定かではないが、彼は単身中国に渡り、現在は中国のナショナルチームに帯同している。そして今日、日本のエースである深川大輝と対峙《たいじ》しているのだ。いったい彼に何があったのか。どんな思いで戦っているのか。そこから読みとれるストーリーに刺激を受けないテレビマンなどいない。下手すれば、いや下手しなくても、この話だけで一時間のドキュメンタリー番組を作れてしまいそうだ。事実、中丸の頭の中には企画書が出来上がりつつあった。

「これを見てください、藤村さん」

カメラに保存されていた画像を呼び起こした。毛利翼のユニフォームの背面だ。その画像を藤村に見せながら中丸は興奮気味にまくし立てた。

「毛の……いや毛利選手の背中には日の丸が縫いつけられています。これって彼が日本人であることの証《あかし》ですよね。どうして彼は中国のナショナルチームにいるんでしょうか？　しかも世界ランク三位を破るほどの実力です。いやあ、こいつは面白くなってきましたね。ん？　藤村さん、どうされました？」

藤村の表情が気になった。やけに浮かない顔をしているのだ。藤村もスポーツジャーナリストであり、今回の一件の重大性に気づいていると思ったのだが、彼の表情はどこか憂いを帯びている。液晶画面に写った日の丸に視線を落とし、彼は言った。

「別人なんだ。今、深川大輝と戦っているのは俺が知ってる毛利翼ではない。八年前にインターハイ決勝で見た男とは、まったくの別人なんだよ」

※

手も足も出ないとはこのことだ。

深川大輝はラケットのグリップを握り、中国の毛利翼選手のサーブに備えた。開始から立て続けに三ゲームを連取され、あとがない状況だ。第四ゲームは何とか取り返したが、第五ゲームも苦戦が続いていた。五対二でリードされている。

毛のサーブ。こちらのチキータを警戒したロングサーブだった。深川は定石通りのフォアのロングを返す。それを予想していたかのように毛が回り込んで鋭いドライブを打ってきた。ラケットに当てることができたが、球は台を逸れて毛のポイントとなる。

「シャースッ」

毛が拳を握り締める。これで六対二。俺はこのまま負けてしまうのか。

浪速《なにわ》の神童。かつて深川はそう呼ばれていた。卓球を始めたのは三歳の頃だった。実業団選手だった父の影響で卓球を始め、その才能はすぐに開花した。小学校時代、公式戦では無敗だった。

小学校卒業とともに上京し、JOCエリートアカデミーに入校した。同校は年少の競技者が将来オリンピック等の国際大会で活躍できるよう、一貫して育成をおこなう組織だった。全寮制の生活を送り、中学でも部活動はやらずにまっすぐアカデミーに戻り、そこで専属コーチから指導を受けるのだ。文字通り卓球漬けの生活だ。

練習の成果はすぐに出た。十四歳のときに出場したワールドツアーのドイツオープンで優勝し、ワールドツアー最年少優勝記録を更新した。そして翌年のアジアカップ決勝で当時世界ランキング二位だった中国の李秀英を撃破した。日本人選手がシングルスで中国人トップランカーに勝利するのは稀なことだった。深川の名前は一躍日本中に知れ渡るようになった。東京オリンピックの星、とまで言われるようになり、スポンサーの依頼がわんさか舞い込んだ。

打倒中国。目指せメダル。周囲の期待を一身に浴びて臨んだ東京オリンピックだったが、深川は男子シングルスの一回戦で敗退してしまう。人生最大の屈辱だった。

深川は終わったな。そんな声も聞こえる中、去年の秋からは所属チームを変え、新しい指導者のもと「ニュー深川の構築」をテーマに練習に臨んだ。少しずつ成果は出てきているが、目指している理想形はまだ遠い。

「シャースッ」

毛が雄叫びを上げた。やっぱ強えな、中国は。そう思いつつ深川は両手でTの字を作って審判に見せた。タイムアウトの要求だ。一試合に一回だけ、一分間以内のタイムアウトをとることが認められている。スコアは八対三。

ラケットを台の上に置いてから後ろに下がる。ベンチにいた所属チームの監督――元オリンピック代表――が声をかけてくる。

「深川、最後まで集中しろよ」

「はい」

ここまではっきりと実力の差を見せつけられているため、監督の口から具体的な指示が出ることはなかった。深川はペットボトルの水を一口飲み、中国サイドのベンチに目を向けた。毛が監督と話している。その目つきは真剣なものだった。彼のユニフォームの背面には日の丸が縫いつけられていることは深川も知っていた。昼休憩中には監督やトレーナーとその話題になった。日本にルーツがある選手ではないのか。そういう意見が大半を占めたが、その真相は明らかになっていない。

タイムアウトが終わり、試合が再開される。その最初のポイントを奪ったのは毛だった。スコアは九対三。

毛は力強いフォアのドライブでガンガン攻めてくるタイプの卓球だ。ボクシングのアッパーカットのように球をこすり上げて打ってくるのだ。そのため球は速く、そして落差もある。しかし第三ゲームあたりからそのドライブの威力が少しずつ弱まっているのを深川は感じていた。原因はおそらく毛の右足だ。彼の右膝には黒いサポーターが巻かれている。

毛のドライブがストレートに入ってくる。ラケットを伸ばしたが届かなかった。十対三。マッチポイントだ。

会場が何とも言えない空気となる。観客たちの溜め息が聞こえてきそうな感じだった。すでに午前中にもう一人の日本人選手――開催国枠で参加していた世界ランキング二十五位のベテラン――は敗退しているため、深川が負けてしまうと日本人選手はいなくなってしまう。

毛のサーブで始まる。最後のお情けのつもりなのか、ミドルの位置に球が落ちる。それを見逃さずに深川は得意のチキータを打つ。しかしこれまた読んでいたようで、毛は崩れることなくバックハンドで球を打ち返す。何度かラリーを繰り返したのち、毛の強烈なドライブの前に深川は屈した。

「シャースッ」

完敗。

ぐうの音も出ない。

まだ第一コートでは試合が続いているようだった。よく頑張ったね的な温かい拍手に包まれる中、深川は卓球台の中央まで歩み寄った。近づいてきた毛と握手を交わした。すると毛が深川の耳元に口を近づけてきた。

「もっと強くなれるよ。死ぬほど練習すれば」

「えっ?」

流暢な日本語だ。あまりに流暢過ぎて彼が中国人であることを一瞬忘れてしまったほどだ。深川が言葉を返せずにいると、毛がラケットで口元を覆って言った。

「サイヤ人っているだろ、ドラゴンボールの。サイヤ人って戦闘で死の淵《ふち》まで追い込まれると、生還したときには強くなっているんだ。あれと一緒だよ。死ぬほど練習すればいい。そうすれば君もサイヤ人みたいに強くなれると思うけどな」

踵を返し、毛はベンチの方に向かって引き揚げていく。深川は半ば呆然《ぼうぜん》としながら、去りゆく男の日の丸を見送った。

# 六年前

『立てよ、いつまで寝てんだよ。まだ終わりじゃねえぞ。ちんたらやってんじゃねえよ』

画像の中では柔道着を着た丸刈りの男が畳の上に横たわっている。息も絶え絶えといった感じで、荒い呼吸で背中が上下に動いていた。陸に水揚げされたカジキのようだ。すると画面の端から巨漢が現れ、丸刈りの男を強引に起き上がらせ、大外刈りで叩きつける。畳の上には男の汗と、それから刈られた髪が散乱している。ついさきほど同じ動画の中でバリカンで丸刈りにされたのだ。

『おい、誰か。（ピーッ）にポカリやってくれ』

テレビ局側が配慮したのか、名前の部分は消されていた。別の柔道着の男がやってきて、ペットボトルのスポーツドリンクを倒れた男に渡そうとしたのだが、手前にいる男が笑って言った。

『違えよ。誰が飲ませるって言ったんだよ、アホ。こうすんだよ』

前に出た男がペットボトルを強引に奪い、横たわる丸刈りの男の頭に中身をドボドボとかけた。周囲の男たちから笑いが洩れる。そこで画像が途切れ、スタジオ内の映像に戻った。

『いやあ、何とも衝撃的な内容でした。目を疑うとはこのことを言うんでしょうね。ナギさん、どう思われましたか?』

司会の男に話を振られ、女性コメンテイターが答えた。

『私もびっくりしました。私は小学二年の息子がいるんですけど、もし息子の身にこういうことが起きたらと思うと、全然他人事《ひとごと》のような気がしませんでした』

寺田虎太郎《てらだこたろう》はテレビを観ている。午後のワイドショーだ。昨夜、Twitterで拡散した動画がとり上げられている。どこかの柔道場でおこなわれた集団暴行の現場だった。＃いじめ稽古、＃強制丸刈り、＃永青《えいせい》大柔道部など、さまざまなハッシュタグとともに動画は拡散し、朝から各局のワイドショーで放送されている。

『本当に信じられません。大学からは「事実関係を確認中」というコメントが発表されているだけです』

虎太郎は溜め息をつく。何だか信じられなかった。実は動画内で暴行を受けているのは、ほかでもない虎太郎自身だった。

虎太郎は永青大学の二年生で、柔道部に所属している。五月の連休明け、新入部員へのお試し期間——部に定着してもらえるように飲み会に参加させたり、ご飯を奢ってやったりするキャンペーン——を終え、虎太郎たち二年生は一年生に上下関係の厳しさを教えた。上級生は神であり、その教えは絶対であると。普通であれば事実を淡々と受け入れるのが常なのだが、今年の一年生は違った。だったら柔道部なんてやめてやると啖呵《たんか》を切り、十人中四人が退部届を出してしまったのだ。

それを知った上級生は激怒した。二年生にも責任があるのではないか。そういう結論に達したらしく、一年生と二年生が全員呼び出され、激しく責められた。今回の件でそれぞれ自分の意見を述べよ。そういう提案が四年生からなされた。

虎太郎の番が回ってきたので、「特に意見はありません」と答えたところ、小松原《こまつばら》主将が激怒した。意見がないだと？　寺田、ふざけんなよ。

もともと虎太郎は小松原から毛嫌いされていた。二人とも九十キロ以下級で、実力的には小松原の方が上とされていたが、実は虎太郎の方が強いんじゃないかと陰で囁かれていた。そういう焦りもあったのか、普段から目の敵にされていたのだ。

寺田、調子乗ってんじゃねえぞ。よし、決めた。かかり稽古だ。てめえの根性を鍛え直してやるよ。

そしてかかり稽古が始まった。稽古は延々と続いた。途中でなぜかバリカンで坊主頭にさせられたのには驚いたが、すでにスポーツ刈りに近い髪形だったのでむしろさっぱりしたくらいだった。自分が犠牲になることで、この事態が丸く収まるならそれでいいかな。虎太郎はそんな風に考えながら、何度も何度も投げられた。

ようやく解放されたのは二時間後だった。自分がボロ雑巾になったような気分だった。重い体を引き摺るようにアパートに帰宅し、大量のスポーツドリンクとテイクアウトしてきた牛丼三人前を食べてから泥のように眠った。そして――。

『おい、虎太郎。何か大変なことになってるぞ』

そんなメッセージが届いたのは、その夜遅くのことだった。疲労と筋肉痛でベッドに横になっていたところ、柔道部の同級生からＬＩＮＥが寄せられたのだ。添付されていたＵＲＬにジャンプすると、それは見知らぬ誰かがTwitterに投稿した動画で、昼間のかかり稽古の様子を隠し撮りしたものだった。動画は次々と拡散していき、深夜未明には日本のトレンド一位にまで登りつめた。いわゆる炎上だ。

ここ最近のネット界隈《かいわい》の人たちというのは動きが早く、しかも優秀だ。あっという間に件《くだん》の動画が永青大柔道部のものであることが特定され、さらに個人名まで特定されてしまった。テレビのワイドショーではさすがに個人名は伏せられているが、ネット上には虎太郎の名前は流出し、いじめを受けた可哀想な柔道部員として一躍有名人になってしまっている。

『先生、この動画をご覧になられてどう思われますか？』

『日本の教育が前時代的なままだと実感させられますね。人権侵害になるのではないでしょうか』

学者っぽい男が神妙な顔つきで話している。人権侵害。そこまで大袈裟なものとは思えないが、テレビを通じて第三者的な目で映像を見ると、たしかに過激だった。壮絶ないじめの現場を見ているようでもあった。

今日の朝、柔道部の監督をしている玉村《たまむら》勝《まさる》から連絡が入り、今回の件について一切口外を禁ずると命令された。場合によってはマスコミが自宅を訪れるかもしれないが、その場合も相手にするなと言われた。

『もう一度これまでの経緯を説明します。この動画が投稿されたのは午後十時のことでした。すぐさまネットでは話題になり……』

来客を告げるインターホンが鳴ったので、虎太郎は「はーい」と返事をしながら玄関に向かった。ドアを開けると浅黒い顔をした男が立っていた。彼が言う。

「簡単に開けるんじゃない、虎太郎。世間は大変なことになってんだぞ。もし俺がマスコミの人間だったらどうするんだよ」

「ご、ごめん……」

大学の同級生、毛利翼がするりと部屋の中に入ってくる。

「これ、差し入れな。腹減ってんだろ」

翼が手に持っていた袋をテーブルの上に置いた。中を見ると弁当が三つ、入っている。大学近くにある弁当屋〈ぽんぽん亭〉の唐揚げ弁当だ。虎太郎の大好物だった。虎太郎は「悪いね、翼君」と言ってから、早速一つめの弁当を食べ始める。唐揚げは最高に美味しかった。

「お前、どういう神経してんだよ。反抗くらいしたらどうなんだよ。こんなに一方的にやられて腹立たないのか？」

「うん、まあ……僕が我慢すればいいのかなって思って」

唐揚げを咀嚼《そしゃく》しながら虎太郎が答えると、翼が歯を見せて笑った。

「お前らしいって言えばお前らしいんだけどな」

翼とは同じ経済学部で、一年生のときから同じ語学のクラスだった。翼は授業に遅刻してくることが多く、何度かノートを貸してあげたりしているうちに仲良くなった。翼は大学の卓球部に所属しており、虎太郎と同じスポーツ特待生だった。

虎太郎が通っている永青大学はスポーツの強豪校としてその名を知られている。たとえばプロ野球では毎年のようにドラフトに指名される選手がいるし、箱根駅伝でも上位に入賞する古豪だった。柔道部も例外ではなく、これまでに何人もの選手がオリンピックに出場していて、毎年のようにインカレの団体戦では上位に名を連ねている。

「ちなみに学校側から何か言ってきたか？」

一つめの弁当の空き容器を輪ゴムで留《と》め、二つめの弁当を袋から出しながら虎太郎は答えた。

「蓋をするつもりだな。でもこのまま収まるとは思えないけどな」

「口外厳禁だって。しばらく学校にも部活にも行かなくていいみたい」

翼がテレビに目を向けた。ワイドショーの特集はまだ続いている。今は体罰に詳しい都内の専門家が何やら盛んに話している。

『……厚労省でも体罰に関する規制を強化する動きがあって、現在児童虐待防止法の改正に取り組んでいるんです。長時間正座させるとか、そういう理不尽な体罰は禁止しようというのが方針なんですよね。今回の一件は……』

実感が湧かない。虎太郎自身はTwitterもFacebookも一切やっていないため、自ら情報を発信することはないし、その必要性すら感じていなかった。きっとこの動画を投稿したのはあの場にいた一年生、もしくは二年生のうちの誰かだと考えられた。まさかこれほどの騒ぎになるとは想像もしていなかったに違いない。四年生がムカつくから隠し撮りした動画を上げてみた。その結果がこれなのだ。

再びインターホンが鳴った。翼が人差し指を口にやり、足音を立てぬように玄関に向かった。ドアスコープから外を確認した。戻ってきた翼が声を潜めて言った。

「マスコミだと思う。早くも居場所がバレてしまったようだな」

ドアが叩かれる音が聞こえ、その後に男の声がする。

「寺田さん、こんにちは。〈週刊文朝〉です。いるんですよね？　よかったらお話を聞かせてくださいよ」

翼がこちらを見て、唇に人差し指をやって黙っていろという素振りを見せた。虎太郎は箸を持ったまま硬直する。ドアの向こうの男はしつこかった。

「寺田さん、お願いだから話を聞かせてくださいよ。謝礼も出しますから。ここに名刺を入れておくんで、気が変わったら連絡をくださいね」

ドアの内側の郵便受けにパサリと紙片が落ちる音が聞こえた。耳を澄ましていると外廊下を遠ざかっていく足音が聞こえた。足音が完全に聞こえなくなるのを待ってから翼が言った。

「虎太郎、ここにいるのは危険かもな。気が休まる暇もないしさ。よかったらうちに来るか」

「いいの？」

「別にいいぜ。学校から遠くなるけど、どうせ学校行けないなら問題ないだろ」

永青大の体育会系の部活をおこなう施設は調布《ちょうふ》にある。グラウンドや体育館、柔道場などが集まった施設だ。翼は部活に行くのに便利だという理由で調布市内に住んでいる。

「ん？　虎太郎、お前なに三個目の弁当食べてんだよ。お前が二つで、俺が一つのつもりだったんだぜ」

「ごめん、つい……」

すでに三つめの弁当に手をつけてしまっていた。しかし唐揚げを一つとご飯を少し食べただけで、大半は残っている。その弁当を翼の方に差し出しながら虎太郎は言った。

「これ、よかったら……」

「要らねえよ。腹減ってたんだろ。全部食べていいぜ。食べ終わったら出発だ」

「ありがとう、翼君」

この恩は一生忘れないから。虎太郎は胸の内でそう言って、唐揚げを頬ばってご飯をかき込んだ。三つめの唐揚げ弁当も最高に美味しかった。

※

会場は大きな拍手に包まれている。中には立ち上がって拍手を送っている観客の姿もあった。舞台の上には三人の男女がいて、そこにスポットライトが当てられている。中央にいる車椅子の女性、大島美玲は充実した笑顔を浮かべて拍手に応えていた。そんな彼女の姿を、三崎啓介は客席から拍手をしながら見守っていた。

下北沢《しもきたざわ》にある小さな劇場だ。ここで美玲が出演する朗読劇がおこなわれていて、啓介は観客として足を運んでいるのである。美玲以外の二人も名の知られた俳優のようだ。朗読劇自体は十九世紀のロンドンを舞台にした古典文学で、啓介にはチンプンカンプンの内容だったが、美玲が上手に演じていることだけは伝わってきた。

今日は平日の火曜日だが、客席はほぼ満員だった。先週の土曜から公演が始まり、今週一杯は続くらしい。客の半分ほどは美玲目当てだと思われた。

四年前、高校進学を機に美玲は芸能活動を再開させていた。といっても以前のような女優としてではなく、最初は声優として再スタートを切った。するとその翌年、日本を代表する大御所アニメ監督の最新作でヒロイン役を任された。一躍注目を浴び、売れっ子声優の仲間入りを果たした彼女は、アニメや映画の声優として活躍した。最近ではこうして朗読劇をやったり、ドキュメンタリー番組のナレーションに挑戦するなど、活躍の場を広げている。

拍手に包まれる中、三人の演者は舞台袖に引き揚げていった。観客たちも立ち上がり、やや匂配のある通路を出口に向かって歩いていく。啓介もその列に従って劇場から出た。外はわずかに雨が降っていた。傘を持っていなかったので駅まで走り出そうとしたそのとき、スマートフォンにLINEが入ってくる。美玲からだ。

『今どこ？』

啓介はすぐに返信した。

『駅に向かってる』

『タクシーで帰るから送るよ』

『ありがとう。どこ行けばいい？』

指定されたのは近くのコンビニの前だった。啓介はそこに向かって走った。ちょうど劇場の裏手になっていて、関係者らしき者たちが出入りしている姿も見えた。啓介はズボンのポケットに手を突っ込んで美玲が出てくるのを待った。

結構待たされる。途中でコンビニに入って缶コーヒーを買い、それを飲み終えた頃になってようやく美玲が姿を現した。車椅子の美玲の横には男が寄り添い、傘で雨をしのいでいた。近づいてきた美玲が顔を上げて言った。

「ごめん。お待たせ」

傘をさした男が啓介の方を見た。その表情からしてこちらに対してあまりいい印象を持っていないのがわかる。さきほど舞台で美玲の隣にいた男だった。パンフレットによると浅沼栄《あさぬまえい》将《しょう》という名前の三十代の俳優らしいが、あまりドラマや映画を観ない啓介は知らない顔だった。男が鼻を鳴らして言った。

「へえ、美玲ちゃん。こういうのがタイプなんだ」

「誤解しないでください。古い友人です。送っていただきありがとうございました」

「じゃあまた明日。週末の打ち上げで飲めるのを楽しみにしてるよ」

男が立ち去っていく。美玲が手を上げて通りかかったタクシーを停めた。啓介が後部座席の前まで車椅子を押してやると、美玲が両腕の力だけでタクシーに乗り込んだ。啓介は車椅子を畳み、トランクに載せてから後部座席に乗った。「ありがと」と美玲に言われ、「どういたしまして」と啓介は応じる。こういう一連の作業はすでに慣れている。

「桜上水《さくらじょうすい》までいい？」

「うん」

「運転手さん、京王線の桜上水駅までお願いします」

美玲がそう声をかけるとタクシーが発進する。窓ガラスに斜めに雨粒がぶつかっていた。雨脚は徐々に強くなってきているようだった。

「翼は？　あいつは何してるの？」

「さあ、何してんだろ。今日は部活も休みだったからな」

啓介は永青大の二年生で、卓球部に所属している。翼とは学部が違うため、授業で顔を合わせることは滅多にないが、放課後は週五の割合で調布の体育館で一緒に汗を流している。

永青大卓球部は日本卓球リーグの男子二部に所属し、年二回のリーグ戦に参加している。部員は総勢四十名、幼い頃から卓球漬けの生活を送ってきた卓球エリートたちが集まっていて、団体戦レギュラーの座を勝ちとるのは容易ではない。高校チャンピオンである翼でさえもその壁に苦しんでいるのだから、レベルの高さがわかるというものだ。

「トモコさんは元気？　最近会ってないんだよね」

塚原トモコ。四大会連続パラリンピック出場中の卓球選手だ。五年前、当時中学三年生だった啓介は、美玲を強引に連れ出してトモコに引き合わせた。美玲が自分の殻に閉じ籠もっているように見え、トモコと会うことが何かのきっかけになればいいと思ったのだ。美玲はさほど大きな反応を示すことはなかったが、やはり何か感じる部分があったようで、その日以来トモコとの付き合いが始まったらしい。数年前の某雑誌のインタビューで、美玲が芸能活動を再開する契機として『トモコの前向きな性格に感化されたから』と答えていた。

「元気にしてるよ。次の東京オリンピックでは絶対にメダルを獲るって張り切ってる」

「あの人らしいわね。そういえば永青大、何か大変なことになってるでしょ」

「ああ、柔道部のやつだろ。ヤバいよな、あれ」

学校でもその話題で持ち切りだった。永青大柔道部の度を過ぎた稽古の模様はＳＮＳを通じて拡散し、世間の関心を集めている。ワイドショーのレポーターが校門前で学生たちにインタビューを敢行していたとも聞く。

「やられた奴、同級生なんだよ。たしか翼と仲良かったはずだぜ」

「そうなんだ。翼のことだから今頃助けに行ってたりして」

「あいつのことだから有り得るな」

美玲が翼に気があることは長い付き合いなのでわかっていた。ただし翼はそちら方面には全然疎く、いまだに出会った頃と同じようなクラスメイト感覚で美玲と接している。実際に二人が付き合い出してしまったらと考えると胸が張り裂けそうになる。

「美玲、そろそろ誕生日だよね？　今度の日曜日？」

五月二十一日が美玲の誕生日だ。今年で二十歳になる。

「そうよ。これでやっと啓と一緒にお酒飲めるね」

「だな。翼はまだまだ先だけどな」

すでに啓介は先月に二十歳の誕生日を迎えている。翼は十一月生まれなのでだいぶ先だ。できれば誕生日を一緒にお祝いさせてほしい。そう言いたかったのだが恥ずかしくて言い出せなかった。いずれにせよ公演の千秋楽に当たるはずなので、終演後は打ち上げだろう。さっきの男もそんなことを言っていた。

「啓、卓球はどう？　翼はまだ伸び悩んでる？」

「うーん、どうだろうな。でも翼はよくやってるよ。あいつ見てると本当感心する」

「何だか啓が一生懸命じゃないみたいな言い方」

二年前に翼がインターハイで優勝したのを機に、啓介の中で心境の変化があった。翼に完全に先へ行かれてしまった。そういう焦燥感もあったし、ジェラシーに似た感情もあった。翼に追いつくためには必死に練習するしかないのだが、どれだけ練習しても翼に勝てないのではないかとも思っていた。だから最近、どこか練習に身が入らない。それは練習だけではなく、大学生活全般に言えることだ。

「あ、運転手さん、このあたりで結構です」

タクシーが路肩に停まった。財布から金を出そうとしていると美玲が言った。

「お金はいい。私が払っとくから」

「でも……」

「いいって。私の方が稼いでるんだし」

そう言われてしまうと返す言葉がない。「悪いな」と啓介は言い、タクシーから降りた。雨は本降りになっている。走り去るタクシーを横目に見ながら、啓介はアスファルトの上をダッシュで駆けた。

※

その電話がかかってきたのは、虎太郎が翼のアパートにやってきた翌日のことだった。翼のアパートは永青大の体育施設から徒歩五分のところにあり、部活で疲れた日などは帰宅するのに楽な場所に位置していた。木造二階建てのアパートはそこかしこに老朽化の兆しが見てとれたが、2Kの間取りは広々としていて快適だった。テレビの前で横になって週刊少年マガジンを読んでいると、スマートフォンに着信があった。見知らぬ番号だった。マスコミに携帯番号がバレてしまったようで、昨日から電話がかかってくることも多々あった。しかし大事な電話の可能性もあるわけで、とりあえず着信があったら電話に出ることに決めていた。

「寺田虎太郎様の携帯電話で間違いないですか？」

聞こえてきたのは男の声だった。横柄な感じではなく、マスコミではなさそうだ。

「はい。そうですけど、そちらは？」

「私は永青大学の学生事務局のカンダと申します。用件だけ手短にお伝えします。寺田様は永青大の品位を貶《おとし》めるような行動をとったため、柔道部を退部となり、併せてスポーツ特待生の身分も剝奪となります」

柔道部を辞めさせられるのか。最悪こういうことも起こり得るだろうと予測していたが、実際にそれを告げられると驚いた。男の語った次の言葉に虎太郎はさらに驚くことになる。

「当校の規定により、スポーツ特待生でなくなった以上、寺田様は在学の資格を自動的に失います。従って本日付けで退校処分となります」

何を言っているか、虎太郎の理解は追いつかなかった。それでも男はあくまでも事務的な口調で言う。

「いくつか書類を提出していただくことになるので、ご自宅に郵送でお送りしました。必要事項を記入のうえ、同封してある返信用封筒でお送りください。よろしくお願いいたします」

「えっ？　ちょっと待って……」

虎太郎の呼びかけを無視して通話は切られてしまう。学校を……やめなければならないのか。どうして……。虎太郎はしばらく呆然と座り込んでいたが、気をとり直してさきほどの番号に電話をかけてみる。が、いくら待っても繋がらなかった。どうすればいいのだろうか。

悩んだ末、虎太郎は翼に電話をかけた。時刻は午後二時になろうとしていて、三時限目の授業中であることは承知の上だった。繋がらなかったが、しばらくして折り返しかかってきた。

「どうかしたか？　虎太郎」

「実は……」

さきほどの電話の件を話すと、さすがの翼も言葉を失った様子だった。

「本当か？　本当に退校処分になるって言われたのか？」

「うん。今日付けで退校になるって」

「まったくどうなってんだよ」電話の向こうで翼が舌打ちをした。「今から帰るから待っててくれ。そっちでゆっくり話そう」

通話が切れた。週刊少年マガジンを読む気分にはなれず、虎太郎はテレビをつけてみた。ワイドショーでは今年に入って就任したアメリカのトランプ大統領が特集されていた。また発言が物議をかもしたようだ。

例の稽古の映像は引き続きテレビやネット上でも話題になっている。プライバシーを考慮したのか、登場人物たちの顔にはモザイクがかけられるようになっていて、それを見ていると何だか自分ではない別人のような気がしてくるのが不思議だった。

トランプ大統領の特集が終わり、司会者が別の原稿を読み始めた。

『次の話題です。昨日もお送りした永青大の柔道部を巡る体罰問題ですが、ここに来て新たな動きがありました。今日の午前中、大学側からマスコミ各社にファックスが送られ、そこで新事実が明かされたようです』
何だって？　虎太郎は思わずテレビににじり寄った。司会者がファックスを読み上げる。
『このたびは我が校の不祥事が世間を賑わせてしまい、誠に申し訳ございません。ネットに流出した映像につきまして確認したところ、我が校の柔道部のもので間違いないと判明いたしました。ご迷惑をおかけし、ここに改めて謝罪いたします。
さて、当該映像でございますが、我が校の柔道部による「退部稽古」（永青大学柔道部独自の呼称）であることが判明いたしました。永青大学柔道部は創部八十年の伝統を誇り、創部以来多くの柔道家を輩出しています。古来より多くの慣習があり、その一つが「退部稽古」です。「退部稽古」と申しますのは、退部を決意した柔道部員に対し、先輩たちが門出を祝う意味で、満身創痍《そうい》になるまで稽古に付き合う儀式です。
問題となる映像に写っている部員（二年生のA君）は、当校の内部規範を著しく逸脱する行動をとったため、この度退部をする運びとなり、今回柔道部員たちによる「退部稽古」が敢行されたというのが事実のようです。
「退部稽古」に関しては、今後は一切その実施を禁止する所存です。その他の慣習・伝統等につきましても改めて吟味し、スポーツ教育の発展に繫げていくのが我が校の使命だと考えております。この度は誠に申し訳ありませんでした』
開いた口が塞がらない。それが虎太郎の感想だった。あれは退部稽古だった。それが大学側の用意した回答なのだ。いや、ことによると主将の小松原が苦し紛れの言い訳をして、それを大学側がすんなりと受け入れただけかもしれない。

退部稽古というのは実際にある。門出を祝うと言えば聞こえはいいが、実際には懲罰的な意味合いの方が強かった。たしかに退部稽古だったということにしてしまえば、そういう慣習があるんだから仕方ないというイメージになりそうだ。実際、テレビの中で出演者たちは次のようなやりとりをしていた。

『なるほど。退部稽古ですか。私も学生時代に陸上部に所属していたんですが、退部するときには百キロ走らされるなんてこともありましたよ』

『そういう風習が今もあるんですよね。ですがA君がどういう問題を起こして退部処分になったのか、それも気になるところですよね』

『永青大はスポーツ推薦で多くの学生をとっている大学です。もしかしてA君は学業が不振で、内部の規定に到達できなかったのかもしれませんね』

出来が悪いから退学になった。そう言われているみたいで心外だった。このファックスが嘘であるとは誰一人として疑っている様子はない。

何だか悲しい気持ちになってくる。世界中が自分に対してそっぽを向いているかのようだ。珍しく腹も立った。虎太郎はリモコンを操作してテレビを消した。

※

午後十時。啓介は調布駅近くにあるファミレスの店内に足を踏み入れた。席は八割ほど埋まっていた。奥のボックス席で手を上げる男の姿が見え、啓介はそちらに向かって歩き出した。

ボックス席には翼が座っている。もう一人の巨漢——今、世間を騒がせている寺田虎太郎という柔道部員——も一緒だった。二人が同じ学部で仲が良いことは知っていた。実は今日、翼は卓球部の練習を欠席した。翼が練習を休むのは珍しいことだったので、何か不測の事態が起きたのではないかと思っていたが、やはり柔道部の不祥事に首を突っ込んでいたのだ。

「練習休むんじゃねえよ、翼」

「悪い、啓。ちょっとゴタゴタしてるんだよ。ここは俺が奢るから」

翼がそう言ってメニューを寄越してくる。すでに夕食は食べているので腹は空いていない。だがせっかく奢ってくれるのだからと思い、ケーキとアイスコーヒーを注文した。二人は食事を済ませたようで、今はドリンクバーで粘っている様子だった。

「大体の顚末《てんまつ》は知ってるだろ。啓、知恵を貸してくれよ」

今日の午前、永青大学はマスコミに向けてファックスを送った。あの映像は退部稽古だったというのが大学側の主張だった。啓介の周りでもその内容は割とすんなりと受け入れられている。そういう風習があったんだな、くらいの感想だ。

「あれ、全部でっち上げなんだ。虎太郎は退部する気なんてなかったし、そもそも……」

翼が説明してくれる。話の発端は新入部員の一斉退部だった。その責任を問われる形で、虎太郎が目をつけられたのだ。彼は彼で自分が犠牲になるだけで状況が改善するならばと、いじめに似た稽古を耐え抜いた。それが真相らしい。

「啓、何かいい方法ないか。このままだと虎太郎が可哀想だ」

すでに学校側から連絡があり、退校処分になることを告げられたらしい。虎太郎はスポーツ推薦で大学に入ってきており、その際にあれこれと協定のようなものを結んでいて、それに抵触したための退校処分のようだった。学校側にとってスポーツ特待生はいわばいつでも破棄できる駒に過ぎない。

啓介は斜め前に座る寺田虎太郎を見た。柔道をやっているだけあり、胸板も厚いし、耳も潰れてしまっている。ただしどことなく弱々しい印象を受けた。今回の一件で気を落としているというよりは、この男が本来持っている性質に由来しているように啓介は感じた。

「寺田はどう思ってるの？　やっぱり学校はやめたくないわけ？」

啓介が訊くと、虎太郎はストローをいじりながら答えた。

「そりゃやめたくないよ。ほかにやることもないし」

「でもこんな騒ぎになったんだ。柔道部に居づらいんじゃないか？」

「まあ、それはそうだけど……」

店員がケーキとアイスコーヒーを運んできた。すると虎太郎が空いたグラスを手に立ち上がり、ドリンクバーに向かって歩いていった。その姿を横目で見ながら啓介は翼に訊いた。

「おい、どうしてそこまであいつに肩入れするんだよ」

「だって友達じゃないか。語学のクラスも一緒だしさ」

何度も翼のこういう癖を目にしてきた。目の前に困っている人がいると放っておけない性分なのだ。しっかりと付き合うようになったのは去年永青大に入ってからだが、たとえばインフルエンザに罹《かか》った卓球部の仲間に果物を持って見舞ったり、飲み屋のトイレで酔い潰れていた赤の他人をタクシーに乗せてあげたりと、翼は人助けをし過ぎな気がしないでもない。

「いくら友達だからってな、完全に炎上してんだぞ。首を突っ込んだらお前にまで火の粉が降りかかるぜ」

啓介がそう言うと、翼はドリンクバーに目を向けた。温かい紅茶を作ろうとしているのか、虎太郎はティーバッグの包装を手にしている。翼が虎太郎の背中を見ながら言った。

「俺、ガキの頃に東京に住んでたんだ。三歳か四歳まで。ほとんど記憶はないんだけどさ。俺の母親って人が育児放棄っていうのか、ちょっと駄目な感じの人だったらしくて、俺を放《ほ》ったらかしにして首吊って死んじゃったんだよね」

その話は初耳だった。翼が静岡市内にある児童養護施設に入所していたのは当然知っていたが、彼がどのような経緯で施設に入るようになったのか、啓介はまったく知らなかった。

「俺も幼かったし、助けを呼ぶこともできなかったんだと思う。栄養失調で餓死寸前だった俺を助けてくれたのが、異臭に気づいた隣の部屋に住む若いカップルだったらしいんだ。特に男の人の方が頑張ってくれて、窓のベランダを伝って俺の部屋に突入してくれたんだって。これ、全部あとから施設の人から聞いた話なんだけどな」

異臭というのは翼の母親の遺体が腐敗した臭いだろうか。それを嗅ぎつけたカップルが部屋に侵入する。何とも壮絶な話である。

「そのお兄さんが頑張ってくれたお陰で、今の俺があるんだと思うんだよね。いろんな人の頑張りに支えられてるっていうの？　そういう意味では俺は啓にも感謝してる。お前は俺に卓球を教えてくれたしな」

淡々と話しているが、翼の言葉には重みがあった。いつもは他愛もない話ばかりしているのが、今日ばかりは口を挟むことができなかった。

「中三のとき、全中で東京に来たことがあっただろ。そう、美玲が一緒だったときだ。あの大会が終わった翌日にさ、豊島区の児童相談所に行って、俺を保護してくれた担当者と会ったんだよ。その人、俺のことを憶えていてくれた。で、俺が保護されたアパートにも連れてってもらったの。残念ながら俺を助けてくれたカップルはもう住んでなかった。当然だよな。もう十年くらい経ってたんだから。今も困ってる人とか見るとさ、正直俺だって面倒臭いなって思うことはあるよ。でもさ、そういうときに思うんだよ。あのときのお兄さんだったら絶対に放っておいたりしないはずだって。一肌でも二肌でも脱ぐに違いないって」

カップを手に虎太郎が戻ってきた。啓介はスマートフォンを出し、Twitterを開いた。「永青大」で検索をかけると、多くのツイートがヒットする。大学側の説明はそれなりに効果があったようで、退部稽古であったことが世間では認知されつつある様子が窺えた。退部稽古だったらしょうがないよね的な意見が散見される。

大学側は寺田虎太郎という柔道部員を切り捨て、この難局を乗り切ろうとしていた。たしかに当事者からすればたまったものではない。

啓介は腕を組み、翼とその友人である虎太郎のために必死に頭を巡らせた。

※

フラッシュが眩《まぶ》しかった。美玲は渋谷にある文化施設の小ホールにいた。今日は新作ゲームの発売記念イベントがあり、声優として参加した美玲も呼ばれているのだ。ちょうど今、登壇した声優たちが順番に紹介されている。

『次に紹介いたしますのは、主人公ケインの幼馴染《おさななじ》みであるエル・ベルを演じました大島美玲さんです』

拍手に包まれる。美玲は車椅子を少しだけ前に出し、ペコリと頭を下げた。会場には三十名ほどの記者と、その後ろに五十名くらいの一般参加者の姿があった。登壇している声優は全部で五人。主人公役のみが男性で、あとは全員が若い女の子だ。ゲーム内容は剣と魔法を駆使してモンスターと戦うロールプレイングゲームだ。最近はゲームの仕事が本当に増えた。

美玲が声優としてデビューしたのは四年前、高校一年生のときだ。母には内緒で都内の芸能事務所とコンタクトをとり、本名のままオーディションを受けた。車椅子に座った元有名子役という肩書きが大きかったのか、すぐに仕事が回ってきた。今までは目や体の動きを使って演じてきたのだが、今度は声だけで演じなければならなかった。最初のうちは戸惑う部分もあったものの、アニメーションの動きに自分を合わせることに慣れていくと、徐々にうまくいくようになった。演じるという部分においては、女優も声優も大差はなかった。役に感情移入し、憑依《ひょうい》する。それができてしまえばあとはオートマチックに仕事が舞い込んできた。

『それでは質疑応答に移ります。質問のある方は挙手をお願いします』

記者たちが一斉に手を挙げる。最初に指名された記者がいきなり美玲に向かって質問をぶつけてきた。

『大島さんに質問です。今後通常の女優業を再開されるご予定はありますか？』

難しい質問だ。実は来年舞台に出演する話が水面下で進んでいる。美玲は準主役という役どころで、大病を患った寝たきりの若い女という設定だ。ただしこの話はまだオフレコだ。

美玲はマイクを持って答えた。

「そういうお話は現在のところございません」

『今週末には二十歳のお誕生日をお迎えになりますね』と記者が質問を重ねてきた。『二十歳になったら挑戦してみたいことはありますか？　誕生日当日のご予定などもよろしければお聞かせください』

「ベタではあるんですが、お酒を飲んでみたいです。あと誕生日当日は現在出演している朗劇の千秋楽になります。チケットも余っていると思うので、よかったらお越しください」

記者たちの間から笑いが出る。それを聞き流しながら美玲は頭の中で別のことを考える。毛利翼のことだ。

翼には千秋楽公演のチケットを送ってある。行けたら行く、という素っ気ないＬＩＮＥが入ってきたのは先週のことだ。

まったく山猿の奴、何が行けたら行く、よ。せっかくチケット送ってやったんだから這《は》ってでも来るのが筋ってものでしょうに。

ここ最近、美玲は翼のことを異性として意識していた。以前はアホな同級生程度に思っていたのだが、大学生になった去年あたりから翼の男っぷりがグッと増してきたように感じ、たまに会ったときなどドキドキしてしまうほどだった。以前は田舎っぽさ丸出しだった少年が、今や野性味溢れる男になっていた。

美玲はこれまで二人の異性と付き合った。最初に付き合ったのは高校二年のときのクラスメイトで、その子とは半年で別れた。次に付き合ったのが雑誌の対談で出会った車椅子バスケットボールの選手だった。日本代表にも選ばれたことのある選手だが、彼の浮気が発覚して三ヵ月前に破局した。

もし翼が千秋楽公演に来てくれたら、そのまま彼を馴染みのレストランに連れていく予定だ。そのレストランは恵比寿《えびす》にある隠れ家的なお店で、美玲の自宅にもほど近い場所にある。本当は自宅に招いて手料理――実は美玲は中学時代に過ごした祖母宅で食事当番をしていたので料理が得意――を作ってあげたいところだったが、それはやり過ぎだろうと思われた。

『これをもちましてイベントは終了となります。皆様、お疲れ様でございました』

拍手に包まれる中、登壇していた声優たちが舞台袖に下がっていく。美玲も通路を車椅子で走り、奥の控室に向かう。

「美玲ちゃん、お疲れ様」

そう言って近づいてきたのは江口裕美《えぐちゆみ》という女性マネージャーだ。美玲が所属している事務所の社員で、若い頃は舞台女優をしていたらしい。小さな事務所なので江口だけで数人の声優を抱えているが、移動サポートの意味でも美玲は比較的優遇されている。

「お疲れ様です」

江口からペットボトルの緑茶を受けとる。貴重品ロッカーに入れていたバッグを出し、スマートフォンをチェックした。友人や声優仲間からのＬＩＮＥが数件入っていたが、肝心の翼からのメッセージは届いていない。昨夜美玲が送った「日曜日は来られそう？」というメッセージは既読になっているが、その後の返信は届いていない。調子に乗ってんじゃないのか、あの山猿。少しばかり卓球が上手いからといって。

今日はこれから美容院で、その後は下北沢の朗読劇だ。美玲は翼に対して怒りを表すスタンプを送り、スマートフォンをバッグにしまった。

※

「へえ、永青大の学生さんか。いったい何の用だい？」

花岡法律事務所。それがぽんぽん亭の二階にある法律事務所の名前だった。虎太郎たちを出迎えてくれたのは四十代半ばくらいのスーツ姿の男性で、ずんぐりむっくりした男だった。渡された名刺によると彼がこの事務所の所長のようだ。虎太郎たちは応接セットのソファーに三人並んで座っている。奥の事務室で一人の女性が電話で何やら話していた。

「今週話題になった柔道部の件、ご存じでしょうか？」

代表して尋ねたのは啓介だった。ここに来る前は威勢のよかった翼もいざ事務所の中に入ってしまうと途端に静かになった。翼と啓介。二人の特徴や関係性が何となく垣間《かいまみ》見える。

「知ってるよ。ワイドショーでも散々とり上げられたから。退部稽古だったんだよね」

啓介が目配せを送ると、翼が自分のスマートフォンを出した。さきほど入手したばかりのマスターデータの映像を流す。花岡は眉間に皺《しわ》を寄せるようにして映像を眺めていた。再生が終わると花岡が大きく息を吐いた。

「もう一度見せてくれるかい？」

「もちろんです」

虎太郎は昨夜のファミレスでの出来事を思い出した。翼が呼び出した同級生、三崎啓介は思案した末、こう言った。問題なのは例の映像が途中から始まってることなんだよ。あれが退部稽古じゃないことを明らかにするためには、マスターデータを入手する必要がある。あの映像を撮った奴に接触するんだ。そうすれば真実に近づけるんじゃないかな。

そして今日、虎太郎たちは手分けして柔道部員の一年生を当たった。あっけなく犯人は明らかになった。一年生の松戸《まつど》という男が犯人だった。映像をＳＮＳに流したことを大学側にバラすぞ。そう脅すと観念し、マスターデータを共有してくれた。そしてその後、三人で話し合った。このマスターデータをどう取り扱うべきか。辿り着いた結論は、まずは弁護士に相談してみようというものだった。いつも通っている弁当屋の二階に法律事務所があることを翼が憶えていた。そういう経緯があり、三人で法律事務所を訪れたのだ。

「なるほど。本物みたいだ。君がご本人だね？」

花岡に言われ、虎太郎はうなずいた。啓介が封筒から書類を出し、テーブルの上に置いた。

「これは寺田君のアパートに送られてきたものです。これを書いて提出するように強要されたんです。スポーツ特待生の身分を剝奪して、同時に退校処分になるようです。これって学校がスキャンダルを揉《も》み消すために一人の学生を切り捨てようとしている。そういうことですよね？」

「まあ、そういう考え方もできるね」

やや煮え切らない言い方ではあるが、それでも花岡は実際に起きた出来事と世間で認知されている内容との差に驚いている様子だった。ずっと電話していた女性がこちらにやってきて、「これ、どうぞ」と三本の缶コーヒーをテーブルの上に置いた。可愛らしい感じの女性だった。年齢は三十代くらいか。女性はショルダーバッグを肩にかけて花岡に向かって言った。

「私、ちょっと出てきます」

「そっか。頼むよ」

女性が部屋を出ていく。壁が薄いのか、階段を下りていく足音が聞こえた。窓が開いているので外を通る車の音や、下を歩く学生たちの笑い声なども耳に入ってくる。壁際に設置されたキャビネットにはファイルがぎっしりと収納されていた。

「それで君たちの目的というのかな、依頼の内容を教えてもらえるかい？」

花岡の言葉に啓介が反応する。

「ちなみに料金はかかるんですか？　最初にそれを教えていただきたいのですが」

こういうあたりがしっかりしてると思う。虎太郎と翼ではここまで頭が回らない。花岡は丁寧に答えてくれる。

「うちは初回相談料は一時間で五千円だ。その後は着手金とか、契約の内容によっては事務費や交通費などの諸経費がかかって、最終的には成功報酬をいただくことになる。でも今日は学割適用ということで、初回相談料はまけておこうじゃないか」

三人で顔を見合わせ、うなずき合ってから啓介が代表して言った。

「今回の大学側のやり方は到底納得できるものではありません。このマスターデータを公表して、大学側に非を認めてもらいたいんです。そしてできれば慰謝料のようなものを請求したいとも考えています」

「なるほど。そういうことか」花岡はうなずいた。そして何やら思案するかのように天井を見上げてから、再びこちらに目を向けて口を開いた。「このマスターデータがあればできないことでもない。でも大学側だってあれこれと反論してくるだろうし、場合によっては数年かかるかもしれないね。君たちの言い分が正しければ最終的に勝てる確率は高いし、相手が示談を申し出てくる可能性もある。でもね、この問題の本質は裁判とかじゃないと思うんだよ」

いったん言葉を止め、花岡は三人の顔を見回してから再び口を開いた。

「どうしても慰謝料を欲しい。君たちがそう言うのなら協力してあげてもいいけど、本当にそれでいいのだろうか。寺田君といったね。君はいったい何を求めているのかな。今の状況で何が一番辛いのかな。部活に行けなくなってしまったことかい？　それとも学校を退学させられてしまうことかな。自分の評判が地に墜《お》ちてしまったこと？　どうだろうか？」

花岡がこちらを見る。口元には笑みが浮かんでいるが、その目つきは真剣なものだった。真摯に虎太郎たちの相談に乗ってくれているのは明らかだった。虎太郎は改めて自分の胸に問いかける。俺は何をしたいのか、と。

自分で言うのもあれだが、思えば順風満帆な人生だった。すべては柔道のお陰だった。柔道のお陰で大学までスポーツ推薦で進学できたと言っても過言ではない。しかしここ最近、以前ほどの情熱を柔道に注ぐことはなくなっていた。自分のレベルがわかってしまったことが原因だ。オリンピック出場など絶対に叶わない。下手すれば実業団からも声はかからないだろう。

一抹の淋しさは感じるが、柔道競技から身を引くことにさほどの未練は感じていなかった。それよりも自分の将来に漠然とした不安があった。柔道なしでこれからどうやって生きていけばいいのだろうか。

「虎太郎、ちゃんと考えろよ」

そう言って翼が背中を叩いてくれる。それに勇気づけられ、虎太郎はさらに思案する。

虎太郎の実家は神奈川県川崎市にあり、祖父の代から中華料理屋を営んでいる。その店は兄が継ぐ予定になっていて、父の下で修業している。父もまだ元気だし、兄と二人で厨房《ちゅうぼう》に入ってしまえば、狭い店内に次男の自分が入る余地などない。となると――。

「大学だけは……大学だけは卒業するまで通いたいです。スポーツ特待生ではなくなるので、学費免除とはいかないとは思いますけど……」

せめて大学は卒業しておきたい。それが虎太郎の希望だった。就職するにせよ、それともほかの道に進むにせよ、大卒というキャリアは重要だと思ったのだ。永青大は名前が知られた大学だし、のちのち役立つことがあるかもしれない。

「わかった。退校処分の取り消し。それが君の希望ってことでいいんだね？」

花岡に念を押され、虎太郎はうなずいた。

「はい、できれば。でもあの、費用とかは払えないと思うんですけど……」

「その点は心配要らない。この程度の仕事ならボランティアで協力させてもらうよ。あ、手付金として夕飯くらいご馳走《ちそう》してもらおうかな」花岡は壁の時計を見た。夕方の五時だった。「下の弁当屋知ってるかい？　これから早めの夕飯にしようと思うんだけど君たちも一緒にどうかい？　食べながら詳しい話を聞かせてほしい」

「俺、買ってきますっ」

威勢よく翼が立ち上がり、事務所から飛び出していった。翼に負けじと啓介もあとに続く。虎太郎も花岡に向かって一礼してから事務所を出て、狭い階段をドスンドスンと駆け下りた。

※

そのゴルフ練習場は世田谷区の閑静な住宅街の中にあった。日曜日ということもあり、練習場は大変混み合っているようだった。啓介は練習場の外にいた。翼と虎太郎も一緒だ。一時間ほど前に弁護士の花岡から電話がかかってきて、ここに来るように呼ばれたのだ。神保町の事務所で一緒に唐揚げ弁当を食べてから三日経っている。

退校処分だけは免れたい。それが虎太郎の希望であり、それを聞いたときは正直驚いた。あのマスターデータがあれば慰謝料だって請求できたはずだ。というか、虎太郎は何一つ悪くないのだ。ただし事態を大事《おおごと》にしたくないという彼の心境も理解できるような気がした。裁判を起こすなら虎太郎は原告ということになる。精神的プレッシャーは並みではないはずだ。

「啓、悪いな。付き合ってもらっちゃって」

翼がそう言ってきたので、啓介は笑って応じた。

「気にするな。練習試合はいいとして、そのあとの飲み会が嫌だったんだよ」

今日、永青大卓球部は練習試合が予定されていた。相手は都内にある別の大学の卓球部で、定期的に開催されている練習試合だ。試合後には懇親会と称した飲み会がおこなわれるのだが、先輩の説教を延々と聞かされるのが苦だった。

大学の卓球部——特に永青大の卓球部は忙しい。年間通じて毎週のように試合や遠征が組まれている。来月には関東学生選手権、その翌月にはインカレと大きな大会もあり、その結果を受けて部内での序列も変化していくのだ。

「寺田、ちょっと中を覗いてきてくれるか?」

「うん、わかった」

虎太郎は素直に返事をして、練習場の受付のある建物に向かって歩いていく。その背中を目で追いながら、啓介は翼に言った。

「翼、お前、本当にいいのか?」

「何の話?」

「決まってるだろ。美玲の朗読劇だよ。今日で千秋楽なんだ。お前、まだ観に行ってないだろ」

「俺、ああいうの苦手でさ。眠っちゃったら美玲に悪いかと思って」

現在時刻は午後三時。千秋楽の最終公演は午後四時からのはず。今から向かえばギリギリ間に合う時間だった。

「ここは俺に任せて、お前は……」

虎太郎が手招きしているのが見えた。その後ろには花岡の姿もある。翼が先に歩いていってしまったので、啓介も慌ててあとを追った。

建物内に足を踏み入れる。クラブなどの用具やゴルフウェアの販売もしているようだった。受付の前に大きなテーブルがあり、それを囲むようにソファーが置かれていた。そのうちの一台に真っ赤なポロシャツを着た初老の男が座っていた。携帯電話で話しているのだが、興奮しているのか声が大きい。

「……いい加減にしろ。言い訳は聞きたくない。とにかく私が聞いていた話と全然違うじゃないか。……そうだ。映像を見たんだ、私も」

花岡が近づいていきて、小さな声で説明してくれた。

「あれが君たちの学校の理事長、つまり一番偉い人だ。予定を調べて、突撃してみたんだよ。偶然隣に居合わせた形を装って、例のマスターデータを見せたんだ」

映像を見ても理事長はキョトンとしていたという。そして花岡は状況を察した。理事長は部下から真実を告げられていないのではないか、と。花岡が事の次第を説明したところ、理事長は大筋を理解して、すぐさま怒り心頭で部下に電話をかけたというわけだ。

「……もしこの映像が外部に流れたら大変だ。我が校の名誉が地に墜ちるのは目に見えている。私に報告しないで処理するとは何事だ」

理事長の与《あずか》り知らぬところで部下が勝手に事態の鎮圧に動いてしまったのだろう。話している感じからしても、この理事長がかなりワンマンな男であることは想像できる。理事長の機嫌を損ねたくない。その一心で部下たちが動いたということか。

「とにかくすぐに来い。いつもの練習場だ。待ってるぞ」

理事長は通話を終え、携帯電話をポケットに入れながらこちらを見た。やはりその巨体は目立つのか、理事長は虎太郎の存在に気づいて立ち上がった。虎太郎に近づき、半ば強引に両手を握る。

「誠に申し訳ないことをした。君が寺田君だろ。私の監督不行き届きだ。面目ない」

虎太郎は困ったように立ち尽くしているだけだ。それを見て花岡が理事長に言う。

「彼の希望は退校処分の取り消しです。それさえ叶えば例のマスターデータが世に出回ることはありません」

「お安いご用だ」と理事長が宣言する。「退校処分は取り消そうじゃないか。柔道部はどうする？　君が部活を続けられるように監督にかけ合ってやってもいいぞ」

部活に関しては退部の方向で考えている。それを花岡が説明した。部活を辞めたいという虎太郎の気持ちは啓介も多少理解できた。あの一件を引き起こした四年生の主将は放っておけば秋には引退するとはいえ、やはりしこりが残ったまま部活を続けるのは難しい。

「君の意向は理解した。三十分もすれば部下がやってきて、事の経緯を説明するはずだ。それまで待っていてくれ」

花岡が親指と人差し指でオーケーサインを作っていた。これで一件落着、虎太郎は退学せずに済みそうだ。翼と虎太郎は何やら小声で語らい、二人で笑い合っている。

※

「美玲ちゃん、お疲れ。本当によかったよ。何か鬼気迫るっていうか、往年の名女優かと思ったくらい。是非次回もお願いしたいって演出家の先生も言ってたよ」

「ありがとうございます」

千秋楽公演は無事に終わり、今は打ち上げの最中だった。場所は下北沢にある洋風の居酒屋で、今は店内貸し切りとなっていた。本来は参加するつもりではなかったのだが、スタッフに誘われて急遽美玲も参加することになった。すでに生グレープフルーツサワーを二杯も飲んでいる。

「それに今日が誕生日なんだよね。何歳になったの？」

目の前に座る男に訊かれる。どこかの事務所の関係者らしい。美玲は答えた。

「二十歳になりました」

「あの川越美玲がもう二十歳か。俺も年をとったわけだ」

今回の朗読劇は業界内でも評判がよく、さきほどプロデューサーが来年第二弾をやりたいと話していた。スケジュールを確認されたので、かなり本気だと窺える。

それにしても、と美玲はグラスを傾ける。せっかくチケットを送ってやったのに翼は姿を見せなかった。翼のためにレストランまで予約していたのが馬鹿馬鹿しく思えてきた。やはりあの山猿とは一生友人同士という関係で終わるのかもしれない。

「華麗なる復活とはこのことだよね。美玲ちゃんを見てると神様っているんだなって痛感するよ」

美玲の場合、静岡に疎開できたのが大きかった。あのまま東京にいたら完全に腐っていたような気がする。静岡に行き、そこで翼という存在に出会った。さらに翼を介して啓介に出会い、啓介から塚原トモコを紹介された。それが美玲にとって大きな転機となった。

来年、舞台に出演する。復帰後は声優として仕事をしてきたが、声以外のお芝居の仕事は初めてとなる。かなり注目を浴びるはずだし、そこで結果を残せばまたテレビや映画からも声がかかるかもしれない。実はすでにそういう声もチラホラとは聞こえているのだが、そのすべてを断っていた。やるなら本気で勝負をしたかったし、中途半端な役で出演したくなかった。今回の朗読劇で久し振りに観客の前に立ってみて、やはり私は女優なのだなと実感した。スタジオのブース内でアフレコしているのも楽しいが、観客やカメラを前にすると緊張感が全然違う。その緊張を乗り越え、やりきったあとの達成感。それは声の仕事では得られないものだ。

「美玲ちゃん、お疲れ」

グラス片手に一人の男が近づいてくる。朗読劇で共演していたベテラン俳優、豊見《とよみ》一弘《かずひろ》だ。多くの映画、ドラマに出演し、名バイプレイヤーとしてスタッフの信頼も篤《あつ》い役者だ。美玲も子役時代に何度か共演したことがある。

「お疲れ様でした。豊見さん、とても勉強になりました」

「やっぱりいい勘してるね、美玲ちゃんは。あ、そうそう、こないだ緑山《みどりやま》のスタジオでお母さんに会ったよ。娘をよろしくって言われた」

「へえ、そうですか」

声優になって以来、母とは距離を置いている。それでも最近は実家にもたまに顔を出すようになり、仕事の話もするようになった。今回の朗読劇も初日の客席にサングラスをかけた母の姿が見えた。

「お兄さんも一緒だった。彼も役者なんだよね」

「そうなんですよ。現場で一緒になったらよろしくお願いします」

モデルとなった兄は二年ほど前に役者に転向した。先日刑事ドラマを観ていたら犯人役で出演していた。さほど大きな役ではないが、仕事がもらえているのは母のマネジメント能力のお陰だろうか。

「うぃっす」

軽い感じの声で間に入ってきたのは同じく共演者の浅沼栄将だ。これで出演者三人が顔を揃えたということになる。手に持っていたグラスを美玲の手元に置きながら浅沼が言う。

「美玲ちゃん、生グレサワーだよね。これ、飲みなよ」

「ありがとうございます。でもまだ残っているので」

「あとちょっとじゃん。せっかく持ってきたんだから飲んでよ。あ、豊見さん、お疲れ様でした。また現場で一緒になったら教えてくださいさい。売れっ子の豊見さんのことだから、明日から違う現場入ってるんじゃないすか？」

「明日から朝ドラ。来期のね」

「さすがっすね。やっぱり違うな、名バイプレイヤーは」

浅沼が豊見を持ち上げる。浅沼は舞台を中心に活躍する役者で、テレビで見かけることはあまりない。ただし浅沼の場合、自身で劇団を持っており、その運営に忙しいようだった。家がかなり裕福で、劇団の運営資金もそこから出ていると聞いたことがある。

残りの生グレープフルーツサワーを飲み干した。これを飲んだら帰ろうと思っていた。もともと翼と一緒に食事に行く予定だったので、今日はマネージャーの江口は同席していない。タクシーに乗って帰るつもりだった。

「あれ？　美玲ちゃん、グラス空いてるじゃん。これ飲んでいいから」

浅沼がそう言って空いたグラスをとり上げ、コースターの上に自分が持ってきた生グレープフルーツサワーを置いた。

「いえ、そろそろ私……」

「帰っちゃうの？　主役が帰っちゃ駄目だよ。こういう席で愛想振《ふ》り撒《ま》くのも俺たちの仕事なんだから。それにまだメインの肉料理が来てないんだし」

美玲は店内を見る。始まって一時間、ようやく酒が入って盛り上がりつつあった。今、席を立つのは少し野暮かもしれない。グラスをとり、サワーを一口飲んだ。グレープフルーツ特有の苦みが口の中に広がった。

※

「いらっしゃい。ん？　何だ、虎太郎じゃねえか」

店の暖簾《のれん》をくぐると、カウンターの中で父親の忠雄《ただお》が怪訝そうな顔をした。川崎市内にある実家の店だ。〈金満《きんまん》〉という名前の中華料理屋で、一階部分が店舗で二階と三階が住居になっている。虎太郎が生まれ育った生家だ。

午後七時。夕飯の時間ということもあってか、店は大変混み合っている。カウンターには一人客らしき男たちが肩を並べて座っていて、小上がりの座敷席《ざしき》もすべて埋まっていた。

「おや？　一人じゃねえのかい？」

父がこちらを見て言った。虎太郎は体をずらし、背後に隠れている友人二人を父に向かって紹介する。

「大学の友達なんだ。毛利君と三崎君」

翼と啓介が神妙な顔つきで頭を下げると、父が中華鍋を振りながら言った。

「そうかい。にしても虎太郎が友達を連れてくるなんて珍しいな。おい、お勘定頼むよ」

座敷席に座っていた家族連れの客が立ち上がるのが見えた。パートのおばさんがレジの前にやってきた。兄の竜之介《りゅうのすけ》が鍋の前に立って麺を茹《ゆ》でている。頭にタオルを巻いたその立ち姿はすっかり料理人のそれだった。高校卒業してすぐこの店を手伝い始めたので、かれこれ四年も修業していることになる。兄がこの店を継ぐのは既定路線になっていた。

もともとは祖父の満《みつる》が始めた店だった。開業したのは昭和三十年代の高度成長期という時代だったらしい。祖父は銀座のホテルの中華料理店で修業し、そこで出会った金という兄弟子から中華料理のイロハを教わった。そして実家のある川崎市で店をオープンさせたのだ。祖父の味は祖父から父、そして父から兄へと脈々と受け継がれていく。

「食いに来たのか？」

父に訊かれ、虎太郎はうなずいた。父が空いたばかりの座敷席に向けてあごを突き出したので、虎太郎は食器などを片づけてから、翼と啓介を案内した。虎太郎は三人分の水を用意し、それを座敷席に運んだ。すでに二人は顔を寄せ合ってメニューを見ている。

「お薦めは？」

翼が訊いてくる。虎太郎は答えた。

「ラーメンとチャーハンと餃子《ぎょうざ》」

「ふーん。じゃあ俺はその三つ」

「俺もそれで」

虎太郎は通りかかったパートの店員に注文を告げる。ラーメンとチャーハンと餃子をそれぞれ三人前。パートの店員が注文を厨房に告げると、父が「あいよ」と声を出し、こちらに向かって言ってきた。

「飲みたきゃ飲んでいいぞ。飲めるんだろ」

虎太郎は二人の顔を見る。二人がうなずいたので、虎太郎は座敷から下りて冷蔵ケースの中で冷えていたビールの大瓶を出し、グラスと一緒に座敷まで運んだ。

「乾杯」

ビールを飲む。まだ正直美味しいとは思えないのだが、部活の飲み会で飲まされるビールよりもはるかに美味しい気がする。二人も同じらしく、旨いとも不味《まず》いともいえぬ微妙な顔つきでビールを飲んでいる。

さきほどまで永青大学の理事長と一緒だった。虎太郎の退校処分は撤回され、今後も学校に通えることが正式決定した。どうにかして二人にお礼ができないか。そう考えた末、少し遠いが実家に連れて行くことにしたのだ。

「ところで虎太郎、お前、本当に柔道やめちゃうのか？」

翼が訊いてくる。あまり酒に強い方ではないらしく、一杯のビールで耳まで赤くなっている。虎太郎は答えた。

「うん。大学入ってから限界感じてたんだよね。だから割と平気」

「ならいいけどさ。でもその体を遊ばせておくのはもったいないぜ。卓球やるか？　楽しいぜ」

「おいおい、ちょっと待て」と啓介が口を挟んでくる。「スポーツをやるのはいいが、卓球はちょっと無理あるだろ」

実はそれとなく考えてある。バイトをやろうと思っていた。今までは部活が忙しくてバイトする暇もなかったのだが、今後はそれも可能だ。できれば中華料理屋で働きたかった。

「バイトしようと思ってるんだ」

虎太郎が胸の内を明かすと翼が言った。

「へえ、バイトか。俺も部活がなきゃやりたいんだけどな」

さきほど翼がいないときに啓介から聞いた話によると、翼は部内でも卓球バカと言われているらしい。寝ても覚めても頭にあるのは卓球のことばかり。たまに授業で一緒になるときも教授の目を盗んで卓球雑誌を読んでいる。

「おまちどおさま。餃子三人前です」

料理が続々と運ばれてくる。父のサービスで大皿に盛られた酢豚も運ばれてきた。祖父直伝の酢豚はこの店の名物料理だった。

久し振りに食べる実家の中華は美味しかった。翼も啓介も満足そうに食べている。ラーメンに胡椒《こしょう》を振りかけながら啓介が翼に向かって言った。

「翼、あとでちゃんとミレイに謝っておけよ。怒ってるぜ、きっと。俺が送ったＬＩＮＥも既読にならないんだ」

「わかったわかった。大丈夫だって。啓は気にし過ぎなんだよ」

ミレイというのは誰だろうか。その名前からして女の子のようだが、初めて耳にする名前だ。もしかして翼の彼女だろうか。あまり翼との間で異性の話題が出ることはない。まあ翼も啓介もシュッとしていてかっこいいし、彼女がいても不思議はない。

虎太郎はチャーハンの器を持ち、レンゲでかき込むようにして食べた。店で食べる父のチャーハンはやはり格別だった。

※

その不在着信に気づいたのは一時限目が終わったあとだった。啓介は次の教室に向かいながら、スマートフォンに表示された電話番号に視線を落とした。見知らぬ電話番号だ。教室に入ろうとしたところでスマートフォンが震え出す。通話状態にすると相手の声が聞こえてきた。

「あのう、三崎啓介さんの携帯電話でしょうか。私、〈ソレイユ〉の江口と申します」

「あ、どうも。三崎です」

ソレイユというのは美玲が所属している芸能事務所だ。江口は美玲を担当している女性マネージャーで、啓介も何度か会ったことがある。

「突然お電話してすみません。実はですね、この三日間ほど美玲と連絡がとれないんです。あ、正確に言うとメールや電話ではやりとりできるんですが、実際に顔を合わせられないというか……」

美玲に関しては啓介も若干不安を覚えていた。日曜日にＬＩＮＥのメッセージ――千秋楽公演お疲れ様的な――を送ったのだが、その返信が返ってきていなかった。特に質問などをしたわけでもなく、返信を要する内容ではなかったため、それきりになっていた。ただしいつもの美玲だったらスタンプくらいは送ってくるのが常だった。

「私が最後に顔を合わせたのは日曜日の千秋楽公演のときでした。公演後に話をしました」

江口が経緯を説明してくれる。打ち上げをおこなう予定だったが、プライベートの予定が入っているという理由で、美玲は参加を見合わせることになっていた。ところがその予定が変更になり、美玲は打ち上げに参加してもいいと言い出した。しかし江口は別の声優のイベントに付き合わなくてはならなかったため、打ち上げ会場には行かずに美玲と別れた。

「翌日の月曜日は丸一日オフでした。そして次の日の火曜日、昨日ですね、朝連絡があって、体調が悪いから仕事をキャンセルしたいと言うんです。それなら仕方ないわねと仕事の方は何とか調整したんですけど、今朝電話しても同じことを言うんですよ」

病院に行くべきだ。江口がそう主張しても美玲ははっきりとしたことを言わなかった。これは部屋から引き摺り出してでも病院に連れていくしかない。そう思った江口だったが――。

「開けてくれないんです。さっきから何度も何度もインターホンを鳴らしているのに。あまり大袈裟にしたくないので不動産会社に言うわけにもいかず……。そのときに思い出したのがあなたたちです」

啓介は引っ越しを手伝った。もちろん翼も一緒だった。引っ越し業者は使わずにほとんど二人でやったと言っても過言ではない。引っ越しを終えたあと、美玲が合い鍵を出し、それを翼に向かって放り投げ、冗談めかして言った。山猿、その鍵はあんたが保管しててよ。私に何かあったら助けるのはあんたの役目だから。

羨ましいなと思った記憶がある。あの場には江口もいたので、彼女は翼が合い鍵を持っていることを知っているのだ。だからこうして啓介に電話をかけてきたのだろう。翼とは連絡先を交換していないか、もしくは出ないかのどちらかだ。

「江口さんは美玲のマンションの前に？」

「そうです」

「じゃあ僕は翼と連絡をとってみます。そしてすぐにそっちに向かいますよ」

「すみません。よろしくお願いします」

通話を切った。すでに授業は始まっているため、廊下を歩いている学生は少ない。すぐさま翼に電話をかけてみたが通じなかった。あいつ、いったい何をしているのだろうか——。

とりあえず翼のアパートを訪ねてみるか。いや、入れ違いになったら面倒だ。それよりあいつの時間割を調べた方がよさそうだ。普通に考えれば学校に来ている可能性が高い。

美玲の住むマンションは目黒《めぐろ》にあった。十二階建てのマンションだった。啓介が翼を連れてマンション前に到着したのは正午過ぎのことだった。翼はちょうど電車で学校に向かっている最中だった。遅くなったのは翼が合い鍵をとりに一度自宅に戻ったからだ。

「遅くなりました」

「こちらこそすみません。わざわざお越しいただいて」

マンションの前に江口が待っていた。彼女の顔からも疲れと不安の色が見てとれた。たまにインターホンを鳴らして呼びかけつつ、ここでこうして待っていたに違いない。

翼が前に出た。今日も短パンにシャツという軽装だ。この男のファッションは初めて会った小学五年生のときからあまり進化がない。翼が合い鍵を使ってオートロックを解除すると、音もなく自動ドアが開いた。三人でマンション内に入る。

エレベーターで美玲の部屋のある七階まで上がる。部屋の前に到着した。江口が試しにインターホンを押してみるが、何度押してもドアが開くことはなかった。「お願いします」と江口に言われ、翼がうなずいて合い鍵でドアを開けた。

引っ越しのときにも訪れたので間取りはわかっている。入って右手にキッチン、左手にトイレとバスがあり、短い廊下の向こうに洋室、さらにその奥に寝室がある。あまり物が置かれていない質素な部屋だ。引っ越しのときも荷物が少ないので驚いたほどだ。

「美玲、私よ。入るわよ」

奥に向かって一声かけてから、江口が靴を脱いで中に上がった。翼も同じように中に入っていくので、啓介もあとに続いた。洋室には誰もいなかった。壁際に大きなテレビがあり、その前にソファーが置かれていた。テレビ台のラックの中にＤＶＤがぎっしりと入っている。パッと見た限りでは洋画が多そうだ。演技を勉強するため家ではＤＶＤを観ていることが多い。以前美玲がそう話していたことを思い出した。

寝室のドアは閉ざされている。調子が悪くて眠っているのだろうか。しかしそれなら医者に行くはずだ。それに二日連続仕事を休むというのも美玲のイメージから想像できなかった。

江口が前に出て、寝室の前に立った。ドアをノックして声をかける。

「美玲、中にいるんでしょう？　開けるわよ」

江口がドアを開けようとした瞬間だった。ドアに何かがぶつかったような激しい音が聞こえ、江口が「キャッ」と悲鳴を上げてバランスを崩し、フローリングの上に倒れてしまった。

ドアの向こう側から声が聞こえる。

「入ってこないでっ。絶対に」

美玲の声だ。その声は鬼気迫っている。江口はショックを受けてしまったようで、床の上に半ば放心状態で座り込んでいる。

翼がドアの前に立ち、落ち着いた声で呼びかけた。

「俺だ。翼だ」

またしてもドアに何かがぶつかる音。枕か何かを投げているようだ。それでも翼はドアに手をかけた。

「入るぞ」

「駄目っ」

「入るからな」

翼がドアを開け、室内に入っていった。中は薄暗く、美玲の姿を見ることはできなかった。

翼が後ろ手でドアを閉めた。

静寂が訪れる。テレビ台の近くに棚があり、その上に写真立てが置いてあるのが見えた。今から五年前、中学三年生の夏。翼は全中で全国二位に輝いた。表彰式のあと、三人で一緒に写真を撮ったのだ。そのときの写真が飾られている。

中央に立つ翼は銀色のメダルを首からぶら下げて笑っている。右隣にいる啓介の顔は照れたように笑っていた。左隣にいるのは美玲だった。このとき一瞬だけマスクを外したのだが、写真慣れした完璧な笑顔を浮かべていた。

あれから五年。啓介と翼は同じ永青大卓球部で汗を流し、美玲は売れっ子声優の仲間入りを果たした。それぞれの立場は違っているが、今でもあの頃とさして関係性に変わりはない。

ドアが開いて、翼が出てきた。翼は江口に向かって声をかけた。

「江口さん、美玲が話があるそうです」

そう言って翼は啓介に向かって目配せを送ってきた。俺たちはこの場から立ち去るという意味のようだった。翼が部屋から出ていくので、啓介もそれに従った。振り返ると江口が寝室の中に消えていく背中が見えた。

いったい美玲の身に何が起きたというのだろうか。釈然としない気分のまま、啓介は靴を履いて外に出た。


その翌日の夜のことだった。部活を終えた啓介は翼とともに目黒に向かった。美玲が所属する芸能事務所は目黒通り沿いのビルの中にあった。時刻は午後九時を過ぎていたが、ビルの前には若手社員が啓介たちの到着を待ち受けていた。案内されてビルのエレベーターで最上階にある事務所に向かった。

　オフィス内の一室に通された。そこで待っていたのは美玲のマネージャーである江口と、事務所の副社長である初老の男性だった。てっきり美玲もいるのかと思っていたが、彼女の姿は見当たらなかった。

「昨日はありがとうございました。お陰で美玲と話すことができました」

　江口がそう言って頭を下げた。昨日、あのまま何の事情も知らされずに翼とともに帰宅した。今日も学校では授業があったし、放課後は部活もあったが、どこか気持ちが落ち着かなかった。それは翼も同じようで、練習の途中でらしくないミスショットを連発していた。

「これからあなた方にお話しする内容については口外厳禁でお願いします。あなた方は美玲とも親しくされているようですし、昨日あぁして関わってしまった以上、事情を打ち明けるしかないと判断した結果です。下手に隠して余計な詮索をされても困るので。一応美玲の了解も得ています」

　啓介は背筋を伸ばした。これは深刻な内容だと感じたからだ。もしかして美玲は重篤な病に冒されているのか。それも芸能活動の危機に瀕《ひん》するほどに。事務所の副社長が同席しているというのも状況が逼迫《ひっぱく》していることを物語っている。

「日曜日のことでした」江口が神妙な面持ちで話し出す。「朗読劇の千秋楽公演のあと、美玲は打ち上げに参加しました。昨日もお話ししたように、私はそこにはアテンドしていませんでした。途中までは何の問題もなく楽しく飲んでいたようですが、突然体調を崩したようです。

簡単に言ってしまうと強烈な眠気です。ある共演者からもらったサワー系ドリンクが原因だったのではないか。美玲はそう思ったようですが、眠気には勝てませんでした」

薄れていく意識の中、美玲は共演者やスタッフの声を聞いたという。

美玲ちゃん、よっぽど疲れていたんだな。そうだよな、だって声優の仕事もしてるわけだしな。いいよ、寝かせておいてやろう。あとで俺が送っていくから心配要らない。俺、方向一緒だし。

「美玲が目を覚ましたのは翌日の朝のことでした。見知らぬマンションの一室で、隣にはある男性がいたそうです。男は何食わぬ顔で『おはよう』と美玲に言ったみたいです」

江口は淡々と話しているが、よく見ると目が血走っていた。隣に座る副社長は腕を組んだまま目を瞑《つむ》っている。

「おそらく睡眠薬ではないか。美玲もそう話しています。最近、そういう薬物を利用して女性に暴行する事件が多発しているとも聞いていますから」

やはり、そういうことなのか。啓介は知らぬ間に両方の拳を固く握り締めていた。つまり美玲はそいつにレイプされたのか――。

「本当ですか？」ずっと黙っていた翼が口を開いた。翼はやや俯《うつむ》き気味だった。テーブルの一点を見つめている。「本当に美玲は、その男に乱暴されたんですか？」

酔い潰れてしまった美玲を介抱するため、自分のマンションに連れ帰っただけかもしれない。いや、きっとそうだ。レイプなんて犯罪がそうそう起きるわけがない。

しかし啓介の淡い期待は江口の言葉によって打ち砕かれる。

「本当です。しかもそれだけじゃなかったんです」

江口が唇を噛み締め、さらに説明を続ける。

「状況を察した美玲はすぐにその場を立ち去ろうとしたようです。ですがお二人もご存じの通り、あの子は足が不自由です。室内に車椅子はなかったみたいで、這っていくしか方法はなかった。すると後ろから男がやってきて、美玲の体に馬乗りになった。必死に抵抗したけど、男の力には勝てなかった。美玲はそのまま……」

バン、という椅子が倒れる音が聞こえた。隣を見ると翼が立ち上がっていた。その際に椅子が後ろに倒れてしまったのだ。翼は険しい顔をしていた。こんな顔を見るのは初めてだった。落ち着けよ、と翼に声をかけてやりたいが、啓介自身も喉に何かが貼りついてしまったようで声が出ない。

「これが日曜日の夜から月曜日の朝にかけて起こったことです。本題はここから先。今回の一件ですが、私たちは公《おおやけ》にするつもりはありません。警察に被害届を出すこともないし、マスコミが報じることもない。お二人もそれだけは肝に銘じていてほしいんです」

有り得ない。啓介は自分の耳を疑った。どこから見ても犯罪ではないか。泣き寝入りするという発想が信じられなかった。警察に被害届を出し、犯人に裁きを下す。それが当然ではないか。隣を見ると、翼は倒れてしまった椅子を元の位置に戻して座ったところだった。その顔つきから翼も納得していないことは明らかだった。そんな雰囲気を感じとったのか、副社長が口を開いた。

「これは美玲を守るための措置でもある。もし事件が公になった場合、美玲の今後のタレント人生を大きく左右する問題になる。この件が世間に知られたら美玲は終わりなんだよ」

美玲は一般人ではない。最近では売れっ子声優として名前も知られている。それ以前に元天才子役という一面もあった。イメージを守るために事件に蓋をする。そういうことなのか。たしかに事務所側の思惑はわからないでもないが……。

「それに相手が悪かった。まともに喧嘩して勝てる相手じゃない」

「誰ですか？」翼が唾を飛ばすような勢いで身を前に乗り出した。「美玲をそんな目に遭わせたのはどこのどいつですか？　ねえ、黙ってないで教えてくださいよ」

副社長は答えなかった。江口も目を逸らすように自分の腕時計を見る振りをしていた。啓介は先週のことを思い出していた。一人で朗読劇を鑑賞した夜。劇場の裏手で美玲を待っていると、傘をさした男が美玲に付き添うように歩いてきた。朗読劇に出ていた俳優だ。パンフレットも見たので名前を知っている。たしかあいつの名前は……。

「浅沼……栄将だったかな。浅沼の仕業じゃないんですか？」

知ってるのか？　翼がそんな目を向けてきたので、啓介は答えた。

「朗読劇に出ていた俳優だ。一度会ったんだけど、何か美玲を狙ってるような感じはしてた。そのときは俺と美玲はタクシーで帰ったんだけどな。打ち上げがどうとか言ってた気がする」

副社長と江口が顔を見合わせ、やれやれとでも言わんばかりに首を振っていた。やがて副社長が渋々と認めた。

「そうだ。浅沼の仕業だよ。女癖の悪さは業界でも有名だったが、さすがに足に障害がある子をどうこうするような真似はしないと高を括っていた部分もあった。もっと目を光らせておくべきだったかもしれん」

「相手が悪い、とはどういう意味ですか？」

啓介が訊くと、副社長が答えた。

「超がつくほどのボンボンなんだ。大日本造船という国内トップの造船会社の次男坊だ。叔父は国会議員の浅沼精一郎《せいいちろう》。今は法務副大臣だったかな。仮に美玲が被害届を出しても揉み消されてしまう恐れもある」

この国は法治国家だ。性犯罪の被害に遭った女性が被害届を出したとしても、政治の力でそれがなかったものにされてしまう。そんなことが起こり得るのか。

「表沙汰にしない点に関しては美玲も納得している。だから君たちもここは黙って引き下がってほしい。それが我々の、いや、美玲自身の望みでもあるんだ。頼む、この通りだ」

副社長がテーブルに両手を突き、頭を下げた。少し薄くなった頭頂部が見える。江口も同じようにその場で頭を下げている。啓介はチラリと隣に目を向けた。まさに憤怒《ふんぬ》の表情とでも言うべきかもしれない。翼のこめかみに血管が浮かび上がっている。目の前の二人を睨《にら》みつけているが、その視線の先には美玲を襲った張本人、浅沼栄将がいるのかもしれなかった。


客の大半が近所の主婦とおぼしき女性たちだった。着ている服も華やかで、熱帯魚が泳ぐ水槽の中に紛れ込んでしまったかのようだ。自由《じゆう》が丘《おか》駅近くにあるスターバックスコーヒー。啓介は紙コップのコーヒーを口にした。すっかり冷めてしまっている。

今日は月曜日だ。午後五時になろうとしており、もう部活も始まっている時間だ。実はここ数日間、部活にもまともに顔を出していない。翼も同様だ。翼と一緒に生牡蠣《なまがき》を食べたところノロウイルスに当たってしまった、と部活の仲間に言い訳しているが、それが通じるのもそろそろ限界だろうと思っている。

目黒の事務所で衝撃の事実を知らされたのが四日前のこと。あの晩、どうしても真っ直ぐ家に帰る気にはなれず、翼と二人であてもなく歩き回った。美玲のために何かしてあげられることはないか。そればかりずっと考えていたが、結論は出なかった。美玲が被害届を出さないと決めた以上、それに従うのが当然であり、あれこれ騒ぎ立てるのは得策ではない。正論だとわかっていても、何かできることはないかと考え続けた。そして明け方——見知らぬ住宅街の中の公園にて——とりあえず相手の男の顔を拝んでやろうという結論に達したのだ。

浅沼栄将はTwitterをやっており、主に仕事関係のつぶやきを投稿していた。朗読劇の公演を終えた彼は、自らが主宰する劇団の新作公演に向けての稽古に入ったらしく、ここ数日は稽古の感想や食べたものなどをツイートしていた。おそらく都内にいると思うが、居場所を特定できるものではなかった。

そこで過去のツイートを隈《くま》なくチェックした結果、浅沼が自由が丘のスポーツジムに通っていることが明らかになった。過去に五回ほど登場していて、トレーニングをしている画像も投稿されていた。舞台俳優ならトレーニングを欠かさないのではないか。そんな淡い希望を胸に、高い入会金を払って翼がジムの会員になったのは三日前。残念ながらまだ彼は姿を現していない。翼は朝十時の開館から夜十一時の閉館時間まで、食事の時間を除いてずっと館内で過ごしている。かなり大きなジムらしく、今のところはジムのスタッフから怪しまれてはいないらしいが、これは時間の問題かと思われた。啓介は周辺のカフェをいくつか決め、回遊魚のように一日中巡っている。お陰でコーヒー通になったような気がしていた。

テーブルの上でスマートフォンが震える。翼からだった。一気に緊張感が増した。啓介はスマートフォンを耳に当てた。「もしもし」

「俺だ。奴を見つけたぞ」

「マジか？」

「間違いない。奴だ」

翼は浅沼と会ったことがない。だから当初はジム侵入の役目は啓介がやる予定だったが、どうしても俺がやると翼が主張したのだった。翼は浅沼が出演しているドラマなどを見て、彼の容姿を脳裏に刻みつけているはず。ここは翼の目を信じてあげたいところだが……。

「そいつが浅沼である根拠は？」

「スタッフが『浅沼さん』って呼んでたのを聞いた」

「わかった。待機してる」

啓介は飲み残しのコーヒーを処分してから紙コップをゴミ箱に捨てた。店から出た啓介は外に停めてあった自転車に乗った。大学の友人から借りた折り畳み自転車だ。それに乗ってジムの駐車場の出入り口に向かった。

自販機の後ろに隠れるようにして時間を潰す。スマートフォンを出し、将棋のゲームをやりながら時間が過ぎるのを待った。翼から着信があったのは一時間ほど経過してからだった。

「啓、もうすぐそっちに行くぞ。今、奴は車に乗ったところだ。車は……黒っぽい外車だ。べンツじゃないな。……アウディだ」

「了解」

とりあえず尾行してみよう。事前に翼とそう話していた。しばらくして地下駐車場のスロープをアウディが上ってくるのが見えた。念のために用意していたマスクをしてから、啓介はペダルを漕ぐ。たまに赤信号で停車をするので、比較的楽に尾行できた。土地勘がゼロなので自分がどこを走っているのか、皆目わからなかった。やがて大きな通りに合流し、アウディが速度を上げた。これまでか。啓介は尾行を断念した。すでにアウディは二個先の交差点にまで差しかかっている。

自転車から降り、歩道に入ってから翼に電話をかける。すぐに繋がった。

「俺だ。見失った。ごめん」

「まあいい。戻ってこいよ」

来た道を引き返す。途中、翼と合流した。着替えずに飛び出してきたらしく、翼はトレーニングウェアを着たままだった。近くにバス停があり、誰も待っていなかったので、そこのベンチに並んで座った。翼がスマートフォンを出してくる。

「見ろよ」

隠し撮りした動画だった。タンクトップを着た男がレッグエクステンションに座り、トレーニングをしている様子が写っている。浅沼栄将で間違いなかった。さほど負荷は課していないようだが、引き締まった体つきをしている。十秒ほどで動画は終わった。

「常連らしくて、スタッフの若い女と楽しそうに話してた。見てるだけで吐きそうになった」

険しい顔をして翼が言う。こいつが美玲に薬を飲ませ、面倒見のいい先輩面をして連れ出し、そのまま襲ったのだ。どうして平気な顔でジムに来れるのだろうか。その精神は甚だ理解し難い。

「月、水、金の夕方、奴はジムに来るらしい。滞在時間はまちまちで、長いときは二、三時間いるときもあるってさ」

「よくわかったな」

「スタッフが教えてくれた。口が軽いスタッフで助かった」

あの人、俳優さんだよね。よく来るの？　そんな軽い感じで訊いたところ、若い男のスタッフが浅沼について教えてくれたという。

「自宅を突き止めておく必要がある。今度はレンタカーを借りて尾行するのもありだな。タクシーだと運転手に疑われてしまうからな」

奴の顔を拝む。それが目的だったはずだが、早くも翼が次の段階を視野に入れていることを啓介は知った。やはりな、と啓介は心の中でうなずく。こいつも俺と同じことを考えていたってわけだ。

翼が周囲を見回した。そして誰もこちらを見ていないことを確認してから言った。

「あんな奴、殺しちまってもいいんじゃないか。はっきり言って俺はそう思ってる」

同感だ。が、さすがに殺してしまうのはやり過ぎだ。

「待てよ、翼。殺すのは得策じゃない。あんな男、殺す価値もないって」

目の前を通行人が通り過ぎていく。三歳くらいの子供を連れた親子だった。翼の母親が自殺をしたのはちょうど翼がこのくらいの年齢のときではなかったか。子供はアンパンマンのぬいぐるみを持っている。親子連れが立ち去るのを待ってから翼が言った。

「じゃあどうするっていうんだよ。あいつを野放しにしておくのか？」

美玲をあんな目に遭わせたのは自分のせいだ。翼がそう自分を責めているのは啓介もわかっていた。あの千秋楽公演に自分が足を運んでいさえすれば、美玲は被害に遭わなかったのではないか。そう考えてしまう翼の心理も痛いほど理解できた。

「考えよう。何か方法があるはずだ。あいつを痛い目に遭わせる方法が」

「どうすりゃいいんだよ。どうすりゃ……」

「だからそれを考えるんだよ。あの男を社会的に抹殺する方法。それを考えて実行に移す。俺たちにできるのはそれだけだ」

啓介はそう言って翼を見た。寝不足からか、やけに目が窪《くぼ》んでいた。その目には昏《くら》い光が宿っていた。もしかすると俺も同じような目をしているのかもしれない、と啓介は漠然と思った。

# 現在

「どういうことですか？　あの男が毛利翼でないとは」

さっぱり訳がわからない。毛利翼はもしかして日本人ではないのか。そういう疑惑が浮上したが、藤村は彼は別人だ、と言い切った。

「俺は八年前、インハイで毛利翼を見た」藤村は煙草に火をつけ、それをせわしなく吸いながら答えた。「肌の色がもっと浅黒くて、どこか野性的な感じの選手だった。さっきコートで戦っていた男とは似ても似つかない」

毛利翼の風貌を思い浮かべる。プレイスタイルは攻撃的だが、見た目はそれほど野性的な感じはしない。シュッとした色男だった。

「俺も気になったから卓球ジャーナルの記者に確認をお願いした。もう少しすれば何かわかるだろ」

月刊卓球ジャーナルは日本で唯一の卓球専門誌だ。九〇年代に創刊され、今も毎月発行している。選手へのインタビューと技術解説に重きを置く構成になっていて、大きな大会のレポート記事も載せられる。今日も記者たちは会場内に入っていると思われた。

「噂をすれば何とやらだ」藤村が胸のポケットからスマートフォンを出し、それで喋り始めた。「……ああ、俺も東アリに来ている。今、帝テレの中丸さんと一緒だ。……おいおい、もったいぶらないで教えてくれたっていいじゃないか。……まあそこまで言うならしょうがない。ちょっと待ってくれ」藤村がこちらを向いて言った。「卓球ジャーナルの記者からだ。どうやら耳寄りな話があるらしい。あまり人目につかない場所で話したいとあちらさんは言ってるが、どこかいい場所はないか？」

帝都テレビで借り上げている会議室がある。そこなら他人の視線を気にする必要はない。中丸が会議室の場所を教えると、藤村はそれを先方に伝えて通話を切った。二人でアリーナ内に戻ることにする。

アリーナに入る。通路を奥に進み、関係者以外立ち入り禁止のエリアに入った。さらに奥に進むと会議室のドアが見えてくる。ドアの前に一人の男が立っていた。小太りの眼鏡をかけた男だ。年齢は多分四十半ば。中丸と同世代かと思われた。男がこちらに気づいて言った。

「藤村さん、お久し振りです」

「ハセさん、ご無沙汰。こちらが帝都テレビの……」

「中丸です。よろしくお願いします」

名刺を交換する。男は長谷川将司《はせがわまさし》という名前だった。二人を案内して会議室の中に入った。幸い中は無人だった。スタッフたちの荷物置き場にもなっているため、テーブルの上にはバッグや予備機材などが置かれている。

「で、ハセさん、早速で悪いが、毛利翼のことだ。何かわかったかい？」

「ええ、まあ。これを見てもらった方が早いでしょうね」

長谷川がバッグからタブレット端末を出し、それを操作しながら事の顛末を説明する。

毛利翼が最初に卓球界に名を知られたのは、中学三年生のときだった。全中で準優勝したという。その後も順調にキャリアを重ね、高校三年のときにインターハイを制覇した。彼の卓球人生は順風満帆だった。

「大学は永青大に進学しました。永青大は日本リーグにも属しているし、選手層も厚い。そのうち頭角を現すんじゃないかと思ってました。あ、これです」

長谷川がタブレット端末の画面をこちらに見せてきた。表彰式の写真のようだ。三人の若者がメダルをぶら下げて誇らしげに立っている。

「会社から送ってもらった画像です。八年前のインターハイ。真ん中に立っているのが毛利翼です」

金メダルをぶら下げ、白い歯を見せて笑っている高校生がいた。たしかに今コートで戦っている毛利翼とは別人だ。

「ということは、つまり」中丸は口を挟んだ。「単なる同姓同名ってことじゃないですかね。事実は小説より奇なりっていうじゃないですか。たまたま名前が同じ日本人と中国人がいた。きっとそうですよ」

敢えて楽観的な意見を述べたが、二人の反応は鈍かった。やはり同姓同名というのは苦しいのかもしれない。それにあの毛利翼――偽毛利翼とでも呼べばいいのだろうか――がつけている日の丸の説明がつかない。長谷川が口を開いた。

「お二人は準々決勝をご覧になっていなかったんですか？　試合のあと、毛利翼が深川君に声をかけたんです。私は遠目で聞こえませんでしたが、あれは日本語だったような気がしてならないんです。深川君も目を見開いて驚いたような顔をしていました」

そんなことがあったのか。試合の途中で会場から出てしまったことが悔やまれた。あとで映像を確認しておく必要がある。

「少し話は脇道に逸れますが、帝テレさんは準決勝からライブ中継するって聞いたんですけど、間違いありませんか？」

長谷川に訊かれたので、中丸は答えた。

「はい。YouTube の公式チャンネルでライブ配信する予定になっています。それが何か？」

この後、準々決勝の第三、第四試合がおこなわれる。そのあとの準決勝からライブ配信する予定になっており、今もスタッフたちが準備を進めているはずだ。多くのスポーツ中継に携わってきたスタッフたちなのでさほど不安はない。カット割りのことを考えれば卓球は中継が非常に楽なスポーツと言える。基本的に定点カメラだけでも中継が成り立つからだ。

「いやね、なぜあの中国人が、中国人じゃないかもしれないわけですが、毛利翼の名前を騙《かた》っているのか、それが気になるんですよ。そこに何らかの意味があるとすれば、少々厄介なことになるんじゃないかと」

意味がわからなかった。毛利翼の名を騙ることで世間の反感を買う。そんな口振りでもあった。藤村の顔を見ると、彼も困惑気味に首を傾げているだけだった。ようやく長谷川が何かに気づいた様子だった。

「そうですか。お二人はご存じなかったんですね」

「何をですか？」

長谷川が声をひそめて言った。

「毛利翼です。インターハイで優勝した本物の毛利翼です。彼は六年前、警察に逮捕されているんです。殺人罪でした。要するにあの偽の毛利翼は殺人犯の名前を騙って大会に出場しているということになるんです。こんなことが道義上許されることでしょうか？」

※

「店長、酢豚弁当一人前、ウーバーで入りました」

「あいよ」

寺田虎太郎はそう返事をして、中華鍋を火にかけた。まずは野菜の素揚げから始める。酢豚は人気メニューの一つだった。

ここは下高井戸《しもたかいど》の商店街の中にある中華料理屋〈金虎《きんとら》〉だ。中華料理屋といっても八人座れるカウンター席と、四人がけのテーブル席が一つだけの狭い店だ。

六年前、虎太郎は柔道部を辞めたあと、すぐに銀座のホテル内にある中華料理店でアルバイトを始めた。祖父が修業した名店で、最初の半年はひたすら洗い物をやる日々が続いた。やがて先輩たち――半分は中国人だった――から簡単な調理を教わるようになり、すっかり料理の魅力にとりつかれてしまった。大学よりもバイトを優先する日々が続いた。何とか卒業できたものの、就職活動はことごとく失敗し、だったらうちで働いてみないかとバイト先の料理長に言われた。捨てる神あれば拾う神あり。虎太郎はバイトから正社員に昇格した。

正社員になったその年、コロナ禍に襲われた。ホテルの宿泊客は激減し、その影響は虎太郎が働く老舗中華料理店にも及んだ。積極的に弁当の宅配に力を入れたが、それはどの店も一緒であり、なかなか苦戦が続いた。

バイト時代から料理の修業はしていたので、一通りの料理は作ることができた。虎太郎がやりたいのは高級中華料理店で料理長になることではなく、いわゆる町中華と呼ばれる自分の店を持つことだ。だったら今こそがチャンスではないか。コロナ禍で飲食店が不況に喘《あえ》ぐ中、虎太郎は単身テナント探しを始めた。そして見つけたのが下高井戸の物件だった。以前はバーだった店で、コロナの影響でやむなく閉店してしまったテナントだ。虎太郎は一目見て気に入った。

ずっと貯金をしていたので二百万円ぐらいの元手はあった。実家の父親に頭を下げてさらに二百万円を借り、半年前にオープンにまで漕ぎ着けた。昼どきは満席になる日も増えたし、週に何度も食べにきてくれる常連もいる。今はまだメニューも限られているが、少しずつ増やしていけたらいいと考えている。

「はい、酢豚弁当ね」

出来上がった弁当をバイトに渡す。バイトは決まった子を雇っているわけではなく、毎日違う子が登録会社から派遣されてくる。夜は虎太郎一人でも回るので、人手が必要なのは昼の二時間程度だけ。決まった子を雇うよりも登録会社任せにした方が楽なのだ。

時刻は午後二時を過ぎている。客は競馬新聞を読みながらビールをちびちび飲んでいる男が一人。虎太郎はスマートフォンを出し、YouTube を開いた。帝都テレビの公式チャンネルを開く。まだ中継は始まっていないらしい。

「店長、何観てるんですか？」

ウーバーイーツの配達員に弁当を渡したバイトの男の子が戻ってくる。この子は近所の大学に通っている大学生で、ここでバイトをするのは今日で三回目だ。人懐っこい子で、しかも部活は体育会系の剣道部らしく、その点でも気に入っている。元柔道部員としては運動部所属の大学生は応援してあげたいという気持ちが強い。

「卓球。今から中継があるんだよ、YouTube で」

「へえ、卓球すか。店長、卓球好きなんですか」

「いや、別に好きでも嫌いでもないかな」

「じゃあ何で観るんすか？」

その質問には答えず、虎太郎はバイトの子に言った。

「そろそろ上がりでいいよ。賄い、何食べたい？」

「じゃあチャーハン大盛りで」

「了解。餃子もつけるよ」

「あざっす。残りの洗い物やっちゃいますね」

バイトの子が腕まくりをして厨房の中に入ってくる。虎太郎は鍋を熱し、作り置きしていた餃子を焼く。オープンして三ヵ月ほど経った頃、父の忠雄と兄の竜之介がいきなり来店した。油断していたので虎太郎は目が飛び出るほど驚いた。二人はラーメンとチャーハンと単品の酢豚を注文し、それを無言のまま分け合って食べた。昼どきの忙しい時間だったということもあり、二人との間には会話らしい会話はなかったが、すべて残さず平らげていった。少しだけ認めてもらったような気がして嬉しかった。

完成したチャーハンを皿に盛り、カウンターの上に置いた。ブザーが鳴り、同時に餃子も焼き上がったので、それを皿に載せた。エプロンを外したバイトの子が虎太郎の正面に座った。

「いただきます」と言って賄いを食べ始める。

「そういえば」とレンゲを片手にバイトの子が訊いてくる。「あのサイン、誰ですか？　こないだ来たときは飾ってありませんでしたよね」

背後の壁に飾られた色紙だ。昨日の昼、彼はこの店を訪れ、今バイトの子が座っている席に座った。酢豚定食と餃子を完食し、帰っていった。本場の酢豚より旨いぞ、と言ってくれたのだが、それは多分お世辞だろうと虎太郎は思っている。

「昨日来た人が置いていった。中国で有名な卓球選手らしいよ」

「王龍ですかね。へえ、そうなんすか。店長、やっぱ卓球好きじゃないすか」

店に来た彼が置いていったサイン色紙だ。わざわざ書いてもらったんだから大事にしてくれ。彼はそう言っていた。

朝から帝都テレビの公式 Twitter をチェックしている。東京レガシー卓球の結果が逐次更新されていた。この後おこなわれる準決勝第一試合で彼は王龍と対決する予定になっている。

頑張って。

虎太郎は声には出さず、友に向かって声援を送る。

# 六年前

現場となったのは自由が丘三丁目のマンション〈グレイス自由が丘〉の地下駐車場だった。進藤卓也《しんどうたくや》は白い手袋を嵌めながら覆面パトカーから降り立った。すでに地元碑文谷《ひもんや》警察署の捜査員が現場保存を始めている様子だった。数人の男たちが地下駐車場の一角でたむろしているのが見え、進藤はそちらに駆け寄った。

「お疲れ様です」

進藤は警視庁捜査一課の刑事だ。捜査一課は殺人、傷害致死等の凶悪事件を担当する課であり、複数の係が存在する。今日は進藤たちの係が当番だったため、事件発生の報を受けて現場に入ったのだ。

「来たか。これで全員集合だな」

進藤の顔を見て、一番年配の男がうなずいた。彼は小倉《おぐら》といい、直属の係長だ。今回の事件を指揮する現場主任のような立場となる。

「こっちだ」

小倉に案内されて向かった先に一台の車が停まっていた。ＳＵＶタイプの黒のアウディで、鑑識課員たちが写真を撮るなど捜査を始めている。まだ遺体は搬出されていないらしく、運転席にそのまま残されていた。小倉が説明を始めると、六名の係員たちはペンを持って手帳を開いた。

「被害者は浅沼栄将、三十五歳。このマンションの三〇一号室に住んでいる住人だ。職業は役者。たまにテレビに出演することもあるらしいから、知っている者もいるかもしれん。遺体が発見されたのは今から三時間前の午後七時過ぎ。マンションの住人がこの車の近くを通り、中で項垂《うなだ》れている被害者を発見した。異常を感じとった第一発見者はすぐに一一〇番通報。駆けつけた警察官により死亡が確認された」

進藤は芸能界に詳しくないため、浅沼栄将という役者を知らなかった。ドラマもほとんど観ないし、見るのはもっぱらYouTubeだ。

「これは鑑識の結果を待たなければならないが、頸部《けいぶ》に索条痕があることから絞殺というのが現時点での見方らしい。帰宅直後を襲われ、車に押し込まれる。そこで細い紐状の凶器で首を絞められた。そんなところだろうな。一応、仏さんの顔を拝んでやってくれ」

アウディの運転席に向かった。ドアは開け放たれている。役者だけあり端整な顔立ちだった。しかし生気は失われ、その目は虚空を睨んでいる。進藤はほかの係員と並んで両手を合わせ、故人の死を悼んだ。殺人事件の捜査をおこなう際の最初の儀式だ。

「被害者は一人暮らしで、独身ということだ。すでに家族に連絡済み。そろそろ家族も到着するものと思われる」

こちらに向かって走ってくる男がいた。男は小倉のもとに駆け寄り、耳元で何かを報告する。碑文谷署の刑事だろうと推測できる。男の報告を聞き終えた小倉が言う。

「被害者の部屋を当たったところ、物色された形跡があるようだ。強盗殺人の線が見えてきたな」

単純な事件のようだな。それが進藤の率直な感想だった。以前から目をつけていた金持ちを地下駐車場で襲い、鍵を奪って室内に侵入する。大方そんなところだろう。

「捜査を始めるぞ。二人一組になって周囲の聞き込みを始めるんだ。防犯カメラがあったら必ず場所を押さえてくれ。まとめて照会をかける」

「はい」

「とりあえず深夜零時まで回ってみよう。よろしく頼む」

いったん解散となり、それぞれ捜査に向かっていく。進藤は二歳年上の上司、多田《ただ》と組んで聞き込みに回ることになった。まずは地下駐車場の防犯カメラを調べることになった。駐車場内には二つのカメラがあったが、どちらもスプレーのようなものを噴射されていた。目潰しだ。入念に計画された犯行かもしれない。

「多田さん、被害者のことを知ってましたか？」

「知らなかったな。そんなに有名な役者じゃないだろ」

「このマンション、家賃高そうですよね。役者ってそんなに儲《もう》かるんでしょうか？」

「売れれば儲かるだろうけどな。ボンボンなんだよ、浅沼って野郎は。お前が来る前にネットで検索した。Wikipedia に載ってたよ。大日本造船だったかな。国内トップの造船会社の次男坊らしい」

「へえ、そうなんですか」

便利な世の中になった。検索すればある程度の情報は入手できる時代だ。刑事とて例外ではなく、たとえば被害者が立ち寄りそうな飲食店を探すときなど、地図ではなくスマートフォンを使うのが最近では主流になりつつある。ただし実際にそこに足を運ぶのは刑事の仕事であり、そのあたりの捜査方法は今も昔も大差はない。

現場を中心として東西南北のエリアにざっくりと分け、聞き込みを開始することになった。進藤たちは南側を担当することになる。会社帰りとおぼしきサラリーマンたちが目の前を歩いていく。この時間に一般住宅のインターホンを押すのは非常識だ。少し足を伸ばしてでもコンビニや飲み屋があればそこから優先的に当たっていくべきか。

「行くぞ、進藤」

「うっす。行きましょう」

静まり返った住宅街の中を、進藤は先輩刑事と並んで歩き出した。

※

虫の知らせとでも言えばいいのかもしれない。

翼が部活に来ていないと知ったとき、啓介はとてつもなく嫌な予感がした。あの計画が失敗したのか。最初に思ったのはそれだった。部活が終わったあと、啓介は仲間からの食事の誘いを適当な理由で断り、自由が丘に向かうことにした。今、東急東横線に乗っている。車内は混雑していて、啓介は車両のなかほどで吊り革《つかわ》に摑まって立っている。さきほど窓を見たとき、そこに映った自分の顔を見て驚いた。『バイオハザード』に出てくるゾンビのようだった。窪んだ目。やつれた頬。生気のない顔色。

浅沼の自宅マンションを突き止めたのは、一昨日の水曜日だった。学校の友人から借りた原付で翼が尾行したのだ。浅沼が住んでいるのは〈グレイス自由が丘〉という五階建てのマンションだった。不動産情報サイトで調べてみたところ、かなりの高級物件らしく、家賃は一番安くても三十万円。舞台俳優の詳しい収入事情はわからないが、それほど稼いでいるとは思えなかった。あの副社長が話していた、実家が金持ちというのは本当らしい。

次の停車駅が自由が丘であると車内アナウンスが伝えていた。しばらくすると電車は減速し、やがて完全に停車した。啓介は電車から降りてホームを歩く。すでに通算して七、八回は訪れているので、駅構内の構造は頭に入っている。

正面口から出た。浅沼が住んでいるマンションは徒歩だとここから三十分程度はかかってしまうが、生憎今の交通手段は徒歩だけだ。啓介は賑やかな通りを歩き出した。

昨夜も、その前の夜も啓介は翼の自宅アパートに向かい、長々と話をした。どうやって浅沼を痛い目に遭わせるか。話の内容はそれに尽きた。翼の案は単純で、マンションの前で張っていて帰ってきた浅沼を襲うというものだった。要するに社会的な制裁を与えるのではなく、暴力による解決方法だ。死なない程度に半殺しにしてしまえばいい。翼はそう主張した。

翼は自分を責めている様子だった。先日、翼のアパートに行ったとき、一枚のチケットが壁にピンで留められているのを見つけた。それは美玲が出演した朗読劇のチケットだった。千秋楽公演のもので、未使用であるのがわかった。それを見た瞬間、啓介は察した。おそらくこれは美玲から送られたものだろう、と。

千秋楽公演は美玲の二十歳の誕生日だった。そんな記念すべき日におこなわれる公演に招待される。翼だってその意味するところがわからないほど初心《うぶ》ではなかろう。あの日の夜、啓介たちは川崎にある虎太郎の実家の中華料理屋で夕食を食べた。翼も一緒だった。敢えて友人と行動をともにすることで、翼は美玲との恋愛を先送りにしていたのかもしれなかった。

あのとき自分が素直に公演に足を運びさえすれば――。さぞかし翼は自分の行動を責めているに違いない。だからこそ急いでいるのだ。早く奴を痛めつけてしまおう。愚図愚図している暇はないぜ。

一方、啓介は慎重派だ。どうにかして浅沼の社会的地位を失墜させ、美玲に乱暴を働いたことを後悔させたい。そのためにはどうするべきか。

余罪があるのではないか。啓介はそう考えた。ほかにも同じような目に遭っている女の子がいるのではないか。これから先も犠牲者が増えるかもしれない。少し遠回りにはなるが、彼の悪行を暴くためには、まずは奴の行動を逐一把握しておく必要がある。

そのための第一歩として啓介が考えたのは、浅沼の車にGPS発信機をとりつけることだった。ネットで検索してみると盗難防止や浮気調査用の小型発信機が多数売られていることがわかり、啓介はそのうちの一つをネット通販で購入した。内蔵されたマグネットで貼りつけられるタイプのものだった。まずはこれを浅沼の車に仕掛け、とりあえず一ヵ月ほど様子を見てみることにした。どちらが仕掛けるか。昨日の夜、翼と話し合った。

啓、俺に任せろ。簡単なことだ。あいつのマンションに行って車に仕掛けてくるんだろ。

誰にも見られちゃいけないんだ。俺も見張り役として同行するよ。

大丈夫だって。一人でやれる。そうだな。事前に防犯カメラをスプレーで目潰しするよ。そうしちゃえば安心だろ。

本当に一人で大丈夫なのか。

ああ。部活の時間までには終わらせるから。

今になって思えば翼を一人で行かせたのは失敗だったかもしれない。絶対に見張り役として同行するべきだったのだ。

目黒通りに出る。多くの車が行き交っている。この通りを渡って五分ほど奥に進んだところに浅沼が住むマンションはある。焦りが募っていた。横断歩道を渡り、さらに先を急ぐ。嫌な予感が増していく。そして——。

五十メートルほど向こうに一台のパトカーが停まっているのが見えた。素通りすることに決めて、足早に歩いた。警察官の姿もチラホラ見える。もしかすると私服警官もいるのかもしれない。たとえばあちらから歩いてくる二人組の男。あいつらも刑事ではないか。

膝がガクガクと震えていた。初めての経験だった。どんなに重要な試合に臨む際にも、こんな風になったことはない。

落ち着け。啓介は自分に言い聞かせる。下手に怪しまれて職務質問などされてはいけない。とにかく無事に家に帰ること。今はそれだけを考えるんだ。

※

事件発生の翌日、碑文谷署の会議室で第一回捜査会議が開かれた。参加しているのは三十名ほどの捜査員で、進藤は最前列で係員たちと並んで座っていた。今は係長の小倉が鑑識からの報告を踏まえ、被害者の足どりを説明していた。

「……被害者が自家用車で自宅マンションの地下駐車場に到着したのは午後六時五分のことでした。実は一度、被害者は三階にある自室に戻っているのがエレベーターの映像で確認されています。しかしすぐに被害者はエレベーターで地下駐車場に戻ります。おそらく車に忘れ物でもしたんでしょう」

被害者の事件当日の足どりは明らかになっている。午後一時に自宅を出て、同じ自由が丘にある事務所で打ち合わせ。その後はジムに向かい、トレーニングしたあとに帰宅したようだ。関係者の証言、ドライブレコーダーの記録からも間違いない。

「そして地下駐車場で被害者は犯人と遭遇した。もしかすると犯人は車を盗もうとでもしていたのかもしれません。被害者の側頭部に殴られた形跡があることから、逆上した犯人がいきなり被害者を襲った可能性もあります。その後、車内で絞殺されたわけです。鑑識から報告された被害者の直腸内体温からも、死亡推定時刻は午後六時過ぎと断定できそうです。なお凶器は発見できておりません」

浅沼栄将。業界ではそれなりに名の通った俳優らしく、今朝の各局のワイドショーでもトップでとり上げられることは確実だ。しかも超がつくほどの金持ちの息子で、叔父は衆議院議員の浅沼精一郎。話題性も十分だ。浅沼議員から発破《はっぱ》をかけられたのか、捜査本部も気合いが入っている。特に幹部席に座る捜査一課長、碑文谷署の署長をはじめとする幹部の面々は少々鼻息が荒いように進藤には見えた。

「地下駐車場内の防犯カメラはレンズに油性スプレーが噴射されており、犯人の姿は写っていませんでした。マンション内のエレベーターにカメラがついていましたが、そこに不審な人物が写っていないことから、犯人は階段を使用したものと思われます。車を盗む計画だったが、誤って殺害してしまう。だったら部屋の中も物色してやるか。短絡的な犯行ですね。被害者の自宅からは財布や高級腕時計、パソコンやスマートフォンなどが盗まれていました。被害総額は三百万円程度だろうと被害者の母親が証言しています」

もともと浅沼は自由気ままな性格をしており、浅沼家でも手を焼いていたらしい。本来であれば関連企業の重役のポストに就くのが既定路線だったが、役者になりたいと言い出し、若くして家を飛び出した。では浅沼家と縁が切れていたのかといえば実際にはそうではなく、彼が主宰する劇団〈空中旅団〉に出資していたのは浅沼の母親のようだった。

「昨夜のうちに現場周辺の防犯カメラの位置を特定してあるので、早ければ今日明日には映像が届くはずです。金目当ての犯行ではないかというのが私自身の考えです」

犯行手口も杜撰《ずさん》だった。車を盗もうとしていたところを所有者に発見されてしまう。そして口論となり、殺害に及ぶ。その後に自宅に侵入して金目の物を奪って逃走。それが現時点での見立てだ。

「昨夜現場周辺をうちの係の者たちで聞き込みをしましたが、特に収穫はありませんでした。私からは以上です」

小倉は着席した。その後は捜査の割り振りが発表された。進藤は被害者の交友関係、主に主宰している劇団への捜査に当たることになった。怨恨の線も捨て切れないため、交友関係の洗い出しは当然の作業だ。コンビを組むのは所轄署の刑事だった。

「早期解決を目指し、各自捜査に当たるように。解散」

管理官の檄が飛び、捜査会議は終了となる。進藤のもとに近寄ってくる男がいた。四十代後半くらいで、どこか柔和な印象を受ける。あまり刑事っぽくない風貌の男だった。

「進藤さんですね。碑文谷署の杉本《すぎもと》です。どうぞよろしくお願いします」

「こちらこそ」

進藤は立ち上がり、まずは名刺交換をする。事件解決まで行動をともにすることになる相棒だ。杉本直政《なおまさ》。階級は同じ警部補だが、向こうの方がかなり年配だ。

まずは浅沼の事務所に行くことにする。彼のマネージャーに電話をかけてアポイントメントをとる。事務所は自由が丘駅の近くにあるらしく、覆面パトカーで向かうことにした。

「ところで杉本さん」運転席に乗り、シートベルトを締めながら杉本に訊いた。「被害者のことはご存じでしたか？　実は俺、あまりドラマとか観ないんで、浅沼のことを知らなかったんですよ」

「知ってました。私は結構ドラマ観ますよ。妻なんてほとんど観てるんじゃないですかね。私は面白そうなやつだけを録画して観てます」

「へえ、そうなんですか。今やってるやつで面白いの、あります？」

「今期は割と警察モノに粒が揃っていますね。『捜査一課長』と『緊急取調室』はともにシーズン２に入って円熟味を増してきました。ＴＢＳの『小さな巨人』も秀逸ですよ」

普段ドラマを観ない進藤からすれば、ある意味マニアとも言えるほどだ。杉本が続けて言った。

「被害者ですが、たしか前回のクールで何かのドラマにレギュラー出演していましたよ。刑事ドラマじゃなかったかな。タイトルが出てこないんですよ。この年になると物忘れがひどくなる一方で困ります」

今夜時間があればネットを漁って彼の出演作を観てもいいかもしれない。被害者が役者であるなら、彼の仕事を観ておくのも捜査の一環とも言える。

「進藤さんはそのお年で捜査一課に配属されるとは、随分優秀な刑事さんなんでしょうね」

「いえいえ、自分なんかまだまだですよ」

警察官になったからには警視庁の捜査一課で刑事として働きたい。それは進藤の長年の願望だった。所轄署での勤務成績が認められたのか、二年前に捜査一課に配属となった。忙しい日々だったが、思った以上の働きができていないというのが正直なところだ。そういう不満や焦りが勤務態度に出ているのか、たまに係長から遠回しに注意を受けることがある。

「この道、一方通行になるので、次の交差点を左に曲がった方がいいですよ」

所轄の刑事は道案内も兼ねている。杉本のナビに従い、進藤はハンドルを切った。


浅沼の事務所は自由が丘駅近くのワンルームマンションの一室だった。インターホンを押すと中から姿を見せたのは四十前後の薄い色のサングラスをかけた男だった。須永《すなが》という名前のその男はサマーセーターを肩にかけ、いかにも業界関係者といった空気を身にまとっている。

「浅沼を恨んでいた人物ですか。うーん、難しい質問ですね。こういう世界ですからね。いろんなしがらみがありますし。それに浅沼の場合、家柄があれでしょ。やっかみもあったと思いますよ」

浅沼は個人事務所に所属していて、須永はその事務所の副社長であると同時に、浅沼が主宰する劇団の管理部門の責任者でもあるらしい。須永のスマートフォンが鳴り、画面を見て彼が溜め息をついた。

「テレビ局からの問い合わせメールです。浅沼もああ見えてそれなりに仕事を抱えていたんです。その調整に朝から追われているんですよ。まあこればかりは仕方ありませんけど」

一人の役者の死。その役者は向こう数ヵ月は仕事がぎっしりと入っていた。その穴を埋めるべく、テレビ局や芸能事務所があれこれ頭を悩ませているということか。

「ちなみになんですが」進藤は須永に質問した。「浅沼さんは独身のようですが、お付き合いされていた女性はいらっしゃるんでしょうか？」

「どうでしょうね。いい年した大人なので、そのあたりのことはノータッチです。まあ仲良くしてた女性の一人や二人、いたとは思いますけどね」

異性関係については別の捜査員が当たっている。痴情のもつれという線も捨て切れない。

「須永さんは昨日の午後六時頃、どちらにいらっしゃいました？　またそれを証明してくれる第三者がいますか？」

「お、アリバイ確認ってやつですね。昨夜だったら会食していました。相手は芸能関係の友人です。店は渋谷にある……」

店名をメモる。隣を見て、杉本とうなずき合った。これ以上、彼に質問を重ねても無意味だ。そう判断して進藤は話題を変えた。

「浅沼さんがお亡くなりになった今、劇団の方はどうなってしまうのでしょうか？」

「そこですよ、そこ」須永が弱ったような顔つきで首を振る。「浅沼の財力だけでやってきた劇団ですからね。多分解散の方向で話が進んでいくと思います。ただし来月に控えた公演だけはやってもいいと、さきほどお母様から了承を得ました」

お母様というのは浅沼の母親だろう。劇団に出資しているパトロンが彼女なのだ。

「それと事前に電話でもお伝えしていたように、劇団員の皆さんから事情をお聞かせ願いたいのです。どちらに行けば会うことができますか？」

「すでに用意してます。こちらです」

須永に案内されたのは、同マンションの地下だった。そこは板張りの狭い体育館のような造りになっていて、ジャージなどの軽装に身を包んだ男女二十人ほどが集まっていた。どうやら芝居の稽古の最中のようだ。

「ここはうちの劇団の専用稽古場です。ほぼ全員が集まっていると思います。外部の人、フリーの者もいますけど、お抱えなんで身内みたいなものです。少々お待ちくださいね。はいはい、みんな。ちょっといいかな」

須永が手を叩いて稽古中の劇団員たちを呼び、事情を説明してくれる。稽古場の一角にパイプ椅子を用意してくれて、そこで順番に話を聞くことになった。人数が多いので杉本と手分けして事情聴取をおこなうことにする。最初に進藤の前にやってきたのは二十代前半くらいの若い男だった。名前と年齢、住所を聞いてから質問に入る。

「いきなりで申し訳ないんですが、浅沼さんを恨んでいた人物に心当たりはありますか？」

「さあ、特には。自分、二ヵ月前に入ったばかりなんで」

「そうですか。では浅沼さんがお付き合いしていた女性、もしくは過去に付き合っていた女性をご存じですか？」

「知りません」

「あなたが浅沼さんから直接聞いた話ではなく、劇団員同士の噂話とかでも結構です。最近浅沼さんがトラブルを抱えていたと耳にしたことはありませんか？」

「ないですね、そういうのは」

「なるほど。では最後に昨日の夜六時頃、どこで何をされておいででしたか？」

「バイトをしてました。コンビニです。場所は……」

順番に事情聴取を続けていったが、さしたる情報を得ることはできなかった。浅沼は劇団の看板役者である半面、個人的にテレビや映画にも出演していて、劇団員たちとは多少の距離があったように感じられた。三番目に事情を訊いた男性ははっきりとこう言った。あの人のプライベートなんて知りませんよ。浅沼さんは俺たちとは住む世界が違いますからね。

一時間ほどですべての関係者への事情聴取を終えた。礼を述べてから稽古場をあとにする。コインパーキングに停めた覆面パトカーに戻り、杉本と情報を共有する。杉本の方も疑義を抱かせるような証言はなかったそうだ。アリバイが成立しない者も数名いたが、スルーしてもいいような者たちばかりで、その点に関しては進藤も同様だった。

「ただ一人、こんなものをこっそり渡してきた者がいたんですよ」

そう言って杉本が出してきたのは一枚の紙片だった。ノートの隅を切りとったものらしく、そこには携帯番号が書かれている。

「これを渡してきたのは演出家です。一応フリーですが、あの劇団をメインの仕事にしているみたいですね。進藤さん、電話をかけてみたらどうですか？」

「いいんですか？」

「どうぞどうぞ」

杉本はあまり自分の手柄に興味はないといった印象で、刑事にしては珍しいタイプの男だった。所轄の立場をわきまえているとも言えるが、多少の物足りなさを感じるのも事実だった。

「では、お言葉に甘えて」

進藤は紙片の携帯番号を自分のスマートフォンに入力して、通話ボタンを押した。

※

翼の姿はどこにも見当たらなかった。午前中、啓介は永青大の神保町キャンパスの校舎内を走り回ったが、どの教室にも翼はいなかった。

昨夜遅く、啓介は帰宅した。そのまま朝までずっとスマートフォン片手にネットニュースを見ていた。自由が丘の浅沼が住むマンション前で見たパトカー。そのうちニュースになるかと思ったのだ。

明けて午前六時、大手ネットニュースサイトにおいて第一報が報じられた。『俳優の浅沼栄将、自宅マンションの地下駐車場で遺体となって発見される』という見出しが躍った。その見出しを見た瞬間、心臓を鷲摑《わしづか》みにされたように息が苦しくなった。

浅沼の遺体は地下駐車場の自家用車の車内で発見されたという。死因は窒息死で、何者かに殺害された可能性が高く、自宅から財布や金品等が盗み出された形跡もあり、警察も捜査を開始したとネット記事は伝えていた。記事を何度も何度も繰り返し読み、啓介は震えた。

翼に電話をかけたが、通じなかった。電源を落としているのだろうと考えられた。そうこうしているうちに朝の報道番組が始まり、そのニュースを伝え始めた。実際に浅沼が演じているテレビドラマのワンシーンも映し出された。Twitter のトレンドでも『浅沼栄将』の名前が上位に入るようになった。美玲に連絡しようかと迷ったが、それはやめておくことにした。今後、どうなるかわからない。もし翼が逮捕されるようなことがあったら、彼女との関連を警察に疑われてはならなかった。この状況で翼が学校に来ているとは到底思えなかったが、一応探してみる価値はあろうかと考え――そう考えること自体、啓介自身も冷静さを欠いているのだが――神保町キャンパスに足を運んでみたのだった。

「あ、三崎君、こっちこっち」

自分を呼ぶ声に気づき、啓介は振り向いた。寺田虎太郎が歩いてくる。彼はめでたく柔道部を退部し、一般の学生に戻っていた。しかし一般の学生にしてはその巨体は目立ち過ぎる。

「おい、寺田」啓介は息せき切って虎太郎に駆け寄り、矢継ぎ早に問いかける。「翼を見ていないか？　お前、あいつの時間割、知ってんだろ。なあ教えてくれ」

「翼君？　今日は見てないな。午前中も語学のクラスあったけど来てなかった。どうかしたの？　三崎君。怖い顔しちゃって」

「いや、別に……」

　適当に誤魔化す。自分が翼を探している理由をおいそれと他人に話すことなどできない。ちょうど二限目が終わり、昼休みに入っていた。虎太郎は外に昼食を食べにいくというので、啓介も同行することにした。あまり食欲はないが、最後に食事を摂ったのは昨日の部活の前のことだ。やけに昔のように感じる。

　昼どきの神保町は学生たちで溢れ返っている。安くて旨い店には行列ができていた。虎太郎が向かった店は路地裏にある豚丼の専門店だった。カウンターのみの店で、ちょうど二人分席が空いていたので、待たずに座ることができた。

　豚丼を二人前、注文する。虎太郎の分はライス大盛り肉二倍だった。何だか不思議な気分になってくる。今、翼はどこかで息を潜めるように潜伏しているかもしれない。それなのに自分は呑気に食事を摂っていていいのだろうか。

「僕ね、バイト始めようと思ってるんだ」隣で虎太郎が話し出す。「実は今日の夕方、面接なんだ。うちのお祖父ちゃんが修業をした店が銀座にあるんだけど、ネットで調べたらバイトを募集していたんだよ」

　カウンターの中で二人の男が調理をしていた。フライパンで豚のロース肉を焼いている。香ばしい匂いが漂ってきた。

「本当は実家の店で働きたいんだけど、あの店を継ぐのは兄貴なんだ。それに僕、こんな図体《ずうたい》だし、僕が入ったら厨房もパンパンだしね。もしだよ、もし将来、僕が自分の店を開くようなことがあったら、三崎君、是非食べにきてよ。もちろん翼君も一緒にね」

豚丼が運ばれてくる。並盛りを注文したはずだが、かなりの量だ。虎太郎の大盛りは山のようだった。野菜などは載っておらず、焼いた肉だけがシンプルに載っている。味噌汁《みそしる》は豚汁で、こちらは野菜たっぷりだ。野菜はこちらで摂れということか。

豚丼を食べる。甘辛い味つけが美味だった。そしてまた罪悪感に襲われる。俺はこんなところで昼飯を食べていていいのだろうか……。

「三崎君、どうしたの？」

虎太郎が不思議そうな顔をしてこちらを見ていた。自分が涙ぐんでいることに啓介は気がついた。おしぼりで涙を拭き、「何でもない」と素っ気なく言い、かき込むように豚丼を食べる。ちょうど半分ほど豚丼を食べたときだった。ポケットの中に入れていたスマートフォンが細かく震え、ＬＩＮＥのメッセージを受信したことを知る。スマートフォンを出して画面を見て、啓介はハッと息を呑《の》んだ。

※

午後三時、進藤が杉本とともに指定された店に入ると、窓際の席で一人の男が立ち上がるのが見えた。午前中に自由が丘の練習場で見かけた中年の演出家だ。進藤が彼に電話をしてみたところ、この喫茶店を指定されたのだ。自由が丘から一駅離れた都立大学駅近くのカフェだ。演出家の隣にはサングラスをかけた女性が座っている。

「お待たせしました」

進藤たちは窓際の席に向かう。改めて互いに自己紹介する。男の名前は溝口匠《みぞぐちたくみ》。フリーの演出家だった。ここ二、三年は浅沼の劇団の専属演出家となっているようだ。女の方は名前を尾木沙耶《おぎさや》といい、去年まで舞台役者として活躍していたが、今は芸能事務所に籍を置いたままパートなどで生計を立てているという。サングラスで目元を覆っているが、目鼻立ちの整った女性だということが進藤にもわかった。

「すみません、わざわざお越しいただいて」

「いえいえ、構いません。それより私どもに話したいこととは何でしょうか？」

店員がドリンクを運んできた。店員が立ち去るのを待ってから溝口が口を開く。

「もちろん亡くなった浅沼のことです。ほかの劇団員がいる場所では話しにくいというか、一応故人にも名誉というものがありますし、何か死者を冒瀆《ぼうとく》するみたいで、気は進まなかったのですが、やはり刑事さんには伝えておいた方がいいと思いまして」

もったいぶった言い回しだったが、進藤は辛抱強く我慢した。やがて溝口の話は本題に突入していく。

「浅沼は劇団の主宰者ですし、スポンサーでもあります。決して演技も下手なわけではなく、テレビなどではしっかりと脇を固めるいい俳優です。ただ、彼の女性関係だけはちょっとね」

やはりな、と進藤は思った。隣に座る杉本は無表情だったが、内心では同じように感じているはずだ。女性関係の話ではないか。ここに来る車中でも二人でそのように話していたし、店に入ってサングラスの女性を目にした瞬間、その確率が上がったのを進藤は感じていた。

らだ。

「気に入った子がいたら迷わず声をかける。相手が芸能人だろうが人妻だろうが、未成年だろうが関係なしです。そういう男なんです、あいつは。でもそれだけならまだ許せます。脈がないと感じると、奴は汚い手段を使うんです。簡単に言ってしまうと薬物です」

話が穏やかではなくなってきた。しかし興味深い展開になりつつあるのも事実だった。被害者が特定の女性たちから強い恨みを買っていた。ありがちではあるが、強い動機になり得るからだ。

「どこで調達したものかわかりませんが、飲み会の場などで女の子のドリンクの中に薬を忍ばせます。そして眠ってしまった女の子を『俺が送るよ』とか言って連れ出し、強引に乱暴を働くわけです」

近年耳にするデートレイプドラッグなるものか。飲料に混入し、それで相手の自由を奪ったうえで行為に及ぶ卑劣な犯罪だ。睡眠薬や抗不安薬が使用されるらしく、短時間で体外に排出されることから、被害に遭った場合の立件が難しいという問題点も指摘されている。

「こちらにいる沙耶ちゃんも犠牲者の一人です。僕が何とか説得して来てもらいました」

溝口にそう紹介され、沙耶は小さく頭を下げた。

「こんにちは。尾木と申します。私は……」

急に彼女は下を向き、肩を震わせるように泣き始めてしまった。杉本がハンカチを出し、それを彼女の前に置きながら優しい口調で言った。

「落ち着いてください。我々はいつまでも待っています。あなたが話せるタイミングで、好きなように話してください」

一分ほど経った頃、沙耶はグラスの水を一口飲んだ。そしてか細い声で話し出した。

「私が浅沼と初めて会ったのは三年前、都内にあるスタジオでした。民放の深夜ドラマで共演したんです。お互い小さな役でしたけど、撮影の合間に話をして、彼が主宰する劇団の単独公演への出演を依頼されたんです。彼が舞台をやっているのは知ってました。冗談半分で聞いていたんですが、後日事務所に正式なオファーが届きました。私は舞台でお芝居するのが好きなので、マネージャーとも相談のうえ、快諾しました。ただこのとき事務所のベテランスタッフから釘を刺されました。浅沼は女癖が悪いから気をつけるんだよ、と」

半年後に稽古が始まった。浅沼が主役、沙耶がヒロイン役だった。二人で芝居をする機会が多く、稽古上がりに食事に誘われることもあったが、仕事を理由に断り続けた。そして公演が始まった。客入りもよく、反応も上々だった。二週間の公演はあっという間に幕を閉じた。

「後日、打ち上げがあったんです。仲良くなった子もいたので、私も参加しました。最初のうちはとても楽しかったんです。でもあるときを境に記憶がなくなりました。気がつくと見知らぬ部屋にいて、隣には浅沼が眠ってました。私は怖くなって、服を着て部屋を飛び出しました。あとで思い出したんですが、打ち上げのときに浅沼から渡されたハイボールを飲んだような気がします」

一日悩んだ末、彼女はマネージャーに事の次第を打ち明けた。事務所の社長とも相談して、警察に被害届を出すことに決めた。担当してくれたのは女性警察官で、親身になって対応してくれたのだが……。

「急に担当が変わって、別の男の人が担当することになりました。その人が言うには『証拠不十分で立件は難しい』とのことでした。被害届を出したところで意味はないので、ここは一つ心のケアに努めてはどうか。そういう意味のことを遠回しに言われたんです」

警察にそう言われてしまっては動きようがない。彼女は泣き寝入りするしかなかった。

「トラウマっていうんですかね。人前に出ると恐怖を感じるようになって、今は女優の仕事をお休みしています。溝口さんとは事件のあったあとに私から連絡をとりました。被害届を出すにあたり、浅沼の人間性を詳しく知っておきたかったからです」

「揉み消したのも浅沼の仕業に決まってますよ」溝口が口を挟んだ。彼の目には憤怒の色が宿っている。「あいつの叔父、国会議員なんですよね。だからあいつが叔父さんに頼んで、裏から手を回して表沙汰にならないようにとり計らってもらったに決まってます」

進藤は隣を見た。杉本と視線があった。彼は無表情のまま、首を横に振った。

国会議員の身内に忖度《そんたく》をして、事件をなかったことにする。警察官としてあるまじき行為だと思うが、絶対にないとは言い切れないのが辛いところだった。

現在は物盗《ものと》りの犯行であるというのが大方の見方だ。もしこの話が本当であるなら、浅沼に殺意を抱く人間は多数いるということになる。事件の様相が大きく変わってくる新情報だ。これに食らいつかない手はない。

「お話はわかりました。ところでほかにも似たような被害を受けたタレントさんがいるようですが、その方のお名前等、教えていただくことは可能でしょうか？」

進藤がそう切り出すと、溝口と沙耶はしばし視線を交わしたあと、代表して溝口が話し出した。

※

久し振りに飲むコーラはやけに甘ったるかった。啓介は原宿にあるカラオケ店の一室にいた。壁の向こう側から客の歌声が聞こえてくる。

この店には何度か足を運んだことがあった。去年、翼が大学入学を機に静岡から上京してきたとき、美玲を加えた三人で何度か集まった。原宿には塚原トモコが練習場としている原宿卓球倶楽部があり、この店を訪れたことが数回あった。美玲は顔が知られているため、そのあたりのファミレスや居酒屋で会うのは気が引けたからだ。美玲自身は別に構わないと言うのだが、こちらが気を遣ってしまうのだ。もしも写真週刊誌あたりに写真を撮られてしまったらどうしよう。そんな不安を口にすると、美玲は笑って受け流した。あんたたち二人、ちょっと卓球が巧《うま》いだけの大学生じゃないの。そんな人たちと写真撮られても痛くも痒《かゆ》くもないわ。

隣の部屋でいったん歌声が止まったが、また次の曲が始まった。ＡＫＢ48の『365日の紙飛行機』だ。去年放送された朝ドラの主題歌で、啓介は放送を観ていなかったが曲自体は知っていた。去年三人で集まったとき、みんなで歌ったこともある。翼が少し音痴で、その歌声を聞いて美玲が笑っていたものだ。

啓介はスマートフォンでネットニュースを見た。浅沼殺害の件で続報はない。世間の反応はおおむね浅沼に対して同情的で、彼の女癖の悪さに言及している記事は一切見当たらなかった。

ガチャリ、とドアが開く音が聞こえた。啓介は立ち上がり、ドアを支えてやる。車椅子に乗った美玲がするりと中に入ってきた。今日もマスクをつけている。

さきほどＬＩＮＥのメッセージで『会って話がしたい』と言われ、何度かやりとりをしてこの店に決めた。メニューを渡そうとしたが、美玲は固い口調で「要らない」と言った。美玲はすぐに本題に入る。

「あの男が殺された件、まさかあんたたちが関係しているわけじゃないでしょうね」

どう説明していいか迷った。実は復讐《ふくしゅう》のために懲らしめる計画を練っていた、とは言えない。いや、ここは正直に話すしかないのか。啓介が答えられずにいるのを見て、美玲は苛立ったように質問を浴びせてきた。

「ところで翼は？　どこにいるの？　ＬＩＮＥ送っても既読にならないし、電話をかけても通じない。あの山猿、どこで何をやってるの？」

「ごめん、美玲……」

「謝らないで」美玲が語気を強めた。「あんたに謝ってもらうために来たんじゃない。安心したかったからここに来たの。あれはあんたたちの仕業じゃない。どこかのお金に困った人がやった犯行。それを確認するためにここに来たの。ねえ、啓たちの仕業じゃないわよね？　あんな真似、するわけないわよね？」

「ごめん……」

「だから謝らないでって言ってるでしょっ」

美玲の声が響き渡る。部屋は薄暗く、彼女の顔色はわからなかったが、かなりやつれているのはそれとなくわかった。彼女が浅沼に襲われてからまだ二週間も経っていない。普段、美玲は自身のTwitterで仕事の告知やスケジュールなどをファンに周知しているが、あの日以来更新は途絶えたままだ。事務所の公式ホームページでは体調不良のためしばらく休むと記載されていた。

「……本当に許せなかったんだ、奴のことを」啓介は胸の内を打ち明ける。だから翼と話し合って、どうにかして奴に復讐してやろうと決意した。奴のＳＮＳを隈なくチェックして、最終的に自由が丘の自宅マンションを突き止めた。それが三日前のことだ」

美玲は途中で何度も口を挟もうとしたが、その都度思い直したように口を閉じた。

「昨日、翼が奴の車にＧＰＳの発信機をとりつけるはずだった。あいつが一人でも大丈夫だと言ったから、あいつに任せた。部活に来ていないのを知って嫌な予感がしたんだ。部活が終わったあと、調布にある翼のアパートに向かったけど部屋は無人だった。俺は自由が丘に向かって……」

美玲は項垂れている。啓介がすべて話すと、美玲が消え入るような声で言った。

「やっぱり……やっぱりあんたたちに教えるべきじゃなかった。まさかこんなことになるなんて……」

「翼を責めないでくれ。まだ翼がやったと決まったわけじゃない。もしかしたら……」

「ふざけないでっ」ヒステリック気味に美玲が早口で言う。「だったらどうして翼は電話に出ないのよ。あいつが殺《や》ったんじゃないの？　だからあいつは逃げてるのよ。そうに決まってる。まったく何考えてんのよ、あんたも翼も。私、復讐してくれなんて頼んでないじゃん。勝手に何してくれてんのよ、いい加減に……」

　体が勝手に動いていた。啓介は立ち上がり、彼女の頬を張っていた。乾いた音が響く。どうして自分が叩かれたのかわからない。そんな顔つきで美玲は呆然と啓介を見上げていた。隣の部屋では曲調が変わり、今度はアップテンポな曲が流れていた。

「どうしてわからないんだよ。お前があんな目に遭ったと聞いたら、黙って指をくわえているなんて無理だ。お前の言う通り、翼が殺ったのかもしれない。いや、そうに違いないって俺は思っている」

　口から言葉が溢れ出る。止めることはできなかった。

「あいつはお前のために奴を殺した。絶対に許されないことだとわかってる。でもさ……俺は少しだけ翼が羨ましいよ。あいつはお前のために復讐を果たした。俺は……俺は先を越されちまったんだよ」

　美玲は黙ったまま壁に目をやった。壁のクロスは煙草のヤニが染み込んで黄ばんでいた。その向こうから男の歌声が聞こえてくる。下手な歌声だが、今はどこか有り難いような気がした。あまりに静かだと気が変になってしまいそうだ。

「翼はどこ？」虚《うつ》ろな目で美玲は口を開いた。「あいつはどこにいるの？　このままずっと逃げ続けるわけにはいかないでしょ」

　警察だって馬鹿ではない。そのうち翼や啓介たちの存在を嗅ぎつけるかもしれない。この数日間、ずっと啓介たちは浅沼の周辺を探っていた。その痕跡は消し去ることはできない。

「わからない。でもあいつがやったんなら自首するんじゃないかって思ってる」

「警察に出頭するってこと？」

「そうだ。多分だけど」

悔しかった。この状況で何もできない自分に忸怩《じくじ》たる思いを抱いた。俺はいつだって翼に助けられていた。今回もまた然《しか》りだ。

啓介は拳をギュッと握った。そのまま壁を殴りつけたい衝動を何とか抑えた。翼、どこにいる？　どこに行けばお前に会えるんだ？

※

「……以上のように浅沼は女性問題を抱えており、複数の女性から恨みを買っていたものと思われます。薬物を使った強引な性交渉を繰り返していたのであれば、女性被害者から殺意を向けられても何ら不思議はありません」

夜の捜査会議。進藤は立ち上がり、手帳片手に報告していた。溝口という演出家と尾木沙耶という舞台女優から聞いた話を中心に、浅沼の卑劣な手口をかいつまんで説明した。溝口からほかの被害者の名前も聞いていたが、そちらとは連絡がとれなかった。それでも浅沼が生前に親しくしていた芸能関係者数人から話を聞いたところ、浅沼の女癖の悪さはそれなりに知られているようだった。ただし浅沼の家柄の良さもあることから、表立って彼の悪口を言うのはタブーとされているようだ。

「現状では物盗りの線が有力かと思われますが、女性被害者たちの怨恨の線を追ってみるのも一つの手ではないでしょうか。私からは以上です」

報告を終え、進藤は着席した。なかなか悪くない内容だと自分でも思っていた。周囲の捜査員の反応もよかったし、被害者の隠された一面を暴いたという意味でも、それなりに評価されて然るべき内容だ。しかし気になるのは前に座る幹部席の面々だ。報告の途中、彼らの顔色を窺っていたのだが、一様に晴れない表情だった。浅沼の叔父は現職の国会議員。そのあたりが影響しているのかもしれない。

「では報告いたします」そう言って立ち上がったのは同じ係の先輩だった。「浅沼は週に三日、自由が丘駅近くにある会員制のスポーツジムに通っているようです。そこのスタッフに話を聞いたところ、興味深い証言を得ることができました」

事件当日もジムからの帰りであったことは明らかになっている。距離的には歩いていけないこともないが、浅沼は必ず自家用車でジムに通っていたようだ。

「今週の月曜日のことなんですが、ジム内において怪しげな人物が目撃されています。浅沼の行動を監視していたのではないか。スタッフはそう証言しています」

スタッフは不審に思い、その男を注視していた。男はスマートフォンを浅沼の方に向ける動きを見せ、盗撮しているのではないかと疑ったが、確証を得るまでに至らなかった。

「その男は先週会員になったばかりで、最後に訪れたのは水曜日のことでした。そのときも浅沼の周辺をうろつく姿が目撃されていて、浅沼がジムを出た直後に一緒に姿を消したようです。これがジム内の防犯カメラの映像です」

前面のモニターに映像が出る。数人の男女がランニングマシンの上で走ったり歩いたりしている。

「手前側にいるのが浅沼で、一つ離れたマシンで歩いているのがその男です」

浅沼は耳にイヤホンを挿して走っている。一方、その男はマシンの上を歩いていた。まだ若く、年齢は二十歳前後かと思われた。Tシャツに下はジャージという服装だが、かなりしなやかな筋肉を有していることが画面からでも伝わってくる。

「男の名前は毛利翼。調布市在住の十九歳。永青大学に通っている学生です。会員情報から明らかになりました。なお、次にお見せするのはジムの駐車場に設置した防犯カメラの映像です。水曜日の夕方に撮影されたものですね」

男が歩いてきて、黒っぽい車に乗り込んだ。この男が浅沼だろう。浅沼の車が発進した直後、柱の陰から一台の原付が出てきて、まるで浅沼の車を尾行するかのように走り出した。

「尾行しているのは毛利翼だと思われます。さきほど彼のアパートを訪ねましたが不在でした。電話も繋がりません。被害者との接点はジムのみですが、重点的に捜査をする必要がありそうです。現在までにわかっている毛利翼のプロフィールがこちらです」

モニターに簡単な経歴が表示される。周囲の捜査員がペンを走らせる。進藤も同じようにメモをとった。

本名　毛利翼
生年月日　平成九年十一月三日
年齢　十九歳

経歴　静岡県静岡市出身　現在は永青大学経済学部二年生　卓球部所属
家庭環境　家族等はおらず、高校まで地元の児童養護施設に入所していた模様

「私からは以上となります」

報告が終わった。ジムで浅沼の周囲をうろついていただけではなく、尾行までしていたとなると俄然《がぜん》怪しくなってくる。初めて浮上した容疑者らしき存在とも言えよう。進藤は内心舌打ちをする。完全に俺の負けだ。

その後も報告が続いたが、めぼしい内容ではなかった。最後に捜査方針が確認され、毛利翼を重点的に洗うことになった。進藤のコンビも毛利翼の行方を追うチームに編入された。部屋にもいない。電話にも出ない。この二点において彼が逃亡している可能性も考えられ、そこに多めの人数を割くことになったのだ。

捜査会議が終わった。そのまま会議室をあとにしようとすると係長の小倉に呼ばれた。杉本とともに幹部席の方に連れていかれる。そこで待っていたのは管理官だった。進藤と同世代だが、階級は警視だ。

「進藤君。さきほどの君の報告、聞かなかったことにしたい。本件はあくまでも殺人事件であり、被害者のプライバシーを暴くものではないからだ。今後、被害者の過去の素行については一切足を踏み入れるな」

つまり浅沼の悪行については目を瞑れということか。犠牲者である尾木沙耶の話が脳裏をよぎる。彼女が被害届を出した際、警察も最初は好意的な対応だったが、突然つれない対応にな

ったという。やはり何かしらの圧力が働いたというのだろうか。

「お言葉ですが」無理は承知で反論を試みる。「浅沼の過去の所業が今回の事件の引き金になっている可能性もゼロではありません。捜査を継続する必要があるのではないでしょうか」

「その必要はない。本件はあくまでも物盗りだ」

「ですが……」

「以上だ。捜査に戻れ。絶対に深追いするなよ」

言いたいことはあったが、進藤はその場をあとにする。会議室にほとんど捜査員は残っていない。会議室を出てから杉本と顔を見合わせた。仕方ないですね。そう言わんばかりに杉本が肩をすくめる。刑事といえども所詮は雇われ人。上司の命令に逆らうことなどできない。


一夜明けても毛利翼なる大学生の行方はわからなかった。毛利翼が所属している永青大の卓球部員全員に事情を訊いて回ることになった。進藤もその班に編入され、朝から杉本とともに部員たちの自宅を回っている。電話でもいいのではないかという意見も出たが、親しい部員が毛利を匿《かくま》っている可能性が考慮され、こうして直接足を運ぶことになったのだ。

「このあたりですね。あそこのコインパーキングに入れちゃいましょう」

助手席の杉本の指示に従い、進藤は覆面パトカーをコインパーキングに停めた。桜上水にある二階建てのモルタル塗りのアパートで、いかにも大学生が住んでいそうな感じの雰囲気だ。永青大のグラウンド、体育館などは調布にあるらしく、運動部系の部員の多くが京王線沿いに住んでいた。

目当ての部屋のインターホンを鳴らす。この部屋の主は三崎啓介という二年生だ。名簿には『◎』がつけられている。特に仲のいい部員につけられる印であり、進藤が受け持つ部員で◎は彼だけだった。

部屋のドアが薄く開いた。ドアチェーンの向こうから若い男が顔を覗かせた。杉本が警察バッジを見せながら言った。

「警察の者です。三崎啓介さんですね。少々お時間よろしいでしょうか」

「……はい」

ドアチェーンが外された。三崎啓介は表情が硬かった。かなり警戒している様子である。まあ彼は大学生だ。いきなり自宅に警察官が訪れる。驚くのも無理はなかろう。

「毛利翼さんをご存じですよね。ある事件の参考人として彼の行方を追っています。彼の居場所に心当たりはありませんか？」

「さあ、わかりません。アパートにはいないんですか？」

「はい。いないから探しているんです。あなたはかなり毛利さんと親しいと聞きましたが、最近彼に会ったのはいつでしょうか」

「いつだったかな。今週はもしかしたら顔を合わせていないかもしれません。僕と翼、いや毛利君は先週ノロウイルスにやられて、しばらく部活を休んでいたんです。だから最近は奴とはあまり……。あのう、刑事さん。ある事件っていったい何ですか？　毛利君は何かの事件に巻き込まれたということでしょうか？」

「その質問には答えられません。捜査上の秘密なので。ところで一昨日の金曜日の夜、どこで何をしていたのか。参考までにお聞かせください」

アリバイの確認だ。杉本の質問に三崎啓介は答えた。

「部活に行きました。午後五時から二時間です」

「浅沼栄将という人物に心当たりはありますか？　あと、毛利君の口から浅沼栄将という人物について何か聞いたことがあるかな」

「俳優さん、ですよね。殺されたってニュースで観ました。刑事さん、もしかしてその事件に毛利君が……」

「質問にお答えください。毛利君の口から浅沼氏の名前が出たことはありませんか？」

「ありません」

杉本がこちらを振り向いた。何か訊きたいことはないか。そう言いたげな視線だった。進藤は前に出て質問する。

「君と毛利君はかなり親密だった。監督からもそう聞いてる。どういう経緯で彼と仲良くなったのかな。もしかして昔から知り合いだったとか」

「静岡の同じ小学校に通っていました。と言っても僕は五年生のときにこっちに引っ越してきたんですけど。メールとかでやりとりしてて、たまたま同じ大学に入ることになったんです」

小学校からの付き合いであるなら、相当親密な間柄だろう。進藤は小学校の同級生で今も付き合いのある友人はいない。まあ警察官になって敬遠されているという部分もあるのだが。

「では最後に部屋の中を見せてもらえるかな。ざっと見るだけだ。君が毛利君を匿っていないとも限らないからね」

冗談っぽく言ったつもりだったが、三崎啓介は笑わなかった。やはり刑事を前に緊張しているのか。

靴を脱いで室内に入る。間取りは１Ｋ。あまり室内に物が置かれておらず、質素な部屋だ。隈なく確認したが、三崎啓介以外の人物は潜んでいなかった。テーブルの上にボストンバッグが置いてあるのが見えた。荷造りしている最中のようだ。

「旅行にでも行くのかい？」

進藤がそう質問すると、三崎啓介が答えた。

「午後から部活の練習試合なので」

「そうか。大学の運動部ってやつも大変だね」

特に気になる点はない。強いて挙げれば彼は毛利翼の親友であると思われる点だ。追い詰められた容疑者が最後に救いを求める相手になるかもしれないが、現時点では行動を監視するほどの対象ではない。

礼を述べて辞去した。次の相手は下高井戸に住んでいる同級生のようだった。進藤はアパートの外階段を駆け下りた。

「ちょっと自分なりに調べてみたんですよ」

昼に入った蕎麦《そば》屋で杉本がそう切り出してきた。午前中、本部から渡された名簿の対象者とはすべてコンタクトをとることができ、毛利翼の所在は今も不明なままだった。午後からは通常の捜査――被害者の交友関係を調べる――に戻るように指示を受けていた。しかし浅沼の女性問題には触るなと指示を受けているので、どこから手をつけていいのか思い悩んでいた。

「何を調べたんですか？」

蕎麦湯を啜りながら進藤は訊いた。杉本は質問には答えず、逆に質問で返してくる。

「進藤さんは川越美玲をご存じですか？」

「川越美玲？　どこかで聞いたことがある名前ですね。ええと、たしか……あ、そうだ。思い出しました。子役じゃなかったかな。俺、観てましたよ。刑事の娘役」

「実は彼女、数年前に芸能界に復帰したそうです。芸名も大島美玲に変えて、声優っていうんですか？　アニメとかの仕事を主にしているみたいです。ブランクを乗り越えて活躍しているんですよ」

「へえ、そうなんですか。でもそれが何か？」

「先月、彼女は下北沢の劇場で朗読劇に出演していました。イギリスかどこかの小説を舞台上で読むんだそうです。私なんかが行ったら数秒で眠りに落ちてしまいそうですがね。その朗読劇に浅沼が出演していたことがわかりました。彼にとっては最後の仕事になったわけですね」

「なるほど」

進藤はスマートフォンを出し、『大島美玲　朗読劇』と入力して検索した。すぐに複数のページがヒットする。一番上に表示されたのはネットニュースの記事だった。開いてその記事を読む。

『現在、下北沢のドミノホール（世田谷区代沢《だいざわ》○丁目○番地）において、朗読劇〈マリアのすべて〉が公演中だ。主人公のマリアを演じるのは大島美玲（一九）。かつて天才子役の名をほしいままにした彼女は、今は声優として確固たる地位を固めている。彼女は言う。「私にできるのは丁寧に演じることだけです」。そう語る彼女の顔に自信がみなぎっているように感じられたのは筆者の気のせいか。脇を固めるのも豪華キャストで、名バイプレイヤーとして知られる豊見一弘（五八）と、気鋭の舞台俳優、浅沼栄将（三五）。三人の織りなす物語世界は聴衆を魅了する。聴くだけではなく、観るもの。朗読劇の新たな一面を切り拓く、見事な作品に仕上がっている』

かなり好意的な記事だ。主催者側の意を汲んだ記者によるものなのかもしれない。黒いバックの前に三人が並んでいるのが見えた。中央には車椅子に乗った女性がいて、彼女が大島美玲のようだ。進藤が知る川越美玲と比べて随分大人びている。

「これ、俳優の豊見一弘のインスタです。打ち上げがおこなわれたみたいですね」

杉本が差し出したスマートフォンを見る。朗読劇に参加した三人の姿が映っている。三人とも私服であり、背景の感じやテーブルに並んだ料理からして、どこかの飲食店で撮ったものだと推測できた。

「ちなみに大島美玲ですが、ここ最近は体調不良で仕事を休んでいるようです。所属事務所のホームページに掲載されていました。ちょうど朗読劇の打ち上げがおこなわれた直後から、彼女は休業状態にあるみたいですね」

「まさか、それって……」

「はい。私もまさかとは思いましたけどね。しかし尾木沙耶さんの例もありますしね」

尾木沙耶は公演の打ち上げの際、意識を失ったと語っていた。浅沼から渡されたハイボールを飲んだせいかもしれないと。ただし大島美玲は下半身に障害を持つ身だ。いくら浅沼が悪党でも、そこまで卑劣な野郎ではないと信じたいが……。

「どうします？　進藤さん。管理官からはこれ以上深入りするなと釘を刺されていますけど」

こちらの思惑を探るような物言いだ。最初会ったときはあまり刑事っぽくない男だなという印象を受けたが、なかなかどうして優れた刑事だと感じていた。

「決まってるじゃないですか。俺が管理官の言いつけを守るような男に見えますか？」

「その答えを待ってました。では行きましょうか」

伝票を摑み、杉本がレジの方に向かっていく。懐から財布を出しながら進藤はそのあとを追った。

※

夢を見ていた。小学校時代の夢だった。自宅の隣の卓球場で祖父から卓球を教わっていた。時期的に有り得ないのだが、なぜか翼もそこにいた。小学校時代の友人である信太とリカルドも一緒だった。祖父が打った球を打ち返す。そんな練習をみんなでワイワイと繰り返していた。あまりに楽しそうに笑っているので、「お前たち、もっとちゃんとやれ」と祖父から注意を受けたが、それでも笑いが止まることはなかった。

目が覚めたとき、通路の向こう側の窓から富士山が見えた。あと十分くらいで着きそうだ。新幹線が走り出した途端、ストンと眠りに落ちてしまった。昨日も、一昨日も、その前の日もあまり満足に眠れていない。

左側を見る。座席に座った美玲は肘をついて窓の外を見ていた。窓からは青々とした駿河湾が見える。自分が起きたことをアピールするように啓介が小さく咳払いをすると、美玲は窓の外を見たまま言った。

「起こさなかった。気持ちよさそうに寝てたから」

美玲からＬＩＮＥが入ってきたのは今朝のことだ。翼は静岡に行っているのではないか。それが美玲の推測だった。高校卒業まで過ごした土地であり、しかも児童養護施設にじいろは彼が育った馴染みのある施設。なかでも施設長は理解がある人だったそうで、高校まで自由に卓球を続けてこられたのは彼の支援があってのことだと聞いている。

だったら俺たちも静岡に行ってみよう。そういう話になり、すぐに荷造りを始めた。日帰りのつもりだが、状況次第ではどうなるかわからない。ボストンバッグに着替えなどを詰めていると、いきなりインターホンが鳴って刑事が訪れた。遂に警察も翼の存在を嗅ぎつけたんだな、と啓介は事態の深刻さを悟った。

「中三の夏」といきなり美玲が話し出す。「私、翼と一緒に東京に行ったじゃない？　あいつの付き添いで」

全中のときだ。初めて啓介が美玲と会った日のことでもある。中野駅近くのマクドナルドで初めて美玲と顔を合わせたのだ。ドリンクを飲むときだけマスクを外し、そのたびに啓介は胸が高鳴った。

「でも今は啓と一緒に静岡に向かってる。あのときとは逆」

車内アナウンスが聞こえ、間もなく静岡駅に到着すると伝えられた。啓介はデッキに置いていた車椅子をとりに向かった。戻ってきた頃には美玲は身支度を整えていた。早めにデッキに向かい、駅に到着するのを待つ。スマートフォンに母からＬＩＮＥのメッセージが届いていた。内容は「今夜あたり帰ってきなさい」というものだった。部活だから無理、と返してスマートフォンをしまった。

「誰から？」

車椅子に乗った美玲が訊いてくる。啓介は答えた。

「母親。たいした用じゃない」

啓介の両親は今は蒲田にあるマンションに住んでいる。九年前、父の借金を清算することを条件に、啓介たちは大田区内にある母方の祖父の家に引っ越した。そして父は祖父が経営する電子機器を取り扱う工場で、営業マンとして働き始めた。案外商才があったらしく、父はそこで大手企業と契約を結ぶなど、いくつかの実績を上げたようだった。現在、父は副社長として会社の経営に携わっている。

新幹線が静岡駅のホームに入っていく。静岡に来るのは随分と久し振りだ。卓球の大会などで一、二度来たことはあるが、プライベートで訪れるのは引っ越し以来だった。啓介一人なら東海道線とバスを乗り継いで向かうところだが、今日は美玲が一緒なのでタクシーを拾った。

車内では一言も口を利かなかった。ラジオのＤＪが清水エスパルスの不振を嘆いていた。三十分ほどで到着し、美玲が料金を支払った。

木造二階建ての建物が見える。児童養護施設にじいろ。まさかもう一度訪れることになるとは思ってもいなかった。ここを訪れたのは計二回。一度目は翼に謝罪するため。二度目は卓球台を運び込むためだ。どちらも懐かしい思い出だ。

美玲と並んで門から中に入る。美玲の車椅子は電動であり、あまり人に押されるのが好きではないのは長い付き合いなのでわかっている。三人の男の子がサッカーのパス練習をしているのが見えた。建物の入り口の前で逡巡した。いったい何と言って説明すればいいのか。

「うちに何か用かね」

背後から声をかけられる。ベージュの作業着を着た男性が立っていた。竹箒を持っている。一瞬、デジャヴュのような錯覚を抱く。小学五年生の夏、翼に謝るためにここを訪れた際にもこうして声をかけられたような気がする。

「あのう、僕たちは……」

言い淀《よど》んでいると、その男性——たしか施設長だと思うが、かなり年を重ねている——が笑みを浮かべて言った。

「翼の友達だろ。三崎君じゃなかったかな」

「お、憶えていてくださったんですね」

「まあね。それに何となく誰か来るような気がしていたんだよ」

「もしかして、翼から連絡があったんですか？」

「一時間くらい前かな。帰っていったよ。このまま東京に帰ると言っていたから、今頃電車に揺られているんじゃないか」

　遅かったか。啓介は唇を噛む。行き違いだったというわけだ。どうする？　すぐに引き返して翼を追うか。だがそう簡単に見つかるとは思えなかった。

「初めまして」美玲が車椅子に乗ったまま施設長を見上げて言った。「私、大島といいます。翼の友人です。教えていただきたいのですが、翼は何をしにここに来たんでしょうか？」

　美玲の問いかけに施設長は答えなかった。思案するように空を見上げ、小さくうなずいてから「入りなさい」と言い、建物の中に入っていった。美玲がレバーを操作して中に入っていくので、啓介もあとに続いた。玄関先には小さな靴がたくさん並んでいる。玄関だけはバリアフリーではなかったので、啓介が力を貸して車椅子を廊下に持ち上げた。

　自分が成長したせいか、建物の内部は少し狭く感じた。天井はもっと高かったような記憶がある。廊下が奥に続いている。

「一番奥の広い部屋で待っていなさい」

　施設長はそう言って手前側にある事務室に入っていく。美玲とともに廊下を奥に進んだ。引っ越しの前に卓球台を運び入れた部屋だ。あの卓球台は今も残っているだろうか。部屋からは子供たちがはしゃぐような声が聞こえてきた。

　中に入って驚いた。しばらくは声も出なかったほどだ。卓球台が三台、並んでいた。今はそのうちの二台で子供たちが卓球を楽しんでいた。一番奥にある卓球台は見憶えがある。九年前に卓球場から運び込んだ一台だったが、あとの二台は記憶にない。

　今は使われていない真ん中の卓球台に向かう。台の上にはラケットが置かれていたので、啓介はそれを手にとった。国内最大手メーカーのジュニア用のラケットだ。ラバーの感じからしても、使用されて一、二年だとわかる。卓球台もそのくらいの経過年数だと思われた。

「全部あの子が送ってくれたものだよ」施設長が入ってくる。微笑《ほほえ》みを浮かべながら説明してくれる。「何回かに分けて、あの子が揃えてくれたんだ。施設の子だけじゃなく、今では近所の子たちもここで卓球をするようになった。たまに近所の高校生が教えにきてくれるんだ」

全部翼が自腹で用意したのだ。翼は高三のときにインターハイで優勝したときからスポンサーがついている。大学生でも国内トップクラスの選手になれば、数百万円単位の収入を得ることが可能だ。特に永青大の上級生はそのくらい稼いでおり、翼も少しずつだがその域に近づいていた。

「あの子がこれを置いていった。受けとるわけにはいかない。そう言ってもきかなくてね。最後は強引に渡されてしまったんだ」

施設長がそう言ってポケットから出したのは封筒だった。一センチほどの厚みがある。中に入っているのは紙幣だった。百万円ほどはありそうだ。全財産をここに寄付しよう。そう思って翼がここを訪れたのは明白だ。

「にじいろのために使ってくれ。あの子はそう言っていた。翼に何かあったのだろうか。知っていることがあったら教えてくれないかい？」

答えることはできなかった。殺人罪で自首するつもりかもしれない。そんなことを言えるわけがなかった。しかしこれで確定のような気がした。浅沼を殺害したのは翼なのだ。だから施設長に別れを告げ、ここに全財産を残していったのだ。

何かを感じとったらしく、施設長が言った。

「翼の身によからぬことが起こったようだね」

「いえ、僕からは何も……」

「そうか。なら仕方ないね」施設長は小さくうなずいてから話題を変えた。「三崎君。君のことは翼から聞いてるよ。君も卓球が巧いんだろ。少しレッスンしてくれないか」

子供たちが卓球を楽しんでいるのが見えた。ただし闇雲に球を打っているだけで、技術的には素人だった。美玲を見ると、彼女もうなずいていた。

「わかりました。僕でよければ」

啓介はジュニア用のラケットを手にとり、子供たちの方に向かって歩いた。卓球に興じる子供たちの姿があの頃の自分たち——啓介や翼や信太やリカルド——に重なるような気がして、まるでタイムスリップしたような懐かしい感覚に包まれた。

※

「すみません。美玲は今、自宅療養中なんです。いくら刑事さんでもお会いになることはできません」

細面の女性が恐縮しながら頭を下げている。目黒にあるソレイユという芸能事務所を訪れていた。事務所のホームページによると所属しているのは十名ほどの声優だ。進藤はアニメには興味はないので、人気声優の顔などまったく知らない。

「ちなみに大島さんはどのようなご病気なのでしょうか？」

引き下がることなく杉本が女性に質問する。女性は江口という名のマネージャーで、もらった名刺によると事務所の専務も兼ねているようだった。

「病状に関してはお話しできません。ご理解ください」

「一昨日、俳優の浅沼栄将が殺害されました。その件で大島さんから事情聴取をさせてほしいんです。どうにかなりませんかね」

「ちょっと難しいと思います。申し訳ありません」

ある程度予想していたことだが、ガードは固かった。大島美玲は今は声優をしているが、かつてはテレビＣＭでも頻繁に見かけるほどの人気子役だった。アポなしで会うのは難しそうだと諦め、進藤たちは事務所をあとにした。予定通り下北沢に向かうことにする。朗読劇がおこなわれていたホールで事情聴取を試みるつもりだ。

「杉本さん、よかったら捜査一課に来ませんか？　俺が推薦しておきますよ。俺みたいな若手が推薦してもどうにもならないと思いますけど」

「いやいや、私は所轄で充分ですよ」

行動をともにするようになって日は浅いが、杉本という刑事の実力を進藤は肌で感じとっていた。おそらく帰宅してからも情報収集しているものと考えられた。大島美玲のキャリアも一通り調べているようで、さきほども事務所のマネージャーと出演作について話していた。家に帰るとビールを飲んで眠ってしまう自分とは大違いだ。

日曜日の下北沢は若者たちで賑わっていた。ドミノホールは収容人数が百人という小規模な施設で、今日は若手落語家たちの寄席がおこなわれていた。事務所に入って事情を話すと入館を許可された。名札をぶら下げた責任者らしき男が言った。

「ああ、先日の朗読劇ですか。憶えてますよ。たしかうちのスタッフも数人、打ち上げに呼ばれたって言ってました。でも参加者は把握していません」

仕事の邪魔にならないように。そういう条件つきで施設内での聞き込みが許可された。関係者以外立ち入り禁止のエリアに入る。通りかかったスタッフに声をかけた。

「お仕事中すみません。少しよろしいでしょうか。私どもは……」

朗読劇の打ち上げに参加したスタッフを知らないか。そう質問したが、返ってきた答えは「知らない」というものだった。その後も数人のスタッフに声をかけてみたところ、「監督なら参加したかもしれない」という答えが返ってきたので、監督なる者のところに案内してもらうことにする。どうやら舞台監督をしている男のようで、常に舞台袖に待機しているという話だった。

控え室の前を通り、舞台の袖に回る。そこは薄暗く、関係者やスタッフなどが数人待機していた。客席から笑い声が聞こえてくる。座布団に座っている落語家の姿が一瞬だけ見えた。しばらく待っていると一人の男がこちらにやってきた。四十代くらいの髭《ひげ》をはやした男だ。イヤホンマイクを外しながら男が言った。

「警察が何の用ですか？　もしかして浅沼栄将が殺された件ですか？」

「ええ、まあ」と杉本が答え、警察バッジを見せながら言った。「生前の浅沼氏の行動について調べています。監督は朗読劇に関与されていたんですか？」

「はい。あれは毎日がぶっつけ本番みたいなものだったので、割とガッツリやりましたね。マイクの位置や照明の当て方とか、あれこれ模索していた感じです」

「打ち上げにも参加されたとか」

「ええ。有り難いことに呼んでもらいました。私以外にも何人か参加しましたよ。私は普通に飲んでいただけですけどね。業界の噂話を肴《さかな》にして」

「三人の出演者も参加されたんですよね」

「もちろん。やっぱり芸能人は違いますね。華がある。特に川越美玲ちゃん、いや、今は大島か。彼女はやっぱり可愛かったですよ。挨拶できなかったのが残念です」

「どうして挨拶できなかったんですか？」

「途中で帰ってしまったんです。あまりお酒に強くないようですね、浅沼さんが送っていきました。残った豊見さんの独演会でしたよ。あの人、本当に話が面白いんですよ」

杉本と視線が合った。カチリ、と音を立ててパズルの一片が嵌まったような感覚があった。

打ち上げの席で酩酊《めいてい》させ、送ると言って外に連れ出す。尾木沙耶のときと同じ手口だ。そして現在、大島美玲は体調不良を理由に仕事を休んでいる。彼女の身に何か起きたと考えていいのではないか。

「ちょっと失礼」

着信が入ったようで、杉本がスマートフォン片手に控え室のある廊下の方に姿を消したので、進藤があとを引き継いだ。大島美玲と浅沼栄将。二人の関係性について質問を重ねたが、それほど収穫を得られなかった。

客席の方から拍手が聞こえてくる。一席終えた落語家が引き揚げてくる。舞台袖が慌ただしくなってきたので、進藤は舞台監督に礼を述べてその場をあとにした。廊下の向こう側から杉本が歩いてくる。その表情は真剣なものだった。

「本部から報告がありました。毛利翼が出頭したそうです」

「本当ですか？」

「はい。間違いないそうです。品川駅近くの交番に出頭し、今は身柄を碑文谷署に移送中とのことです」

落語家が控え室に入っていくのが見えた。背後には浴衣姿の新人らしき男も付き添っている。場内アナウンスで十分間の休憩に入ることが告げられていた。

「それで毛利翼は何と？」

進藤が先を促すと、杉本が答えた。

「自分が浅沼を殺害した。そう証言しているようです」

進藤たちが碑文谷署に戻ったとき、すでに毛利翼の取り調べは始まっていた。残念ながら取り調べに同席することはできなかったが、捜査本部の置かれた会議室にいると逐一情報が入ってきた。今も伝令兵のごとく捜査員の一人が話している。

「……車に悪戯《いたずら》をするつもりだったらしい。ジムで小馬鹿にされ、腹が立っての犯行のようだ。まずは二台の防犯カメラをスプレーで目潰しをして、車の陰に潜んで被害者の帰りを待った。被害者が立ち去ったあと、スプレーを車に吹きつけるつもりだったそうだ。ところが犯行直前で被害者が戻ってきてしまう。口論となり、カッとなって殴りつけた。昏倒《こんとう》した被害者を運転席に押し込み、絞殺した」

「凶器は何だ？」

別の捜査員の声が飛ぶ。伝令兵は落ち着けと言わんばかりに両手を上下させて言った。

「スマホの充電ケーブルだ。シフトレバーのあたりにあったらしい。その充電ケーブルは渋谷駅のホーム上から線路に捨てたと言っている。一応捜査員を向かわせるようだが、多分回収は不可能だろうな」

「どうして室内を荒らしたんだ？」

「強盗の犯行に見せかけるため。そう供述しているようだ。被害者を殺害したあと、部屋の鍵を持って室内に侵入。腕時計やパソコンなどを奪って逃走したらしい。それらの品物は自宅に保管しているそうだ。今、捜査員が向かってる」

事件の全容がわかりつつあった。犯人逮捕の報を受けた捜査員たちも続々と戻ってきている。そこかしこで犯人の供述内容が語られていた。

一人の刑事が会議室に入ってきた。係長の小倉だ。小倉は近くにいた捜査員に何事か命じてから、またすぐに外に出ていった。進藤は小倉のあとを追って会議室を出た。

「係長、少しよろしいでしょうか？」

エレベーターの前で声をかけた。振り向いた小倉が進藤の顔を見て、少し眉をひそめた。あまり歓迎している顔つきではない。釘を刺すように小倉が言った。

「例の件だったら報告には耳は貸さない。それが本部の方針だ」

許可を得ずに直接訴えることにした。進藤は訊いた。

「係長は川越美玲をご存じですか？　数年前までテレビに出ていた子役です」

「川越美玲？　ああ、あの子か。交通事故か何かで芸能界を引退した子だろ」

「実は彼女、声優として芸能活動を再開させています。二週間ほど前、浅沼は彼女に薬物を飲ませ、暴行を働いた疑いがあります」

「お前、いったい何を……」

エレベーターが到着したが、小倉はやり過ごすことに決めたようだった。窓際に移動していく小倉を追った。立ち止まった小倉が訊いてくる。

「それは本当か？」

「確証はありませんが、おそらく。大島美玲は、あ、現在の彼女の芸名は大島美玲なのですが、彼女は浅沼と一緒に参加した打ち上げの翌日からすべての仕事をキャンセルしています。事務所を訪ねてみましたが面会は叶いませんでした。似たような手口で襲われた女性にも会いました」

「それがどうした？　被害者の悪行を暴いたってどうしようもないだろ」

「調布に住む永青大の学生が、わざわざ電車を乗り継いで自由が丘のジムに通い、そこで出会った芸能人の車に悪戯しようとする。どう考えたって無理がありますよ。奴の動機は復讐。それが俺たちの見立てです」

少し離れたところに杉本の姿もある。浅沼の卑劣な行為が今回の事件の引き金になったのではないか。それが二人の共通した考えだった。

「しかし接点がないだろ。毛利翼と川越……いや、大島美玲は知り合いだったのか？」

「それは現時点では明らかになっていませんが、杉本さんが興味深いものを見つけました」

進藤が視線を送ると、杉本がこちら側に寄ってきた。手に持っていたスマートフォンを小倉の前に差し出した。碑文谷署までの車中、杉本はずっと助手席で調べていた。そのときに見つけたものだ。杉本が説明した。

「これは半年ほど前のネット記事です。タレントがリレー形式で思い出の料理を紹介するという内容で、大島美玲も登場しています。彼女が紹介しているのは桜エビの天ぷら。静岡の郷土料理です。彼女は中学時代の三年間、リハビリを兼ねて母方の実家がある静岡市で過ごしたことがインタビューでも語られています」

事故の影響で下半身不随になった彼女は精神的に落ち込んだ。顔が売れているため、東京では外を出歩くだけで騒がれてしまう。そこで彼女は母方の実家がある静岡に引っ越した。静岡で中学時代を過ごしたことは彼女にとってプラスの効果があったとインタビューでも語られている。

「毛利翼の経歴を確認したところ」進藤があとを引き継いだ。「彼も静岡市の出身です。しかも毛利翼と大島美玲は同い年です。中学時代に接点があったのではないか。我々はそう睨んでいます」

あくまでも推測だが、調べてみる価値はあるのではないかと感じていた。言うなれば刑事の勘だ。短絡的な犯行とは思えなかった。

小倉は困惑したように首を傾げている。彼がこういう表情を見せるのは珍しいことだった。

「係長、ちなみに毛利は何て供述しているんですか？　なぜ浅沼を狙ったのか。そのあたりはどう説明しているんですか？」

「ジムでサインをねだったが、断られたそうだ。そのときの見下したような態度に腹が立った。彼はそう話している」

「そんなの嘘に決まってますって。たったそれだけのことで車に悪戯しようと考えるわけがない」

「それは個人によるだろ。今のご時世、むしゃくしゃしたというだけで他人を切りつける奴もいるくらいだ」

「そりゃそうですけど……」

「とにかくこの件には関わるな。浅沼のプライバシーについては一切ノータッチ。上の方からそういう指示が出てるんだ。下手すりゃ俺やお前の首なんざ平気で飛んじまうぞ」

浅沼の叔父は衆議院議員の浅沼精一郎。法務副大臣の要職にある。彼に忖度しているのか。いや、忖度というよりも、もっと直接的な指示があちらから出ているとも考えられた。

「今夜をもって捜査本部も解散だ。お前も後片づけを手伝え。いいな」

念を押すかのように進藤の胸を人差し指で何度か押し、小倉はエレベーターに向かって歩き出した。杉本が無念そうな顔をして首を横に振る。自分の無力さを痛感しつつ、進藤は廊下を引き返した。

※

「このまま中に入っていいから。あ、靴だけは脱いで」

「お邪魔します」

啓介は室内に入った。バリアフリーになっており、玄関の上《あ》がり框《がまち》に段差はないので、美玲の車椅子はすうっと奥に進んでいく。

「じゃあ俺はこれで」

そう言って啓介は立ち去ろうとしたが、それを美玲が引き止めた。

「ちょっと待って。コーヒー淹《い》れるから」

「別にいいって」

「いいから座って。まだ一人になりたくないの」

啓介は言われるがままにソファーに座った。美玲は車椅子のままキッチンに向かった。電子ケトルのスイッチを入れ、カップなどを用意している。車椅子の美玲でも楽に家事ができるように、棚の高さなども調整されているようだった。

帰りの新幹線の車中、二人は何も話さなかった。翼は最後に全財産を世話になった児童養護施設に寄付した。そう考えるのが自然だ。きっと今頃、あいつは……。

「砂糖はどうする？」

「要らない」

美玲がコーヒーカップを運んでくる。バラの模様が描かれていて、高級そうなカップだった。コーヒーを一口飲む。その苦みを噛み締めながら思う。俺はこんなところでコーヒーなんか飲んでいる場合なのか。翼はもっと苦しい思いをしているのではないのか。

テーブルの上で美玲のスマートフォンが振動していた。着信が入っているようだが、美玲が出る気配はなかった。一度は振動が止まったが、またしばらくして震え始める。画面には『江口さん』と表示されている。美玲のマネージャーだ。

「出なくていいのか？」

「啓が出てよ。誰とも話したくないの」

「そんなこと言っても……」

「いいから出て。大事な話かもしれないじゃない」

啓介はスマートフォンに手を伸ばした。通話状態にしてから耳に当てると、やや甲高い女性の声が聞こえてきた。

「美玲、今どこ？　何度もＬＩＮＥ送ってるのにスルーしないで。ねえ、美玲。聞こえてるの？」

「あのう、すみません。僕は三崎です。美玲は誰とも話したくないそうです」

一瞬、電話の向こうで江口は押し黙ったが、やがて口を開いた。

「そうなの。美玲の様子は？　今も塞ぎ込んでる？」

「今はコーヒー飲んでます」

美玲は膝を抱えるような姿勢でコーヒーを飲んでいた。

「そう。だったらいいけど。それより浅沼を殺した犯人、自首したみたいよ」

「ほ、本当ですか?」

思わず声が大きくなっていた。驚かせてしまったようで美玲がビクッと体を震わせるのが見えた。電話の向こうで江口が言った。

「間違いないわ。ネットのニュースに出てるわよ。さっきNHKの七時のニュースでも放送したらしいから」

慌てて啓介は自分のスマートフォンをポケットから出し、インターネットで検索した。その記事はすぐに見つかった。文章に目を走らせる。

『二日夜、自宅マンションの駐車場で遺体となって発見された浅沼栄将さんの事件について、犯人が自首したことを警視庁が発表した。犯人は都内に住む十九歳の大学生。彼は浅沼さんと同じスポーツジムに通っており、そこで二人の間に因縁が生まれたと見られると警察関係者は話している。逮捕された大学生は大筋で容疑を認めており、強盗殺人の罪で近く書類送検される見通しだ』

未成年であることから実名が伏せられているのが不幸中の幸いだった。普通であれば移送されていく容疑者の様子などが写真に撮られたりするものだが、ネットの記事にはその手の写真も掲載されていなかった。参考写真として生前の浅沼の写真が載っている。

「まさか逮捕されたのは毛利君じゃないでしょうね」江口もその可能性に気づいたようだ。

「ねえ、三崎君。あの子がやったの？　そんなわけないわよね」

「すみません。俺からは何も言えません」

「何も言えないってことは、やっぱりあの子が……」

「本当にすみません。でもあいつは絶対に美玲のことは言わないはずです。口が裂けても言わないはずです。なので勘弁してください」

「ちょっと待って。今日もうちの事務所に警察が来たのよ」

「ごめんなさい。切ります」

強引に通話を切った。美玲がカップを両手で持ったまま訊いてくる。

「翼、自首したの？」

「多分な。十九歳の大学生。あいつしかいないだろ」

美玲の顔色は真っ白だった。まるで能面のようだった。その目から一筋の涙が流れ、そのまま膝の間に顔を埋めて泣き始めた。何て声をかけたらいいのか、わからなかった。自分が無力な人間であることを痛感した。

ひとしきり泣いたあと、美玲が言った。

「私をベッドまで運んで」

啓介は美玲の体を持ち上げた。思った以上に彼女の体は軽かった。リビングを出て、寝室に入る。シングルベッドが置かれている。床には台本らしき冊子が何冊も置かれていた。ベッドの上に彼女を横たわらせる。

「私が眠るまでそばにいて。眠ったら帰っていい。何か眠れないの、最近」

「わかった。電気消すよ」

電気を消し、フローリングの上に座った。ベッドの上で美玲はまた啜り泣きを始める。その声を聞きながら、啓介は闇に問いかける。

翼、どうしてこんなことになってしまったんだ。翼、頼むから教えてくれ。

※

「お疲れ様でした」

運ばれてきたクラフトビールで乾杯する。芳醇《ほうじゅん》なホップの香りが味に深みを与えている。

進藤は一口飲み、グラスを置いた。自由が丘の裏路地にある洋風の居酒屋だ。

捜査本部は解散した。あとは若干名の捜査員――そこには進藤も含まれる――が裏づけ捜査をおこない、起訴に向けた準備を整えるのだ。夕方に最後の捜査会議が終わったあと、杉本と飲みにいこうという話になった。こういうことはよくあり、事件が一つ片づくたびに知り合いの刑事が増えていくのだが、今日の酒はやけに苦かった。

「今の進藤さんの心境、当ててみましょうか」口元についた白い泡をおしぼりで拭きながら杉本が言った。「まだまだやれるのにセコンドから白いタオルを投げ入れられてしまった。違いますか？」

「まさにその通りですよ」

さきほど係の同僚から連絡があり、毛利翼の自宅から浅沼の私物が発見されたと聞かされた。これで物的証拠も揃ったことになる。

「進藤さん、毛利の様子はどうなのでしょう？　反省しているのでしょうか？　それとも開き直っているとか」

「いや、聞いた話だとかなり反省しているみたいですよ」

真面目で一途《いちず》な男。それが毛利翼の評判だ。今日の午前中にも数人の部活仲間から話を聞いたが、彼のことを悪く言う者はいなかった。卓球部でも期待されており、次期エースとの呼び声も高いようだった。どうしてあんなにいい奴が殺人なんて。今後の裏づけ捜査で関係者の口からそう語られるに違いない。この手の事件では毎度のことだ。

「でも本当にこのままでいいんでしょうか。杉本さん、ベテラン捜査員の意見を俺に聞かせてください」

「どうでしょうかね。たしかに収まりは悪いですが、ああいう動機で説明できてしまうのも時代のせいかもしれませんね」

近年、殺人に対するハードルが下がっているように進藤も感じていた。人を殺すというのはそれなりの恨みつらみがなければできない所業。それが世間一般の捉え方だと思うが、最近ではどうでもいいような理由――肩がぶつかっただけとか、社会に腹が立ったから――で殺人に手を染める者が増えている。だからネットの書き込みを見ている限り、今回の事件の動機に違和感を抱く声は上がっていない。

「でも進藤さんがどうしてもとおっしゃるならお付き合いしますよ」

杉本の目が真っ直ぐこちらに向けられている。口元に笑みは浮かんでいるが、その目は真剣なものだった。毛利翼がなぜ浅沼を殺害したのか。その本当の理由を突き止めるために協力を惜しまない。彼はそう言っているのだ。

「大変有り難い申し出ですが」そう前置きして進藤は続けた。「今回はこのくらいにしておきましょう。これ以上首を突っ込んだら、本当に首が飛んでしまうかもしれません」

「そうですね。進藤さんのところの係長、かなり本気でしたもんね。上の方から圧力がかかっているんでしょう。今回は試合終了ですね」

「ええ。試合終了です。残念ながら」

「警察官をしていればよくあることです」打って変わって明るい口調で杉本が言う。「あれは私が採用された翌年なので、もう三十年近く前になりますか。当時は交番勤務だったんですが、下着を盗まれたと女子大生から相談を受けまして、それが可愛い子でしてね。私は張り切ってパトロールしたんです。そしたらたまたま下着を盗もうとしていた犯人を捕まえました。お手柄だと思ったんですが、その犯人は父親が国会議員でした。なぜか私は署長から大目玉を食らいました」

「ハハハ。ありがちですね」

胸にしこりのようなものが残っている。しかし組織に属している以上は上からの命令は絶対なので、それに従うよりほかに道はない。進藤は気分転換になる話のネタを探しつつ、通りかかった店員に追加のクラフトビールを注文した。

# 現在

「何か買ってくるものある？　もしあるなら帰りに買ってくるけど」

青木隆弘はダイニングテーブルでテストの採点をしている妻の真紀に声をかけた。真紀は赤ペン片手に顔を上げずに答えた。

「餃子の皮をお願い。買い忘れちゃって」

「了解。ってことは夕飯は餃子？」

「当然でしょう。餃子の皮を使ってほかにどんな料理ができるっていうのよ」

「そりゃそうだ。ちょうどよかった。餃子食べたいと思ってたところなんだよ」

青木はリビングから出て、階段の下で声を張り上げた。

「おーい、陸斗《りくと》。そろそろ行くぞ」

バタバタという音が二階から聞こえ、ジャージ姿の息子の陸斗が階段を駆け下りてくる。陸斗と一緒に玄関から外に出て、駐車場に停まっている白のプリウスに乗り込んだ。すぐに出発する。

「今日の夕飯、餃子だってさ」

「ふーん、そうなんだ」

青木が結婚して十三年が経つ。あっという間に十三年が経ってしまったという感覚だ。真紀とは職場交際で、最初のデートは映画『アイアンマン』を観た。その後、アイアンマンは数々のアベンジャーズシリーズに出演し、遂にはヒーローの座を下りてしまった。時の流れとは早いものだ。

「宿題、やったか？」

「やった」

結婚生活はほぼ順調だ。たまに夫婦間でちょっとした問題――多くは家事の分担に関するもの――が発生するものの、最終的には青木が折れる形で解決する。青木家の世帯主は青木であるが、実質的な主導権を握っているのは妻の真紀だった。向こうが二歳上という、いわゆる姐《あね》さん女房であり、完全にかかあ天下の状態だ。真紀政権は今後も長らく続いていくことだろう。

今も二人は教師を続けていて、静岡市内の小学校で教鞭《きょうべん》をとっている。五年前にマイホームを新築し、住宅ローンがあと二十年も続く。一応共稼ぎなので家計は苦しくないが、あまり贅沢《ぜいたく》はできない。青木の一ヵ月の小遣いは三万円だ。

車を停めた。児童養護施設にじいろの駐車場だ。青木は車を降り、陸斗と一緒に裏手の入り口から中に入った。そこには三台の卓球台が置かれていて、今は三台とも先客で埋まっている。青木は壁際のベンチに座り、台が空くのを待つことにした。

ここに通い始めたのは一年ほど前のことだった。ダイエットした方がいいんじゃない？　夜、陸斗の目を盗んでこっそり致している最中、真紀にそう指摘された。青木家における真紀の言葉は絶対であり、従わないわけにはいかなかった。しかし食事を制限したくないし、ジム通いも金がかかる。思案の末、青木が目をつけたのが卓球だった。サッカーや野球は怪我をする恐れがあるし、ゴルフは用具もプレー費用も高額なので難しい。そこで週に二、三度、陸斗とともにこの卓球場を訪れるようになったのだ。

この施設に置かれている卓球台や卓球用具はすべてある一人の男の私費によって賄われている。その男とは青木のかつての教え子、毛利翼だ。

青木が初めて担任として受け持ったクラスの児童であり、青木にとっても印象深い子供だった。六年生になったある日、彼が真顔で言った。先生、俺さ、清水桜中学に行きたいんだよね。卓球やりたいんだよ、マジで。

清水桜中学はスポーツに力を入れている中学校として知られているが、学区の関係で翼が通える中学ではなかった。本来であれば「諦めなさい」と説得しているところだったが、青木は一肌脱いでやることに決めた。以前、居酒屋で見ず知らずのイケメンに「翼のことよろしく頼むよ」と熱く言われており、そのときの男の言葉が脳裏をよぎったのだ。真紀と付き合い始めたのも、その男がきっかけを作ってくれたようなものであり、そのときの恩義を返すという意味合いもあった。数点の書類を記入して教育委員会に提出し、晴れて翼は清水桜中学に通えることになった。

もともと素質があったのか、翼は順調にステップアップしていった。中学三年生のときに全中で準優勝、そして高三のときにインターハイで優勝した。青木にとっても自慢の教え子だった。将来、彼がオリンピックなどでメダルを獲ったとき、もしかしたら恩師の一人としてインタビューを受けるのではないかと本気で考えていた。しかしそんな幻想は儚《はかな》くも砕け散る。六年前、翼は殺人の容疑で逮捕された。未成年だったので名前が公表されることはなかったが、噂でそれを耳にした。

翼が殺人をするとは思えなかった。真実を確かめるため、青木はにじいろを訪ねることにした。そこで施設長から噂は真実であると告げられ――にじいろにも警視庁から電話がかかってきたらしい――同時にこの卓球場の存在を教えられたのだ。翼の私費によって作られた卓球場。施設長は施設を改装し、卓球場を外部の人にも使ってもらえるようにしたいという意向を明かした。逮捕される前、翼がここに多額の寄付金を置いていったというのだ。

「ヤバい、ミスった」

「どこ打ってんだよ」

今、卓球台を使用している三組のうち、二組は近隣の中学の卓球部員と思われる子たちで、もう一組は高校生くらいの若いカップルだ。卓球部員と思われる中学生の一人がベンチの方にやってきて、青木の隣に腰を下ろした。タオルで汗を拭いてから、ペットボトルのスポーツドリンクを飲み始める。青木は男の子に訊いた。

「どこ中？」

「四中です」

「卓球部？」

「そうっす」

男の子はスマートフォンを出し、何やら操作してから横向きにした。チラリと画面を見ると、そこには卓球の試合が映っていた。

「それ、今やってんの？」

「そうっす。東京でやってるんです」

「あの子は出てる？　オリンピック出た子。深川だっけ？」

「出てるけど、中国人に負けました。けちょんけちょんにやられたみたいっす」

「へえ、そうなんだ」

若いカップルが用具をロッカーに返却するのが見えたので、「行こう」と声をかけて陸斗とともに空いたばかりの卓球台に向かう。陸斗がロッカーからラケットと球を持ってくる。それを受けとり、まずはラリーから始める。

卓球を始めて一年。最初のうちは青木の方が上手だったが、今では陸斗に完全に抜かれてしまった。そのうち身長も抜かれてしまうんだろうな。そんなことを思いつつ、青木は息子とのラリーを楽しんだ。

※

「だからそれのどこが問題なんだ？　中国人選手なんだろ。それに地上波ではなくてYouTubeだよな。特に問題があるとは思えんが」

「ですから、一応中国人選手なんですけど、もしかすると日本人かもしれない可能性もあるわけで、敢えて犯罪者の名前を騙っているかもしれないんです」

中丸は東京アリーナの通路にいた。どうにも落ち着かない気持ちで歩きながらスマートフォンで話している。電話の相手は直属の上司である帝都テレビスポーツ局の局長だ。毛利翼と名乗る中国人選手について、その放送に当たって判断を仰いでいるのだが、どうにもうまく言いたいことが伝わらない。

「中国側が問題ないと言ってるなら、それが答えじゃないか」

「そうは言っても、実際に放送するのは我々です。ある程度の事実関係は摑んでおかないと問題が発生したときに……」

さきほど中国側には再度確認をとった。割と踏み込んだ内容で「そちらの毛利翼選手に関して、日本には同一の名前を持つ卓球選手がいますが、彼とは関係ありませんか」という問い合わせだ。それに対する中国側の返答は短く一言。「没問題《メイウェンティ》」。問題ない、という意味だ。

「悪いが中丸、ラウンド中なんだ。会長のご機嫌を損ねるわけにはいかない。うまくとり計らってくれ。この件に関してはお前に一任する」

通話が切られた。まるで責任を押しつけられたような気がして舌打ちを一つ。それでも現場を仕切るディレクターとして決断する必要がある。中丸は再び館内に戻った。

今は準々決勝の第三、第四試合が同時におこなわれている。どちらも戦前の予想通り、中国の李秀英とブラジルのヨハン・オリベイラが順当に勝ち上がってきそうな感じだった。

中丸は観客席の一番後ろの壁にもたれ、腕を組んだ。そして会場全体を見回した。

会場内は熱気に包まれている。午前中に比べてだいぶ客足も伸び、今では一階席は八割ほど、二階席も半分ほどは埋まっていた。興行としては成功の部類に入るだろう。いったいどうするべきか。YouTube でのライブ配信をおこなうべきか、否か。

偽の毛利翼は何の目的で殺人犯の名前を騙っているのか。その動機がわからないのが最大の障壁だ。しかも驚いたことに、六年前に毛利翼が殺害したのは俳優の浅沼栄将らしい。その事件なら中丸も記憶にあった。当時、マスコミも大騒ぎだった。浅沼自体はさほど有名な役者ではなかったが、彼は大手造船会社のボンボンで、しかも国会議員を叔父に持つというサラブレッドだった。


「こんなところにいたんだな」

そう言って近づいてきたのはスポーツジャーナリストの藤村だ。ヘビースモーカーの彼が近づいてくるだけで煙草の匂いがムワッと漂ってくる。

「まだ迷ってるんだな。ライブ配信の件で」

「一応こう見えて責任者なんで」

「ハセさんは脅すようなことを言ってたけど、俺はそんなにたいした問題じゃないと思うぞ」

ハセさんというのは藤村が連れてきた長谷川という男で、卓球ジャーナルの編集長だ。彼はこう言っていた。あの偽の毛利翼は殺人犯の名前を騙って大会に出場しているということになるんです。こんなことが道義上許されることでしょうか?

その言葉が重く響いていた。もし本当にあの男が意図的に殺人犯の名前を騙っているのであれば、それは道義上許されるものではない。亡くなった浅沼栄将の遺族のことを考えれば尚更《なおさら》のことだ。そんな不遜な人物が出ている試合をYouTubeとはいえ、ライブ配信していいものか。非常に悩ましい問題だ。

「だって考えてもみなって」藤村が腕を組んで言う。「そもそも六年前の事件当時、未成年ということで彼の名前はマスコミに公表されていないんだ。毛利翼と六年前の事件を関連づけて考える奴なんていねえよ。いるとしたらハセさんくらいのコアなファンだが、そんなのはごくごく少数派だ」

その意見にはうなずけるものがあった。藤村でさえ知らなかったくらいなのだ。一般的な卓球ファンが気づくとは思えない。

「それにライブ配信を楽しみにしてるファンだっているんだろ。何か問題があった場合は中国側のせいにしちまえばいい。そもそも正体不明の卓球選手を出場させてんのは奴らの方だ」

さきほどYouTubeの帝都テレビ公式チャンネルを開いてみたところ、すでにライブ配信のページに百人以上が待機していた。今までの実績からして最終的には五万回は再生されるだろうと考えられた。これが日本人選手ともなると十万回再生を超えることもある。卓球人気が根づいている証拠だ。

リスクを考慮するのであれば、危ない橋は渡らない方がいいに決まっている。しかし――。テレビマンの本能が告げていた。これはやるべきだ、と。中国人選手が日の丸をつけ、しかも殺人犯の名前を騙って大会を勝ち上がっていく。そこには何らかのストーリー――それもとびきりでかい花火級の――があるのではないか。これを逃せばあとあと後悔するのではないか。だったらやるべきだ。

「藤村さん、恩に着ます」

肚《はら》は決まった。中丸は観客席を歩き、前方にある自席に戻った。後輩ディレクターの菅野が訊いてくる。

「中丸さん、局長は何て言ってました？」

「俺に一任してくれるらしい。あまり状況を理解してもらえなかった」

「それでどうするんですか？」

「ゴーだ。ライブ配信しよう。スタッフに伝えてくれ」

「了解です。と言ってもみんなそのつもりでスタンバっていますけどね」

第三試合が終了したらしく、勝利した中国の李秀英が対戦相手であるスウェーデンのアンデションと握手を交わしている。李は汗一つかいていないように見えた。優勝候補の一角だ。

まだ第四試合は続いている。ブラジルのオリベイラが鋭いチキータを決め、雄叫びを上げている。この試合が終わったら十分間の休憩を挟み、その後は準決勝がおこなわれる。

果たして吉と出るか凶と出るか。中丸は若干の不安を感じつつ、第四試合の攻防を見守った。

※

「あ、運転手さん、この赤信号で降りちゃいますよ。おいくらですか？」

料金を支払い、進藤卓也はタクシーから降りた。周囲は緑が豊かだった。スマートフォンの地図を頼りに目的地に向かう。東京アリーナの白い流線形の屋根はもう見えている。待ち合わせの場所は正面ゲートだ。

すでに相手は到着していた。正面ゲート前の広いスペースの真ん中に、一人の男がポツンと立っている。進藤は彼のもとに駆け寄った。男は笑みを浮かべて進藤を出迎えた。

「進藤さん、お変わりないようで」

「お久し振りです、杉本さん」

まともに話すのは六年振りだ。数年前に一度、どこかの所轄署の廊下ですれ違ったが、そのときは互いに連れがいたため、ゆっくりと話すことができなかった。年賀状のやりとりだけはしており、彼が中野署に異動になったことは知っていた。

「進藤さんは今も捜一に？」

「はい。相変わらずこき使われています。所轄に出してくれって言ってるんですけど、なかなか……。杉本さんは中野署でしたよね」

「そうです。生安の係長です」

杉本の年齢は五十半ばくらい。そろそろ課長の椅子が見えてくる頃か。ただし外見は六年前とさして変わりがなく、今日もきちんとスーツを着ている。一方、進藤はスラックスにシャツという軽装だ。非番だったところをいきなり呼び出されたのだ。

「それで杉本さん、本当なんですか？　ちょっと俺には信じられないんですが」

「ええ。でも中国人選手で、名前もモウリツバサではなく、マオ・リーイーと読むそうです」

毛利翼と名乗る選手が卓球の大会に出場している。杉本からそういう連絡があったのは一時間ほど前のことだった。遅い昼食を食べ、昼寝でもしようと思っていたところだったが、シャワーだけ浴びてすぐに駆けつけたのだ。

「どういうことなんでしょうか？　意味がわかりませんよ」

「私もですよ。だから進藤さんをお呼びしたんです。本当にたまたまなんです」

杉本が特に目的もなくTwitterを見ていたところ、誰かのツイートの中に毛利翼という名前を偶然見つけたという。調べてみると東京レガシー卓球というイベントに毛利翼なる卓球選手が参加していることが判明した。そこで進藤に電話をかけてきたというわけだ。

「これ、チケットです。当日券を買っておきました」

「わざわざすみません。お代はあとで支払います」

一枚のチケットを手渡される。それを手に正面ゲートに向かう。ゲートは閑散としている。手荷物検査を受けてから中に入った。東京アリーナに入るのは初めてだ。比較的新しい施設らしく、白を基調にした館内には清潔感が漂っている。

通路を歩いて館内に入る。広い体育館のようになっていて、中央に二つのコートが並んでいる。それぞれのコートに卓球台が置かれていた。一般的に知られる四つの脚に支えられるタイプではなく、重厚な木がX状になって台を支えていて、一目で高価な台であることが窺えた。今は試合中ではないようだ。杉本がスマートフォンを見ながら言った。

「準決勝前の休憩のようですね。毛選手が出るのは準決勝第一試合です」

「テレビで中継されてるんですか？」

「いや、YouTubeでライブ配信されるみたいです。夜にはBSで特番も組まれていますね。帝都テレビの公式Twitterが詳しい情報を逐一載せてくれるので、情報が入ってくるんですよ」

いったん館内を出た。通路を歩き、自販機の前にベンチがあったのでそこに座った。まずは六年間の空白を埋めなくてはならない。進藤は話し出した。

「自分はあのあと係の仕事で毛利翼の身辺調査をしました。取り調べにも立ち会いました。容疑は認めていて、反省している様子でした。彼が通っていた中学校は清水桜中学という学校です。調べてみたところ、大島美玲も同校の卒業生でした。非番の日を利用して静岡まで行きました。中学校で卒業アルバムを見せてもらったんですが、三年生のときに二人は同じクラスでした。やはり二人の間には接点があったんです」

しかしそのことは誰にも報告せず、進藤は自分の胸の内だけに留め置いた。ずっと心残りだった。車に悪戯しようとしたが見つかり、暴行・殺害に及んだ。そういう動機で毛利翼は起訴された。

「私はですね」杉本も話し始める。「朗読劇の打ち上げがあったとされる飲食店で事情を訊きました。眠ってしまった大島美玲をタクシーに乗せたのは浅沼で間違いない。そういう証言を得ることができました。外の防犯カメラに問題のタクシーが写っていたので、何とか特定して運転手にも事情聴取を試みました。車椅子をトランクに載せたので印象に残っていたようです。二人が下りたのは渋谷のマンションの前でした。浅沼が個人的に借りている物件なのかもしれません」

「さすがですね、杉本さん」

「進藤さんこそ」

二人で顔を見合わせて笑う。お互いに事件を完全に忘れ去ることができず、おのおの動いていたというわけだ。だったらあのとき協力して動いていればとも思ったが、あの状況では上に逆らうことなどできなかった。

『時間になりましたので、これより準決勝第一試合をおこないます。皆様席にお戻りください。繰り返します。時間になりましたので……』

通路にいる客たちが館内にぞろぞろと戻っていく。杉本が買ってくれたチケットは二階の自由席らしいが、近くで見たいので一階に入った。コートをとり囲むように座席が並べられており、しばらく待っていると館内の照明が落ちた。

クラシック音楽が流れ始める。スポットライトが一筋の道を照らし出すと、黄色のユニフォームを着た男が入場してくる。ボクシングの入場シーンさながらにアナウンサーの声が館内に谺《こだま》する。

『ゼッケン番号十七番。中国の毛利翼選手の入場です。二十五歳。身長は百七十八センチ。体重は六十五キロ。同国の楊選手の棄権により、急遽参加することになった補欠選手です。一回戦では世界ランキング第三位の黄選手を、続く準々決勝では日本の深川選手を破り、その実力は折り紙つき。果たしてどんな戦いを見せてくれるのでしょうか』

進藤はほかの客の視線を遮らないよう、腰を屈めて前に進んだ。あとから杉本がついてくるのもわかった。ちょうど目の前を毛利翼選手が歩いていった。その横顔に視線が吸い寄せられる。

「杉本さん、あの選手って、たしか……」

振り返ると杉本が中腰の姿勢で手帳をめくっている。使い古された手帳だ。きっと六年前のものを持ち出してきたのだ。ページをめくる手を止め、杉本が言った。

「三崎啓介。そういう名前でした。我々も一度会ってます。毛利翼の行方を捜すため、桜上水の彼のアパートを訪ねたんです。でもどうして彼が……」

杉本は首を捻《ひね》っている。毛利翼こと三崎啓介は卓球台の前に到着した。軽く頰を叩いたあと、その場で屈伸運動を始めた。リラックスしたような顔つきだ。三崎啓介はアリーナの北側の壁、ちょうど日本の国旗が掲げられている壁に向かって頭を下げた。

音楽が鳴り止《や》んだ。同時に再び館内は真っ暗になる。固唾を吞んで見守る中、今度は違う曲が流れ始めた。

※

食堂の魔女は昔テレビに出たことがあるらしい。そんな噂が流れ始めたのは先月下旬のことだった。あの冷酷な魔女がテレビに出てたなんて、梨香《りか》はいまいち信じられなかった。

「梨香ちゃん、ちょっと魔女に訊いてきてよ。どんなテレビに出たのかって」

「やだよ、怖いもん」

今、梨香は広間で友達たちとゲームをしながらお喋りをしている。話題が食堂の魔女のことになり、誰かが代表して魔女に直接訊いてみようという話になったのだ。しかし魔女のことが怖いせいか、誰も率先して手を挙げない。

ここは品川区内にある児童養護施設〈アスナロ〉だ。入所しているのは原則的に三歳から十二歳までの子で、今は三十人の子たちが暮らしている。この施設で暮らす子は親に虐待されたり、親がどこかに行ってしまって行き場がなかったりと少し訳ありの子ばかりだ。梨香の場合、六歳のときに弟と一緒に車の中に閉じ込められ、数時間後に警察に保護された。シュウという名の弟は熱中症で死んでしまい、お母さんは警察に連れていかれた。以来、梨香はここで暮らすようになった。今は九歳、来月から小学四年生になる。

「じゃあさ、これを回して一番小さな数字が出た子が、食堂の魔女に直撃取材するってどう？」

「いいね、それ」

「うん、やろうやろう」

ノリの悪い子は嫌われるので、梨香も同調した。順番にルーレットを回していく。すでに五百回くらいはやっている人生ゲームだ。どのマスで止まればどんなイベントが待っているか、すべて暗記してしまっているほどだ。

梨香の番が回ってきたのでルーレットを回す。出た目は「2」だった。ほぼ負け確定だ。最後の子が回して梨香の最下位が確定してしまう。ほかの子は嬉しそうに手を叩いている。

「梨香ちゃん、よろしく」

「頑張って」

仕方なく梨香は立ち上がり、広間から出た。この施設は元々病院だった建物を改装したもので、食堂は廊下の一番奥にある。廊下を歩いていると何かを炒《いた》めているような匂いが漂ってくる。梨香は食堂に足を踏み入れた。

食堂には人っ子一人いない。しかし食堂の奥の調理場では一人の女性が動いているのが見えた。食堂と調理場の間には大人の腰の高さほどの壁があるだけなので、食堂から調理場は丸見えだ。

魔女は大きな鍋の前に立っている。その風貌はさながら毒薬を調合している魔女そのものだ。彼女は左の脇の下に松葉杖を挟んでいて、右手に持ったお玉で鍋の中をかき回していた。何やらうなずいたあと、壁に立てかけてあったもう一本の松葉杖を右の脇に挟み、冷蔵庫の前に移動する。中から何かを出したあと、再び鍋の前に戻っていった。二本の松葉杖は彼女の手そのものだった。梨香の友達は魔女が松葉杖の先端で換気扇のスイッチを押したのを見たことがあるらしい。

いつまでもここに立っているわけにはいかない。梨香は恐る恐る足を踏み出し、無人の食堂を横切り、調理場に近づいていった。別に悪いことをしているわけではないのになぜか後ろめたい気がして、ついつい足音を忍ばせてしまう。

「何か用？」

いきなり声をかけられ、梨香は足を止めた。魔女がこちらを見ていた。感情のこもっていない顔。魔女が笑っているのを誰も見たことがない。

「ええと、その……」何て切り出したらいいのかわからない。悩んだ末、梨香は言った。「今日の夕飯は何か訊いてこいって、友達に言われて……」

「その友達に言ってあげればいい。知りたいなら自分で訊きに来いって」

魔女というからにはしわがれたお婆《ばあ》さんみたいな声を連想していたが、聞こえてきたのは綺麗な声だった。それに近くで見ると顔だって可愛い。施設で働くおばさんたちよりも若そうだ。今日はマスクを外している。

「カレーだよ。戻って教えてやりな」

鍋の中をかき回しながら魔女が言う。カレーは梨香も大好きだ。しかも魔女が来てからカレーの味が格段に上がった。

魔女が来る前はお婆さんが食堂を切り盛りしていた。お婆さんの料理も美味しいのだが、魔女が来てから質が少し上がったように感じていた。これまでにほとんど出なかったパスタが登場することもある。魔女というニックネームにはそういう畏敬の念も込められているのだ。

「あのう、ちょっと中に入って見学させてもらっていいですか？」

自分が口にした言葉に梨香は内心驚いていた。あのカレーがどんな風に作られていくのか、単純に興味があった。断られるのを覚悟していたが、魔女は意外にも快く了承した。

「入っておいで。見学は自由だから」

梨香は中に入る。いろいろな調理器具が壁からぶら下がっている。中央には大きな台があり、その上には大量に切った野菜——ジャガイモやらニンジンやら——が置かれていた。カレーの材料だろう。

「おばさん、今は何をしているんですか？」

「肉と玉ねぎを炒めてる。これからほかの野菜も入れるところ。それよりおばさんはやめてくれる？　こう見えても私、まだ二十代だよ」

「わかりました。……お姉さん」

魔女はこちらを見て初めて笑った。とても魔女と呼べるような笑みではなかった。みんなこの人のことを誤解している。こんな可愛いならもっと笑えばいいのに、と梨香は思った。あ、でも普段はマスクをしているので仕方ないか。

魔女が松葉杖を壁に立てかけ、それから車椅子に乗った。中央の台に置いてあるジャガイモが入ったボウルを持つ。両手を使うときは車椅子に移る必要があるのだった。この人、凄いな。梨香は感心する。

「手伝います」

梨香はニンジンの入ったボウルを手にとり、鍋の前に向かった。大きな鍋の中にジャガイモとニンジンを投下する。魔女はお玉で鍋の中をかき混ぜて、水をドボドボと鍋の中に注ぎ入れてから大きく息を吐いた。

「これでしばらく煮込むの。ジャガイモに火が通ったらルーを入れるのよ。それから香辛料で味を調えれば完成」

魔女は冷蔵庫からペットボトルの緑茶を出し、それを二つのコップに注いだ。そのうちの一方を梨香の前に置いてくれる。そうだった、と梨香は本来の任務を思い出した。少し緊張しながら梨香は訊いた。

「あの、昔テレビに出てたって本当ですか?」

「その話か。答えはイエス」

「どんな番組ですか?」

「主にドラマかな。あとは映画も」

凄い。女優だったということか。たしかに言われてみればそんじょそこらの女の人よりも顔立ちは整っている。ただ化粧っ気はまったくないし、髪だって無造作に後ろで束ねているだけだ。

「どんなドラマだったんですか？　タイトルを教えてください」

タイトルを知ったところで、それを確認する方法がない。この施設にはスマートフォンを持っている子がいない。ネットを使いたい場合は学校の友達に借りるか、図書館などの共用パソコンを使うしかない。

「忘れちゃったな。昔のことだから」

魔女は遠くを見るような目つきで言った。急に興味が湧いてきた。これまではちょっと怖い印象だったが、話してみるとそうでもなかった。でもどうして昔テレビに出てたような人がこの食堂で働き始めたのだろうか。梨香は率直に疑問を口にする。

「どうしてお姉さんはここで働いているんですか？」

「さあ、どうしてかな。私、今も声優してるんだけど、もっと人の役に立つ仕事がしたいと思ってね。そのときに見つけたのがここのバイト。もともと料理するのが好きだったってのはあるね。あなたたちが私が作った料理を美味しそうに食べてくれるのは嬉しいよ。声優の仕事も楽しいけど、やり甲斐《がい》という意味ではこっちの仕事の方が断然上ね」

「えっ？　今も声優さんなんですか？」

アニメとかの声優は小学生の間でも人気のある職業の一つだ。魔女は素っ気なく言った。

「そう。たとえばあなたが着てるトレーナー、私から見て左側の子は私が担当」

今、梨香が着ているトレーナーは小学生に人気のあるアニメのキャラクターがプリントされている。凄い、ルナルナの声はこの人なのか。言われてみれば声が似ている気がする。ヤバい、これは早くみんなにも伝えないと。

梨香はまじまじと魔女の顔を見た。こんなに身近に声優さんがいるとは思ってもいなかった。梨香は手を伸ばしてコップをとり、緑茶を一口飲んだ。そのとき台の上に置かれているスマートフォンが目に入った。着信かメールが届いているらしく、ライトが小さく点滅していた。魔女が座る位置からは見えないのかもしれない。梨香はスマートフォンをとり、それを魔女に手渡した。

「光ってますよ」

「ありがと」魔女はスマートフォンを何やら操作する。しばらくして話し始めた。「あ、どうも、トモコさん。すみません、仕事中だったので。……えっ？　何言ってるんですか。ちょっと落ち着いてくださいよ。……YouTube？　YouTubeを見ればいいってことですか？　帝テレの？　わかりました。いったん切りますね」

訝しそうな顔をしながら通話を切り、魔女はスマートフォンを操作した。しばらくして音声が聞こえてくる。場内アナウンスのようだ。

『……続く準々決勝では日本の深川選手を破り、その実力は折り紙つき。果たしてどんな戦いを……』

梨香は魔女の背後に回り、後ろから画面を覗き込む。どこかの大きな体育館のような場所を、黄色のユニフォーム姿の男の人が歩いている。手にしているラケットからして卓球の試合だろうか。

「う、嘘でしょ……」

そのつぶやきは魔女の口から発せられたものだった。魔女は真剣な顔つきでスマートフォンの画面に見入っている。知り合いを見つけたというよりも、幽霊に出会ったかのような表情だ。

「どうして、ケイが、こんなところに……」

ケイ。黄色のユニフォームを着た男の人のことだろうか。卓球台の前に到着した男の人はその場で準備運動をしている。魔女がスマートフォンをオフにして、鍋の火を消した。それからガスの元栓を締め、梨香に向かって言った。

「私、行かないと。手伝ってくれる？」

「は、はい」

「松葉杖を持って私についてきて。お願い」

言われるがまま松葉杖を両手で持った。思っていた以上に松葉杖は軽い。魔女が車椅子に乗って調理場を出て、食堂を横切っていく。その動きは滑らかだった。

通路を走る。走らなければ追いつけない速度だ。遊戯室で遊んでいた子たちがこちらを見ているが構っている暇はなかった。魔女は玄関のスロープを下っていく。梨香は下駄箱で靴を履いた。

外に出る。少し走ってから魔女は止まり、通りを走る車の往来に目を向けている。やがて魔女は右手を挙げ、通りかかったタクシーを停めた。慣れた様子で後部ドアから声をかけると運転手が降りてきた。魔女は車椅子から後部座席に乗り移った。運転手が車椅子をトランクに入れた。いつの間にか後部座席の窓が開いていて、そこから顔を出した魔女が言う。

「松葉杖は私に頂戴」

「はい」

二本の松葉杖をタクシーの車内に押し込む。魔女がこちらを見て言った。

「夕方までには絶対に戻る。誰かに何か言われたらそう言って。あなた、名前は？」

「えっと、川田《かわだ》梨香です」

「頼んだわよ、梨香ちゃん。私はミレイ。よろしくね」

食堂の魔女改めミレイお姉ちゃんは運転席に向かって「お願いします」と声をかけた。タクシーは発進し、そのまま走り去った。いろんな話を聞けて嬉しかった。いや、これからもたくさん話ができるに違いない。早く戻ってみんなに教えてあげないと。梨香は施設の方に向かって走り出した。

※

「中国の王龍選手の入場です」

帝都テレビのアナウンサー、福森宏樹は胸の昂《たか》ぶりを感じつつ、ヘッドセットマイクに向かって声を張った。場内にはクラシック音楽が流れている。ヴァイオリン協奏曲『梁山伯《りょうざんぱく》と祝英台』だ。中国の代表的なクラシック音楽として知られており、今流れているのは第二楽章に当たる部分だ。力強い低音部と、独奏のヴァイオリンが心地良いハーモニーを形成している。

ちなみに先に登場した毛利翼の入場曲は『黄河』。こちらも中国を代表するクラシック音楽だ。

「さあご覧ください。絶対王者、王龍選手が入場して参りましたーっ」

スポーツの世界において絶対王者と呼ぶに相応しいアスリートが稀に出現する。たとえばウサイン・ボルト。人類史上最速のスプリンターと評された陸上の短距離選手だ。たとえばマイケル・フェルプス。オリンピックで通算二十三個の金メダルを獲得した水の怪物と呼ばれた水泳選手。レスリングからは吉田沙保里《よしださおり》。世界選手権十三連覇を果たした霊長類最強女子。この者らの活躍は絶対王者と呼ぶに相応しい。

卓球の世界にも現役の絶対王者がいる。それが王龍だ。福建省出身の三十二歳。世界大会での優勝回数は二十六回。世界ランキング一位在籍期間は過去最長の六十五ヵ月。化け物のような大記録だ。現在は後輩の李秀英に世界ランキング一位の座を譲っているが、いまだに卓球界の絶対王者として君臨し続けている。

王龍が入場してくる。キツネ顔とも言える薄い顔立ちだが、その切れ長の目に闘志が宿っているように見えた。ときには感情的になり、気迫で勝負をするタイプの選手だ。前の試合と同じく赤いユニフォームを身にまとっている。

王龍がコートに到着した。同じ中国人同士の対決であっても馴《な》れ合いのようなものはなく、二人とも真剣な表情で互いのラケットを確認し合っている。そして試合前のラリーが始まる。一気に会場内は静まり返った。

「いよいよ注目の準決勝が始まります。古賀さん、どんな試合になると予想されますか？」

「そうだね。毛選手がどこまで食らいつくか。そこにかかってるね。下手すりゃ王龍の圧勝っていうのも考えられる」

「やはり王龍が有利と？」

「うん。俺の予想はね」

現代の卓球は高速卓球とも言われている。鍛え抜かれた強靱《きょうじん》な体から放たれるフォアドライブ。コンパクトながら威力のあるバックハンド。穴のない完成された卓球スタイルに欠かせないのが、スピードとパワーだ。その二つを極めて高いレベルで保てない者は淘汰《とうた》されていく運命にあり、そんな苛酷な卓球の世界において、もう十年近くトップレベルで戦い続けているのが王龍という男だ。

「さあ、いよいよです」

試合は王龍のサーブから始まった。すぐに激しいドライブの打ち合いとなり、五球目で王龍が仕留めた。

「まずは王龍が決めていくっ。さすが絶対王者だーっ」

立て続けに王龍がポイントを獲り、気がつくとスコアは四対〇。その次でようやく毛利翼がフォアドライブを決め、初得点を得る。

「激しい試合になりそうですね。古賀さん、いかがでしょうか？」

「似てるよね、二人とも。戦術だけじゃなくて、体型とかも」

言われてみればその通りだ。二人とも身長は百七十センチ後半。同じ中国の李秀英や黄泰然のようにマッチョな感じではなく、どちらかと言うとすらりとした体型だ。上海《シャンハイ》で貿易会社に勤めています、と言われても信じてしまいそうな風貌だ。

「なるほど。言われてみれば体型やフォームも似ていますね。毛利翼選手は急遽出場が決まった補欠の選手です。もしかすると王龍選手の弟子なのかもしれません」

「うんうん。その可能性はあるよね。アッパー気味のフォアの打ち方なんてそっくりだもん」

とにかく毛利翼はあくまでも中国の無名選手。そういう体《てい》で実況に専念せよ、とディレクターの中丸から強く言われていた。同じく背中の日の丸にも触れてはいけないことも。

「サーセイッ」

フォアドライブを決めた王龍がガッツポーズを決める。スコアは六対二で王がリードしている。福森はマイクに向かって言った。

「まさに王者に死角なし。このまま王龍は突き進むのでしょうかーっ」

※

警察が事情を訊きたいと言っている。

スタッフの一人からそう告げられたとき、中丸は焦りと不安で思わず立ち上がってしまいそうになった。会議室に案内するように。そう命じてから中丸は席を立った。念のために藤村にも同行してもらうことにした。藤村は外部の人間だが、多くの修羅場をくぐってきたという点でも頼りになる人物だ。

すでに会議室に彼らの姿があった。一人は四十に手が届きそうな精悍《せいかん》な風貌の男で、もう一人は五十代くらいの温厚な感じの男だった。年配の方はスーツを着ているのに対し、若い方はスラックスに縦縞《たてじま》のシャツを着ていた。若い方の男が口を開いた。

「お忙しいところ恐れ入ります。自分は警視庁捜査一課の進藤といいます。こちらは中野署の杉本です」

「帝都テレビスポーツ局の中丸です。こちらはスポーツジャーナリストの……」

まずは自己紹介したのち、それぞれ椅子に座った。会議室の半分ほどはスタッフの私物置き場になっている。今は人払いをしているので中丸たち四人以外に人はいない。進藤という刑事が話し出す。

「我々は六年前、ある事件の捜査に携わっておりました。そのときに逮捕した人物と同じ名前の選手を本大会で見かけました。それで少々気になったのでこうしてお邪魔したわけです。あ、念のために言っておきますが、これは捜査ではありません」

やはり毛利翼のことか。中丸は気を引き締めた。何を訊かれても知らぬ存ぜぬで貫こう。ここに来る途中で藤村とそう示し合わせていた。

「どういうことでしょうか?」中丸はとぼけて言った。「さっぱりわかりません。何か問題でもあったんですか?」

「現在試合をしている毛選手です。彼は中国人選手のようですが、本当にそうでしょうか?日本人の可能性はありませんか?」

「さあ、いったい刑事さんたちが何をおっしゃっているのか……」

「ここは一つ」ずっと黙っていた杉本という名の刑事が口を挟んでくる。「お互い肚を割って話しませんか? 進藤も言ったように我々がここに足を運んだのは捜査ではなく、完全なプライベートです。こんな密室のような場所に我々を案内するなんて、そちらも何らかの覚悟をしているんじゃないですか?」

そう言われてしまうと反論できない。誰にも聞かれたくない話だと思い、この会議室を選んだのだ。

中丸は藤村を見た。彼はうなずいている。この刑事たちは信用してもいいんじゃないか。そう語っているように見えたので、中丸はすべてを打ち明ける決意を固めた。

「実は毛利翼については私どもも把握していました。ただどうして彼が犯罪者の名前を名乗っているのか、その意図は調べ切れていません。中国側に尋ねても内容のある回答が返ってこないので。そもそもの発端は……」

これまでの経緯を説明する。毛利翼がつけていた日の丸。卓球ジャーナルの編集長、長谷川からの情報提供で浮かび上がった六年前の殺人事件。すべてを話し終えると今度は進藤が口を開いた。

「偽の毛利翼、今コートで試合をしている毛利翼ですが、実は我々は六年前に彼に会っているんです。少し話もしました」

「えっ？　本当ですか？」

思わず身を乗り出していた。偽の毛利翼は何者なのか。現在もっとも中丸たちを悩ませている問題だ。

「はい。彼の名前は三崎啓介。毛利翼の同期で、永青大学の卓球部員でした。我々が会ったときよりだいぶたくましくなっていますが、顔を確認したので間違いありません」

やはり日本人だったのか。あのユニフォームに縫いつけた日の丸には自分が日本人であることをアピールする狙いがあったのか。しかしそれを中国側が許しているのも不可解だし、どうして日本人が中国人だと偽って試合に出ているのか、それも意味がわからない。

藤村がバタバタと足音を鳴らして会議室から出ていった。三崎啓介に関する情報を得るためだろう。永青大は国内有数の卓球名門校であり、関係者が会場にいる可能性も高い。

「ということはつまり」頭の中を整理しながら中丸は続ける。「偽の毛利翼、いや、三崎啓介ですか。彼は中国に帰化したということでしょうか?」

「さあ、そこまでは我々もわかりません。ただし三崎が毛利翼の名前を名乗っていることは、彼には何らかの思いがあるのだと思います」

「思い、ですか……」

「そうです。思いです。逮捕された友人の名前を名乗り、国際的な卓球の大会にエントリーする。並々ならぬ思いがあるのでしょう。彼の中には」

「ちなみに毛利翼は今はどこに? 服役中なんでしょうか?」

進藤が少し悩んだような表情を見せた。隣に座る杉本と顔を見合わせる。今度は杉本が説明してくれる。

「彼は国内の某刑務所に服役中です。彼には懲役十年から十五年という不定期刑が言い渡されました」

不定期刑というのは受刑者が更生する可能性を考慮し、刑期を確定しない措置のことだ。未成年の場合に適用されることが多いそうだ。前に少年受刑者を特集したテレビのドキュメンタリー番組で見たので中丸は知っていた。

「中丸さん、大会のホームページを確認しましたが、毛利翼は本来エントリーされていなかったみたいですね。どうして彼が出場することになったのでしょうか？」

「ええと、それはですね……」

経緯を説明する。しばらく話しているとスマートフォンが鳴った。かけてきたのは藤村だった。彼の許可を得てからスピーカー機能をオンにしてテーブルの上に置いた。藤村の声が聞こえてくる。

「卓球ジャーナルのハセさんを通じて、永青大卓球部ＯＢを教えてもらった。毛利翼の一年後輩で、今は都内の高校で体育教師をやってる男がいてな。彼と連絡をとることができた。問題の三崎啓介だが、毛利翼が逮捕された直後、卓球部を退部したらしい。しかもそのまま退学してしまったという噂が流れたみたいだ。それ以降、彼の姿を見た者はいない。一応彼にもYouTubeを見てもらった。三崎啓介で間違いないそうだ。絶句してたよ」

それはそうだろう。自分たちの一年先輩がライブ配信で世界の王龍と戦っているのだから。

今、三崎啓介はどんな思いでコートに立ち、王龍と対戦しているのだろうか。進藤が言うように、並々ならぬ思いで彼はコートに立っているのだろうか。もしそうであるなら、その並々ならぬ思いの根源はどこにあるのだろうか。

※

王龍が負けることは絶対にない。

中国卓球選手団総監督、馬彪はそう信じて疑わなかった。王は中国において絶対的存在であり、そう簡単に負けてはいけない存在だった。史上初、二度の大満貫（同年に世界卓球選手権、オリンピック、卓球ワールドカップのシングルス優勝）を達成しただけではなく、全満貫（大満貫に加えてＩＴＴＦプロツアーグランドファイナルやアジア選手権、中華人民共和国全国運動会などの国内外の主要九大会で優勝）を成し遂げた唯一の選手だ。半ば神格化した存在である。

馬は監督席に座り、二人の試合を眺めている。第一ゲームは三点差で王が奪取し、今は第二ゲームに入っている。王が優勢に試合を進めているのは明らかだ。

「サーセイッ」

王が拳を握ってガッツポーズを決める。まさに仁王立ち。そのプレイスタイルはすべてをなぎ倒していく重戦車のようである。

馬が初めて王龍を見たのは、馬が三十一歳、王が十七歳の頃だった。時は二〇〇七年。北京オリンピックの前年で、当時馬は中国卓球選手団の中でもエースだった。一方、王は初の代表入りをして福建省から上京してきたばかりの田舎臭い若者だった。ひょろりと背が高く、顔は面皰《にきび》だらけだった。

最初の数ヵ月、王は代表でまったく通用しなかった。福建省では無敵を誇っていたらしいが、代表となると異次元の世界だ。王が壁にぶち当たっていたのは傍目《はため》にも明らかだったが、馬は知っていた。一日十二時間にも及ぶ団体練習のあと、王が一人で居残り練習をしていたことを。王が誰よりも負けず嫌いで、自らの肉体を極限までいじめ抜いていることを。

馬は翌年の北京オリンピックの男子シングルスで優勝、念願の大満貫を達成し、ラケットを置く決意を固めた。モチベーションを保てなくなったという理由もあったが、実は王の存在が怖かった。この若者はそのうち自分なんかをいとも簡単に追い越してしまうのではないか。そういう恐怖心が常々あったのは事実だった。

思っていた以上に王の歩みは遅かった。二十歳そこそこで男子団体の代表には定着したが、シングルスではなかなか好成績を残せなかった。それでも愚直にトレーニングを重ね、彫刻のような肉体を作り上げた。そして迎えた二〇一五年。世界卓球と卓球ワールドカップのタイトルを獲得し、中国のエースの座に昇りつめた。王が二十五歳のときだった。そこから先は無双状態。今や中華人民共和国を代表するスポーツ選手だ。最近は後輩に世界ランキング一位の座を譲っているが、今なお王龍の時代は続いている。

「シャースッ」

王に負けじと啓が声を張り上げる。調子を上げてきたらしい。そういえば、と馬は思い出す。たしか啓は二十五歳。王が世界を制したときと同年齢だな。

馬が啓と出会ったのは六年前、二〇一七年の冬のことだった。当時、馬は中国卓球選手団の副監督を務めており、毎日北京市内にある自宅と練習場を往復する生活を送っていた。ある日、練習場の駐車場を歩いていると、大きなリュックサックを背負った若者に話しかけられた。若者は中国語が話せないようで、両手を上げて敵意がないことを示してから、手機（スマートフォン）をこちらに見せてきた。日本製の手機らしく、見たことのない種類だった。手機から機械的な中国語が聞こえてきた。

『私は日本人です。どうか私に卓球を教えてください』

若者は懇願するように頭を下げている。どういうことだ？　どうして日本人がこんなところに？　しかも卓球を教えてほしいだと？　馬鹿にするのも大概にしろ。馬は若者を無視して車に乗り込んだ。

翌日も、その翌日も若者は馬の前に現れた。手機の翻訳機能を使い、卓球を教えてほしいと頼み込んできた。四日目、その日は北京は朝から冷たい雨が降っており、若者はずぶ濡れだった。捨てられた犬のようだった。彼の姿を見て、馬は自分が初めて北京にやってきた日のことを思い出した。電車とバスを乗り継ぎ、丸一日かかってようやく北京の街に辿り着いた。しかし駅構内で中国卓球選手団の担当者に会えず、仕方なく徒歩で体育館に向かった。あの日もこんな感じの冷たい雨が降っていた。

馬は若者を車に乗せ、北京市内にある高層マンションの自室に案内した。北京は近代化が進んでおり、道路に沿って立ち並んでいた違法の商店が撤去され、クリーンな街並みに生まれ変わっていた。店で商品を買うのではなく、ネットで注文する時代だった。

いきなり夫が濡れた若者を連れ帰り、妻は一瞬だけ驚いたような顔をしたが、すぐに冷静な顔で若者にタオルを差し出した。その夜、若者は妻が作った肉饅頭《にくまんじゅう》を食べ、満足そうな顔をしていた。腹一杯になってから話をした。若者の名前は三崎啓介といい、どうしても卓球が強くなりたくて単身中国までやってきたという話だった。その目は嘘を言っているようには見えなかった。幼い頃からずっと卓球をやっていて、若者の祖父はオリンピックにも出場したことがあるらしい。啓と呼んでください。若者は翻訳機能を通じてそう言った。友達にもそう呼ばれていました。

翌日、馬は啓を体育館に連れていき、監督に事情を説明した。監督はすべて馬に任せると言ってくれた。馬は何人かのコーチ、選手に相談したが、賛成と反対は五分五分だった。最終的に判断を決めたのは王龍の意見だった。彼はこう言った。近年、日本は強くなってきている。実際、俺も昨年のワールドカップで日本人選手に負けそうになった。日本の戦力を分析するためにも彼をチームに帯同させるのも悪くないんじゃないか。

その一言が決定打となり、啓は特別研究選手として中国卓球選手団に入団することが決定した。途中、ビザの関係で日本に帰国することはあったが、ほかの選手と同じように宿舎に入り、練習にも参加した。中国代表の練習に何とかついてこられるほどの基礎技術は持っていた。しかし、ついてこられるというレベルで、互角に戦えるという意味ではなかった。

もともと頭がよかったのか、半年ほどで日常会話くらいなら話せるようになった。啓ともっとも親しく話していたのが王だった。実は公式には発表されていないが、王の大叔父は日本の横浜の中華街で料理店を経営していて、王自身も幼少の頃に何度か日本に旅行したことがあるという。王にとって日本というのは馴染みのある国でもあり、そういう理由もあって王は日本人の若者を気にかけ、練習の合間にも二人でよく話していた。当然、練習も一緒だった。筋力トレーニングも同じメニューをこなすようになった。

啓は見違えるようにたくましくなっていった。身長も二人は同じくらいで、あいつらは兄弟ではないかとチームメイトもからかうようになった。どれほど周囲からからかわれても啓は王と同じだけの練習をこなし、さらに別の練習で自分を追い込んだ。

筋肉量の増加に伴い、卓球も強くなった。強烈なフォアドライブで敵を圧倒するスタイル。

とにかくフォアでの打ち合いに持ち込み、相手を叩きのめす。いつしか啓についたあだ名は小《シャオ》王《ワン》。小さな王――。

「シャースッ」

啓がフォアドライブを決め、拳を握り締めた。馬はスコアボードに目を向けた。六対五。この試合、初めて啓がリードを奪った形となる。

王が一瞬だけ笑ったのを馬は見逃さなかった。きっと王は嬉しいのだ。自分が育てた若者がここまで成長してくれたことが。そしてこうして国際大会の舞台で戦っていることが。何しろ二人は本大会中もずっと一緒に行動していて、昨日の夜は二人で夕飯を食べに行っていたらしい。

本来出場するはずだった楊大宝は来日前から調子が思わしくなかった。股関節の痛みが引かず、今朝になって本人が出場辞退を申し入れてきた。本大会はお祭り的な大会であり、そこまで落ち込むことはないのだが、責任感の強い楊は泣きながら謝罪した。そして彼はこう言った。もしできることなら俺の代わりに啓を出してやってほしい。こういう大会じゃないとあいつは試合に出すのは難しいから。お願いします、総監督。啓を試合に出してやってください。

啓が中国卓球選手団に帯同するようになり六年の月日が流れていた。今では啓は素晴らしい練習パートナーになっていた。多くの選手が啓と練習をしたがった。啓は他国の選手の分析に長《た》けており、スウェーデンのあの選手のチキータはこういう回転がかかってるぞとか、日本のあいつはサーブを打つときに癖があるんだとか、実演してくれるのだ。特別研究選手としての役割を見事なまでに果たしていた。

人望もあり、実力もある。できれば大会に出してあげたいところだったが、国籍の問題もあるため国際大会にエントリーさせてやるわけにはいかず、啓は常に陰の練習パートナーとしてチームに同行していた。そんな彼をどうにかして試合に出してあげたい。楊だけではなく、選手団全員が同じ思いだった。

東京レガシー卓球。日本の金持ちが開催した卓球フェスティバルだ。優勝賞金がかかっているだけで、勝とうが負けようが世界ランキングにもさほど影響はない。まさにうってつけの舞台。今朝、馬は啓をホテルの自室に呼び、彼に告げた。啓、準備はできているか。お前の番が回ってきたぞ。

最初から予期していたのか、啓が驚くことはなかった。そして彼は予想外のことを言い出した。

馬総監督、お願いがあります。できれば毛利翼という名前で俺を試合に出してください。

毛利翼？　それはいったい誰なんだ？

俺の友人です。最後のお願いです。よろしくお願いします。

啓が本気で言っていることはその目を見ているだけでも伝わってきた。馬はその場で了承し、すぐに大会本部に連絡を入れ、楊の欠場と代理出場する補欠選手の名前を告げた。

「シャースッ」

啓の叫び声が谺する。スコアは九対六。啓が差を三点に引き離した。今、啓は良好な状況に入りつつある。スポーツ選手は集中力が限界まで高まると、神懸かった力を発揮できることが往々にしてある。欧米ではゾーンなどと呼ぶこともあるそうだ。それは当然馬も現役時代に経験したことがあるし、王龍だってそうだ。いや、王龍級の選手になると毎試合ゾーンに入ると言っても過言ではない。

連続ポイントで第二ゲームは啓が獲る。ゲームポイントは一対一のイーブンとなった。しかしまだ、王には余裕がある。これまで数々の大会で勝ち上がってきた自信と経験に裏打ちされた余裕だった。

「シャースッ」

チェンジエンドのあと、試合が再開する。最初にポイントを奪ったのは王だった。三球目をストレートに打ち込んだ。その次も、そしてその次も王はポイントを重ね、三対〇のリードを奪う。王の目つきが完全に変わった。ギアを一段上げたのが馬にはわかった。一回戦のトニ・フェリーマン戦も、準々決勝のミヒャエル・ゼーラー戦も王は低速運転で勝ってきた。ある意味、啓は今日初めて王を本気にさせたとも言える。それだけでもたいしたものだ。あの日、北京の体育館で声をかけてきた若者が中国の卓球王者を本気にさせたのだから。

ずるずると行ってしまうかと思われたが、啓は何とか踏ん張った。このまま沈んでたまるものかと、食らいつくように打ったバックハンドが台の端に当たって啓のポイントとなる。啓が小さく手を挙げてエッジボールを詫《わ》びると、王もそれに応じるように右手を挙げた。どんな形であるにせよ、一点は一点だ。まだ神は啓を見捨てていないようだ。

しかしだ。王が負けることは断じて有り得ない。馬は頑なにそう思っていた。それは馬の予測とか勘などではなく、確固たる事実としてそこに存在していた。馬はコート上に立つ日本人に目を向けた。王のサーブに備え、腰を落として警戒している。彼の右膝には黒いサポーターが巻かれていた。そう、彼は爆弾を抱えている。しかもいつ爆発しても不思議はないほどに、そのときは着実に近づいているように思われた。

馬は確信している。あの爆弾を抱えている限り、啓が勝つ好機はほとんどない。残念ながら。

※

「卓球ってこんなに激しいスポーツだったんですね」

隣に座る杉本が率直な感想を口にした。今、進藤たちは東京アリーナ二階の座席で卓球を観戦していた。毛利翼こと三崎啓介が中国の王龍と闘っている。第三ゲームは互いに譲らない展開になっていた。

「そうですね」と進藤は応じた。「俺も同じことを考えてました。卓球と言えば温泉でやるスポーツくらいに思ってました。しっかりと卓球を見るのは初めてかもしれません」

二階席は五割ほどの席が埋まっている。客層もさまざまだが、比較的若い子たちが観戦に来ているのに驚いた。卓球部に所属している中高生だろうか。日本人選手は敗退しているというのに会場に残っているということは、純粋に卓球を観戦したい気持ちの表れだ。しかし今、実際にコートで闘っているのは生粋の日本人であり、その事実を知る者は館内にはほとんどいないはずだ。

「あんな速い球、当てることすら難しそうだ」

「たしかに。しかもドライブ回転がかかってますからね」

スコアは八対八。両者ともにフォアのドライブを得意としているらしく、激しく打ち合っている。見ていて気持ちがいいほどだ。

「でも彼はなぜ中国に渡ったんでしょうか？」

杉本の発した疑問に進藤は答えられなかった。

「さあ、どうしてなんでしょうかね」

六年前、毛利翼は自首をした。自宅から浅沼の私物が発見され、彼の犯行で間違いないとし、捜査は終結した。スポーツジムで邪険にあしらわれ、逆恨みをした。それが表向きの犯行理由とされているが、毛利翼の中学校時代の同級生、声優の大島美玲が浅沼から暴行を受け、その復讐として殺したのではないか。それが進藤たちの独自見解だった。

「そういえば大島美玲、あれ以降も声優は続けているようですが、顔を出す仕事は控えているようです」

杉本が言った。進藤も彼女のことは気になっていて、たまにネットで検索をかけたりしていた。声優としてのキャリアは順調に重ねているが、その姿はベールに包まれている。元天才子役にして、顔は出さない下半身不随の人気声優。どこか神秘的なイメージだった。

「俺も気がかりでした。もし俺たちの推測が当たっているなら、一番の犠牲者は彼女かもしれませんね」

「いったい彼は何を思って戦っているんでしょうか」杉本の視線の先には三崎啓介の姿があ

る。「中国に渡り、なぜか中国代表として日本に舞い戻り、金メダリストと戦っている。私には現実に起きていることとは思えません」

その意見にはうなずける。六年前、桜上水のアパートで彼に事情聴取をした。ごく普通の大学生といった印象だった。そんな男が六年間の時を経て、目の前にいるのだ。しかも中国人卓球選手、毛利翼と自らを偽って。

「並々ならぬ思い。あれはいい表現だったと思いますよ」

さきほどテレビ局の人間を前にして、進藤が語った言葉だ。不意に口から出た言葉だったが、自分でもしっくりと収まったのを感じていた。

「三崎啓介が毛利翼の名を騙り、この大会に参加した理由。進藤さん、六年前に彼のアパートを訪ねたときのことを憶えていますか？　彼は毛利翼とは小学校時代からの付き合いだと言っていました。私たちの想像以上に、二人の間には深い結びつきがあったのだと思います」

「そうでしょうね。俺も同意見です」

「この年になると自分が関わった事件について、あれこれと思い出すことがあるんです。あのときの判断は本当に正しかったのか。あの事件はあれでよかったのか。ほかにもっと自分にできたことがあったのではないか。そんな風に思いを巡らすのですが、六年前の事件もそのうちの一つです」

それは進藤も同じだった。上からの圧力で真相が押し潰されてしまった。胸の中に消えないしこりとして残っている。

客席が沸いた。デュースまでもつれ込んだ末、三崎啓介が第三ゲームを奪ったのだ。これでゲームポイントは二対一で三崎がリードした形となる。大健闘と言えよう。

客席の拍手が鳴り止むのを待ってから杉本が言った。

「おそらく三崎はあの事件の真相を知っているんでしょう。彼が戦っている姿を見て、私はそう感じました」

チェンジエンドを終え、第四ゲームが始まっていた。王龍のサーブからゲームが始まるようだった。観客たちは固唾を呑んで試合の行方を見守っている。進藤もいつしか自分が試合に見入っていることに気がついた。

※

何だろう、この不思議な感覚は。

卓球台を前にして、三崎啓介はふとそんなことを思った。まるで自分が自分でなくなってしまったようだ。目の前には絶対王者、王龍の姿がある。王が放ってきた横回転のかかったサーブを打ち返す。体が勝手に反応している。まるで高い場所から誰かがこのコートを見下ろして、自分の体を操縦しているかのよう。プレステのゲームみたいに。何か不思議な感じだ。

わかったよ、翼。うんうん、わかる。

あれは大学に入った直後の頃だったか。翼が語っていたことがある。場所は翼の自宅アパートだった。いつものように練習後に翼の部屋に行き、弁当とか食べながらあれこれ話していたときのことだ。

たまにあるよ。滅多にないけどね。インハイとかのデカい大会で強い奴に当たったときとか。何かさ、急にパッと視界が開けるっていうか、そういう感覚になるんだよ。スーパーマリオでスターをとったときみたいな感じっていうの？　何やってもうまくいくし、相手がどんな球を打ってきても反応できるし。しかもそれをどこか冷静に分析している自分もいるんだよ。多分あれがゾーンっていうやつじゃないのかな。

つまりあれか？　俺は今、ゾーンに入っているのか。しかもそれを自覚しているってわけだ。へえ、凄い。

そんなことを思いながら啓介はストレートにドライブを打った。王龍の反応が遅れ、啓介のポイントとなる。王、すまん。今の俺ならあんたと互角、いやそれ以上に戦えるかもしれない。だって俺、たくさん練習したもんな。やんなるくらい練習したもんな。ヤバい、思い出しただけで吐きそうになった。この六年間の月日が啓介の脳裏に鮮やかに浮かび上がった。

六年前の冬、啓介は一人北京を訪れた。中国の代表選手たちが普段練習している体育館を見張っていると、一人の男が出てくるのが見えた。何とその男は馬彪だった。小学校時代、子供部屋にポスターを貼っていた英雄、馬彪。やや年をとっていたが、見間違えるはずはなかった。逸《はや》る気持ちを抑えて啓介は男のもとに歩み寄った。翻訳アプリを使って話しかけてみたが、馬彪は見向きもせずに立ち去ってしまった。

翌日も、その翌日も同じ場所で馬彪に話しかけたが、無視された。やっと彼が反応してくれたのは四日目のことだ。なんと彼は車に乗せてくれて、自宅マンションに連れていってくれたのだ。そこには可愛らしい感じの奥さんがいて、手料理を振る舞ってくれた。その翌日には体育館に連れていってもらい、さらにその数日後には練習に参加してもいいことになった。特別研究選手。それが啓介に与えられた身分だった。

中国代表のレベルが高いのは予想していた通りだったが、その練習内容は啓介の想像をはるかに超えていた。一日十二時間くらいは平気で練習していた。何度もトイレで吐いた。ときには低酸素室という部屋でも練習した。マラソン選手が高地で練習するというのは聞いたことがあるが、まさかそんな部屋で練習する羽目になるとは思ってもいなかった。起きているうちは卓球をして、寝ているときは卓球の夢を見た。食事に出てくるゆで卵が卓球の球に見えた。まさに卓球漬けの生活だ。

大学一年生のときに第二外国語で中国語を専攻していたことが功を奏し、比較的早い段階で日常会話程度なら交わせるようになった。そんな啓介に一番話しかけてきてくれたのが絶対王者、王龍だった。あの王龍が俺に話しかけてきてくれる。最初は緊張してしまったが、そのうち彼が本当に日本に興味があることがわかり、よく話すようになった。彼は日本のテレビアニメや漫画をこよなく愛していて、日本で国際大会があるときは部屋で一日中有料テレビを見まくるのだという。なかでも彼のお気に入りはかの名作『ドラゴンボール』！

王と仲良くなるにつれ、啓介はあることに気がついた。王龍と自分には多くの共通点があった。身長はほとんど同じくらい。やや王の方が筋肉質だが、体格も似通っている。ともに右利きのシェークハンド。フォアドライブを武器としていて、レシーブもツッツキやストップがメインで、チキータはほとんど使わない。シンプルなプレーをするタイプだ。

この男こそ、自分が目指すべき理想形ではないのか。目から鱗《うろこ》。まさに開眼だった。目の前に常にお手本がいてくれるのだ。啓介は王と同じメニューを自身に課し、さらに筋トレなどで自分を徹底的にいじめ抜いた。低酸素室にも率先して入った。王もまた、喜んで練習に付き合ってくれた。代表の中でも孤高の存在だった彼にしてみれば、初めて気兼ねなく付き合える後輩だったのかもしれない。

「サーセイッ」

うわ、それは無理。

王龍に強烈なドライブを決められてしまった。スコアは五対六でリードされているが、あまり気にならなかった。今はそれよりとにかく卓球をしたかった。早く打ってこい、王。

周囲の音がまったく耳に入ってこない。静かな世界だ。王も俺と同じように静かな世界にいるのだろうか。いや、当然彼はいる。彼は幾度となく静かな世界に入り、そこで勝ち上がってきたからこそ今があるのだ。

翼、見てるか。俺は王と戦っているぞ。それもまあまあいい勝負だ。でも本当にこの試合を翼も観ているのか。あの人の言ってたことは本当だろうか。どうにも信用できないんだよな、あの人。

王が打ってくる。啓介も打ち返した。また王が打ってくる。打ち返す。長いラリーだ。多分十回は超えた。打つべし打つべし。これでどうだ。えっ？ まだ来るのかよ。しつこいな、王。いい加減このくらいで……。

その瞬間は不意に訪れた。まるで水風船が破裂したかのようだった。王が打ってきたクロスの強烈なフォアドライブを、同じくフォアで返そうとしたときだ。右足を強く踏み込むと、右膝に信じられないような痛みが走った。いや、痛み自体はずっと感じていた。テーピングと痛み止めの薬で誤魔化していたのだ。何度も何度も踏み込んでフォアドライブを打っているうちに、遂に耐えられなくなったのだ。

思わず啓介はその場に倒れてしまっていた。周囲の喚声が聞こえる。うるさくてたまらない。

静かな世界は突如として幕を閉じた。

気がつくと仰向けになっていた。天井のライトが眩しい。数人の男が自分を見下ろしている。一番近くにいるのは白衣を着た医師だった。その医師に背中を抱えられるようにして啓介は体を起こす。

さほど時間は経過していないらしい。卓球台の近くで王龍が心配そうな顔をしてこちらを見ていた。白衣の医師が話しかけてくる。

「大丈夫かい？」

大丈夫ではない。が、それを言葉にすることはできなかった。右膝に痛みを感じるようになったのは去年の暮れあたりからだ。医者には行っていない。テーピングをして騙《だま》し騙しやってきたのだが、それが遂に爆発してしまったようだ。

「靭帯《じんたい》だろうね。練習で相当無理をしたんだろ」

医師が言った。長髪を後ろで束ねるその風貌は、医師というより医療ドラマに出ている俳優のようだった。年齢は四十歳くらい。顔立ちが非常に整っており、簡単に言ってしまえばイケメンだ。初めて会ったのは六年前、翼が自首した数日後のことだ。いきなり部屋に彼が訪ねてきたのだった。

羽根雅人。それが男の名前だった。男は翼の古い友人のようで、かなり昔から翼のことを知っているような口振りだった。連絡先を交換してその日は別れた。羽根は医大を卒業したばかりで、初期臨床研修医として都内の大学病院に勤務しているという話だった。それ以来、たまにメールで近況を報告するようになった。今回の来日の際にも連絡をとった。試合に出られるかもしれないとも伝えた。楊の不調は明らかだったし、となると代わりに自分に白羽の矢が立てられると予想できたからだ。すると羽根からの返信があった。そのメールを読み、啓介は驚いた。そこにはこう書かれていた。

準決勝まで勝ち上がれ。そうすれば君の雄姿を翼に見せられるかもしれない。

そんな馬鹿な、と思った。どうやって刑務所の中にいるあいつに試合を見せられるというのか。調べてみると帝都テレビが YouTube の公式チャンネルで準決勝からライブ配信することがわかったが、それを服役中の翼にどうやって見せられるのか、皆目見当がつかなかった。半信半疑のまま、試合当日を迎えることになった。本当に翼は今、この試合を刑務所内から見ているのだろうか。

「心配要らないって」啓介の胸中を見透かしたように羽根医師が言う。「俺を信じてくれていいよ。絶対に翼はどこかで君を見ているはずだ」

啓介は周囲を見回した。臙脂色の腕章を巻いた男がカメラをこちらに向けていた。帝都テレビのスタッフか。しかし本当に翼はこのライブ中継を見ているのだろうか。いったいどこで、どうやって――。

「俺にできることはこのくらいだ」

羽根医師がそう言って啓介の右膝のサポーターをずらしてテーピングを剝がし、それからコールドスプレーを噴射する。徐々に右膝の鈍痛が和らいでいく。やがて右膝の感覚がなくなった。

「俺が医者になろうと思ったのは」羽根医師がおもむろに話し出す。「翼が中一の頃だった。あいつ、静岡市の新人戦で優勝したんだよ。それも圧勝。それを見て俺は思った。こいつのために何かしてあげられることはないだろうかって。で、悩んだ末に思いついたのは医者になることだった。順調に行けば翼は卓球選手として活躍するはずだ。だったら俺が整形外科医になって、将来あいつがどこか体を痛めたときに治してあげたいな。単純にそう思ったのさ。結構本気で勉強して、何とか医大に滑り込んだ。でも俺がやっとこさ医者になった途端、あの野郎はムショに入っちまったわけなんだけどね」

羽根医師は慣れた手つきでテーピングを巻いていく。自分で巻くよりも固定されている感じがした。帽子を被った審判がこちらに声をかけてくる。

「ドクター、試合は続行できそうですか？」

「ちょっと待って。今、大事な話をしてるんで」

羽根医師がそう言うと、審判が怪訝な顔をして首を傾げた。

「いいかい、三崎君」テーピングを巻きながら羽根医師が言った。「君の右膝の具合は正直よくない。精密検査をしてみなければわからないけど、靭帯だけでなく、半月板もやっちまってるかもしれない。医師の立場から言わせてもらうと、君はこれ以上試合を続けることはできない。試合終了だ」

そうだろうな。半ば覚悟していたことだったので、特に落胆は感じなかった。正直よくここまでもってくれた。この六年間、死ぬ気で練習した。そのツケが回ってきたのだ。

「君は『走れメロス』を知ってるかい？」

試合中に何を言い出すのだろうか、この人は。啓介は状況が摑めず、ポカンと口を開けて彼の顔を見た。羽根医師は構わず話し出す。

「メロスは走る。友を助けるために。だから君も走らなければならない。どこかで待ってるあいつのために」

テーピングを巻き終え、羽根医師は啓介の膝に手を置いて続けた。

「棄権すべきだ。普通の医師ならそう言うだろうね。でも俺は君のことを知っているし、翼のことも知っている。もしかしたら、いやきっと、翼はどこかで俺たちのことを見ているはずだ。だから君にはこう言うしかない。頑張れ。頑張ってくれ、と」

頑張れ。その言葉はスッと胸に浸透していく。一度は消えかかった闘志が再燃し、徐々に火勢が強まっていくのを啓介は感じた。羽根医師が下にずれていたサポーターを引き上げて、もう一度言った。

「頑張れ、三崎君。立って、闘うんだ。翼のために、メロスのように走ってくれ」

羽根医師の目が充血していた。泣いているのは明らかだった。でもイケメンだけあって涙も似合っている。

「当然です。闘うに決まってるじゃないですか」

羽根医師に手を引かれて立ち上がった。客席から歓声が聞こえてくる。スコアボードに目をやった。五対七でリードされている。今は第四ゲームの途中だ。まだまだ先は長い。羽根医師が審判と何やら話してからコートから出ていった。

「啓、膝は大丈夫か？」

王が中国語で話しかけたきたので、啓介も中国語で応じた。

「大丈夫だ。今、仙豆を飲んだところだ」

ふん、と鼻で笑ってから王が球を投げてきたので、啓介はそれを片手でキャッチした。

さあ、試合再開だ。

※

あの選手、怪我しちゃったんだ。可哀想になあ。

羽根亜弥《あや》は卓球を生で観戦するのは初めてだった。思っていた以上に客が入っていて驚いた。卓球と言われて亜弥が最初に連想するのはイクマイの愛称で知られた幾田麻衣だ。亜弥が高校生くらいのときに活躍していて、女性誌のモデルもやっていた。卓球というとそのくらいしか印象がない。

中国人同士が戦っている。王龍と毛利翼という選手だ。現在は試合が中断していた。毛という中国人が足を痛めてしまったらしく、亜弥の夫である羽根雅人が毛選手に対して治療を施しているのが見えた。午前中からずっと観戦しているのだが、夫の出番はこれが初めてだ。

羽根と出会ったのは二年前、職場である大学病院だった。新設されたスポーツ診療科に専任医師としてやってきたのが羽根であり、亜弥は同科の看護師だった。最初に彼を見た印象は「イケメンだな」というものだ。十人いれば十人が同じ感想を持つはずだった。スポーツ診療科だけではなく、大学病院に勤務する独身の看護師たちは色めき立った。争奪戦が繰り広げられることは必至だったが、亜弥は特に興味もなく、仕事を淡々とこなす日々だった。羽根は臨床研修の後期に当たり、少々頼りない部分はあるものの、それなりにうまくやっていた。何よりも患者の声に耳を傾ける医師だった。

スポーツ診療科を訪れる患者はプロアマ問わずスポーツをやっている者がほとんどで、誰もが不安を抱えていた。アスリート生活を続けることができるのか。今度の大会までに完治するのか。患者たちの言葉に真摯な姿勢で向き合う羽根の姿を見て、ただのイケメン医師じゃないんだなと亜弥は彼のことを少し見直した。

関係を持ったのは夏の暑気払いの夜だった。帰る方向が一緒になり、そのままの流れで彼のマンションに行った。自分はたくさんいる遊び相手の一人なのだろうくらいに思っていたが、案外彼は純情なところがあり、その日から真剣交際が始まった。付き合い始めてしばらく経った頃、ベッドで行為を終えたところで彼が言った。俺、息子が一人いるんだよね。

なるほどそういうことね。バツイチだったわけね。亜弥はそう思ったが、詳しい話を聞いてみるとそうではなく、かつて羽根が若い頃、隣の部屋に住んでいた女が自殺を図り、とり残された男の子を助けたのが羽根だった。以来その子のことを自分の息子のように羽根が勝手に思っているようだった。彼が静岡に引っ越してしまったあとも、わざわざ新幹線に乗って彼の顔を見に行くようなこともしていたという。

亜弥ちゃん、似てるんだよね。

誰に？

翼を、あ、その息子が翼っていう名前なんだけど、翼を助けたときに同棲してた子に。

だから私と付き合ったの？　それって何か気分悪いんだけど。

ごめんごめん。でも本当のことだから仕方ないじゃん。

羽根はそう言って笑った。大らかな性格をしており、どこか牧歌的な雰囲気さえ漂っていた。前世は羊でも飼っていた牧夫《ぼくふ》ではないかと亜弥は真剣に思っている。

夫は膝をつき、中国人選手に何やら語りかけている。中国語を話せるとは聞いたことはないので、日本語で必死に説明しているのか。亜弥は自分のお腹をさすりながら小さな声で言った。

「ほら、パパが働いてるよ。偉いね、パパ」

亜弥のお腹の中には赤ちゃんがいる。すでに臨月を迎えていて、予定日は二週間後だ。妊娠がわかったとき、それを羽根に伝えたところ、「じゃあ結婚しよう」と軽い感じで言われ、その翌日に区役所に婚姻届を提出した。

「あ、パパが立ったよ。あの選手、大丈夫なのかな」

亜弥はお腹の中の子に声をかけた。生まれてくる子は男の子で、名前もすでに決まっている。翼。そう、彼がその昔助けた男の子と同じ名前にするそうだ。

本気？　羽根翼なんて、凄い遠くまで飛んでいってしまいそうな名前ね。

いいんだよ。どこまで飛んでいっちゃっても構わない。どうせだったら月まで飛んでいってもいいよ。

将来は宇宙飛行士ね。もしくはパイロット。

観客たちが拍手をする。中断されていた試合が再開されるらしい。

そのとき下腹部に痛みを感じた。下痢のときの痛みにも似ているが、腰のあたりまで痛みが響いている。これまでにもこういう腹痛は感じたことはあるが、それは前駆陣痛といい、すぐに分娩《ぶんべん》に繋がるものではないと医師から説明を受けていた。しかしこの痛みは――。

痛みはやがて収まっていくが、虫の知らせとでもいうのか、何となく予感がした。亜弥はバッグを肩にかけ、ゆっくりと立ち上がった。転ばないように注意しながら歩く。

通路に出たところで再び痛みを感じる。今度の痛みもさきほどと同程度であり、感覚としてそれが迫っているのを感じた。もうちょっと待ってて、お願いだから。声には出さずにお腹の中の我が子に向かって語りかけ、亜弥は一人通路を歩いた。今朝、夫と交わした会話を思い出した。

三月生まれって、いろいろ不利みたいよ。特に小さいときは早く生まれた子たちと比べて成長が遅いじゃない。できれば四月まで待ってほしい。

関係ないって、そんなの。亜弥ちゃんの考え過ぎだ。

どうして関係ないって言えるの？

だって三月生まれの凄い人、たくさん知ってるから。

誰？　具体的に言ってみて。

ええと、ジーコだろ。それから、ええと、あ、そうだ。両津勘吉《りょうつかんきち》も三月生まれだ。

たった二人だけ？

ジーコと両さんだけで十分じゃないか。

亜弥は痛みをこらえ、通路を歩く。三月生まれでも構わない。とにかく無事に生まれてくれさえすれば。正面ゲートから出たところに一台のタクシーが停まっていた。ちょうどよかった。あれに乗ることができれば通りまで歩かずに済みそうだ。

タクシーの運転手がトランクから車椅子を出し、それを地面に置くのが見えた。後部座席から一人の女性が車椅子に乗り移り、膝の上の松葉杖を車椅子の背中にセットした。女性はマスクをしているので顔はわからないが、綺麗な目をしていた。女性とすれ違う。車椅子の女性が正面ゲートの方に入っていくのを目で追いかけつつ、亜弥はタクシーの運転手に話しかけた。

「乗せてもらえますか？」

「いいですよ」

お腹を押さえ、後部座席に乗る。ここからかかりつけの産婦人科まで、車なら十五分ほどだ。一応向かいながら病院に電話して指示を仰ごうか。何とか我慢してね、と心の中で我が子に声をかけつつ、亜弥は運転手に行き先を告げた。

※

面会室に入る。まだ彼は来ていないらしい。花岡弥生は面会室を見回した。仕事柄、何度か受刑囚と面会したことはあるが、プライベートで訪れるのは初めてだ。部屋はアクリル製の対面窓で仕切られていて、窓の中央には直径三十センチほどの円形の枠があり、その枠内に細かい穴がいくつも開いている。声を通すためのものだ。手前側に二台のパイプ椅子が置かれていたので、弥生は隣にいる男性に声をかけた。

「先生、どうぞおかけになってください」

男がパイプ椅子に座った。中野という名の六十代のベテラン弁護士で、東京都西部で個人事務所を開いている。国選弁護士として毛利翼の裁判を担当した人だ。

一週間前、急にあの男から電話がかかってきたときは驚いた。驚きのあまりスマートフォンを落としてしまいそうになったほどだ。同時に自分があの男の番号を電話帳から削除していないことにも驚いた。羽根雅人。かつて付き合っていた男性だ。

弥生ちゃん、久し振り。元気してた？

いかにも彼っぽいノリで突然話し出し、それを聞いて弥生は苦笑せざるを得なかった。まったくこの人は何も変わっていない。外見だってあの頃のままなのかもしれない。

弥生ちゃん、長い話になるけど、いいかな？

ちょうど夫の花岡は用事があって外出していた。弥生はテレビを消し、彼の声に耳を傾けた。本当に長い話だった。一番驚いたのは二十年以上前、当時弥生が暮らしていた要町のアパートの隣室から救助した男の子を、長年にわたり羽根が遠くから見守っていたことだ。弥生自身、あの件を思い出すことなどほとんどない。もし羽根から連絡がなければこれからの人生で思い出すこともなかったかもしれない。日々の仕事に加え、育児と家事で忙しい日々。かつての思い出に浸っている時間がないのが現実だ。

頼む、弥生ちゃん。何とかして翼に試合を見せてやりたいんだ。こんなことを頼めるのは弥生ちゃんしかいない。頼む、一生のお願いだ。あ、弥生ちゃんは見えないと思うけど、土下座してるからね、一応。

一生のお願いって前にもされたような気がするな。そんなことを思いつつ、頭の中で計算してみると、羽根と別れてから二十一年という月日が経過していた。二十一年振りに別れた恋人に電話をかけてくる。それだけで羽根がいかに真剣なのかが伝わってきた。軽い口調の裏側には彼の覚悟がひそんでいるのを知り、弥生は頼みを受け入れた。

背後でドアが開く音が聞こえ、振り返ると制服を着た刑務官が一人、面会室に入ってきた。中年の刑務官が言った。

「それで、彼に見せたい映像というのは？」

「これです」弥生は立ち上がり、スマートフォンを操作してから画面を刑務官の方に向けた。「帝都テレビの公式YouTubeチャンネルです。都内で開催中の卓球の試合がリアルタイムで配信されています。決して受刑囚を刺激するようなものではありません」

刑務所の面会室には携帯電話、パソコン等の電子機器の持ち込みは禁止されている。今回、弁護士の中野を通じ、受刑者の更生意欲を高めるために彼の友人が出場するスポーツの試合を見せたいと伝え、特別にスマートフォンの持ち込みの許可を得ることができた。毛利翼は刑務所内でも模範囚であり、そのことが今回の許可にも多少影響を与えていると中野から事前に知らされていた。ちなみに弥生の息子、優太は刑務所の正面ロビーで待っている。漫画雑誌を買い与えているので、それを読んでいるはずだ。受付の事務員にも声がけしているので、一人で勝手にどこかに行ってしまうようなことはないだろう。

「なるほど。わかりました。特に問題なさそうですが、受刑囚に何らかの異常が認められた場合、すぐに面会を中止しますので、ご理解を」

「了解です」

「もうしばらくお待ちください。そろそろかと思います」

刑務官が面会室から出ていった。再びパイプ椅子に座る。待ち合わせをした喫茶店で毛利翼のことを中野から聞いた。六年前に自首をした彼は、取り調べにも素直に応じ、被害者とその遺族に対する謝罪の念も示したという。検察側の求刑は無期懲役だったが、当時未成年だったということもあり、懲役十年から十五年の不定期刑が言い渡された。二十歳まで少年刑務所で過ごしたのち、この北関東にある刑務所に移送された。以来、ずっと彼はここに収容されている。

ブザーの音が聞こえ、対面窓の向こう側にあるドアが開いた。丸刈りの男と、彼に付き添う形で刑務官が入ってきた。刑務官の指示に従い、丸刈りの男がパイプ椅子に座る。精悍な顔つきをした若者で、薄手の灰色の上下を着ていた。胸には『毛利翼』と書かれた布切れが縫いつけられている。この子が、あのときの――。

何だか不思議な気分だ。二十一年前のあの日、羽根が抱いて病院まで運んだあの男の子が、成長して目の前に座っているのだ。しかも場所は刑務所の面会室。彼の犯した罪は、殺人

——。

俳優の浅沼栄将が殺害された事件については弥生も知っていた。あの事件の犯人が毛利翼なのだ。この一週間、あれこれ考えた。考えさせられたと言った方が正解かもしれない。あの日、私たちが助けた男の子は殺人犯なのだ。私たちが余計なことをしたばかりに、俳優の浅沼栄将は命を落とす結果となった。私たちはその責任を負っているのではないか。

目の前で死にかけている子供がいたら助ける。それが人としての当然の選択肢であり、その子が将来に犯すであろう罪まで考える必要もない。わかってはいるが、どうしても考えてしまう。あの日、私たちのとった行動は正しかったのか。本当にあの子を助けてよかったのか。

悩んだ末、弥生は羽根に電話をかけた。すぐには出てくれなかったが、数分後に折り返し電話がかかってきた。心に抱えた葛藤について話すと、電話の向こうで羽根は笑ってこう言った。そんなことを気にしてたんだ。別に俺たちは悪いことをしたわけじゃない。あいつを助けた。ただそれだけだ。それにね、弥生ちゃん。実は……。

羽根の明かした真実に弥生は驚いた。浅沼は翼の大事な女性に暴行していたというではないか。しかも彼には余罪があった。国会議員の甥《おい》という立場を利用し、卑劣な犯行を繰り返していた。さらに警察は浅沼の愚行については目を瞑り、彼の犯した卑劣な行為が世に知れることはなかったという。

そんなことが有り得るのか。あまりに理不尽なことだと思うが、弥生自身も法律事務所で働く事務員でもあり、ときに警察や司法に対して国家権力が介入するのは知っている。羽根と話しているうちに今回の件に協力しようという決意が固まった。どんな理由があるにせよ、彼が犯した罪は重い。そして私にはあの子を助けてしまった責任がある。彼が罪を償っているのであれば、それを見届ける義務があるのではないか。そう思ったのだ。

「お久し振り、毛利君。元気にしてたかね」

現実に引き戻される。中野弁護士がそう声をかけると、対面窓の向こうで毛利翼が照れたように笑った。

「はい。元気にやってます。先生もお元気そうで何よりです」

「こちらの女性は花岡さんだ。法律事務所に勤めている方だ。どうしても君に面会したいと言って、私に連絡をくれたんだ」

「初めまして」正確に言えば初対面ではないが、今はそれほど時間がない。「花岡法律事務所の花岡です。実はあなたに見ていただきたい映像があります」

「花岡法律事務所？　神保町の？」

「ええ。ご存じですか？」

「あ、はい。一階は弁当屋ですよね。よく行ってたので憶えてるんです」

一階にはぽんぽん亭という弁当屋があり、老夫婦がかれこれ二十年以上営んでいる。たまに弥生も利用するし、息子の優太も唐揚げ弁当を好んでよく食べる。永青大のキャンパスは神保町にあるので、その関係で毛利翼も何度か足を運んだことがあるのだろう。

「あなたに見ていただきたい映像とは、これです」

弥生はスマートフォンを操作して、画面を対面窓に押しつけた。翼の背後に待機していた刑務官が前に出て、確認するように画面を見た。問題なしと判断されたのか、刑務官は壁側に下がっていく。

「この映像はリアルタイムで配信されているものです。都内で開かれている卓球の国際大会の生中継です。この試合をどうかあなたに見せてやってほしい。私はある人から頼まれて、ここにやってきました」

翼の視線はスマートフォンの画面に釘づけになっている。瞬《まばた》きもせずに食い入るように画面を見ていた。さきほどまでの柔和な笑みはどこかに消え失せ、有り得ないものを目にしたときのように目を見開いている。唇を震わせるように彼は言った。

「ま、まさか、これって……」

「そうです。彼の名前は三崎啓介君といいます」すべて羽根から教えてもらったことだ。それをそのまま口にする。「三崎君は六年前、単身中国に渡りました。特別研究選手として中国代表で卓球を続けたそうです。そして今回、東京で国際大会がおこなわれることになり、彼は中国選手団の一人として来日しました」

中国が卓球に力を入れていることは弥生も知っている。オリンピックなどで日本人選手を応援していても、中国の選手に負けてしまうことが多い。一人の日本人が中国に渡って中国代表に入る。単純に考えても凄いことだと思うが、電話で羽根は冷静に分析していた。日本は近年卓球レベルが飛躍的に上がっているし、その分析をしたいがために日本人を迎え入れたんじゃないかな。

「本来参加するはずだった選手が今朝、体調不良を理由に棄権しました。その代役として彼が選ばれたそうです。一回戦、準々決勝と勝ち上がり、今は準決勝を戦っています。ちなみに彼の登録名はマオ・リーイー、漢字で書くと毛利翼。なぜかあなたの名前を名乗っているんです」

弥生の言葉など彼の耳を素通りしているようにも思えた、翼は両手を対面窓につき、真剣な表情でスマートフォンの画面に見入っている。

※

試合は第六ゲームに入っていた。第四、第五ゲームと立て続けに王に連取され、ゲームポイントは三対二で王にリードされている。このゲームを獲られたら負けが確定する。

駄目だ。どうにも集中できない。

啓介は自分の無力さを痛感していた。膝に力が入らないため、強いボールを打つことができず、さきほどから防戦一方だ。まるで自分がカットマン――相手のボールを打ち返して敵のミスを誘導する守備的戦術を得意とする選手――にでもなったような気持ちだ。にわか仕込みのカット戦術が通用するはずもなく、王龍の鋭いフォアドライブに手も足も出ない状態だ。まさにきりきり舞いといったところか。

「サーセイッ」

王龍が雄叫びを上げる。やはり絶対王者と言われるだけあり、好不調の波がほとんどない。この男から二ゲームを獲れただけでも僥倖かもしれない。あのときのような静かな世界はもう訪れることはなさそうだ。今は周囲の音が騒々しく、できれば耳栓を両耳の穴に突っ込んでしまいたいくらいだ。

中国に渡って早六年。いろいろと学んだことがある。中国と日本を比べ、一番違うのは選手たちのメンタリティーの部分だった。やはり中国人選手たちは日本人選手よりもメンタル的に上回っている。それはおそらく中国人選手が「国を背負っている」という自覚を持っているからだ。幼い頃から植えつけられた愛国心であり、日本人にはないものだ。だから今も目を閉じると、王龍の向こう側に中国の広大な大地が、悠久なる黄河の流れが、壮大な万里の長城が見えてきそうになるのだった。そりゃ勝てるわけないって、と啓介は思うのである。

ピシッ。乾いた音とともに王がストレートにドライブを打ってくる。追いついたが、球は明後日の方向に飛んでいってしまう。そのままバランスを崩して啓介は倒れ込んだ。膝が痛い。痛過ぎる。

ドクターが中に入ってくる。羽根という名前のイケメン医師だ。彼は慣れた手つきでサポーターをずらし、テーピングの上からコールドスプレーを吹きかける。そもそもこの男は何者だろうか。痛みで意識が朦朧《もうろう》とする中、啓介は不意にそんな疑問を感じた。翼の古くからの知り合いだとは聞いている。しかしその関係性は定かではない。頭の隅に引っかかるものを感じたが、その正体は摑めなかった。羽根医師がサポーターで膝を固定しながら早口で言った。

「たった今、翼の担当弁護士から電話があった。作戦は無事に進んでいるようだ。つまり今この瞬間、翼は君を見ているぞ」

えっ？　本当に？

思わず声が出そうになっていた。羽根医師の顔を見ると、彼は真剣な顔をしてうなずいている。翼がライブ配信を見ているということか。あの翼が、どこかで俺を見ている。何だか信じられない。

「一分でも一秒でも長く、君の闘う姿を翼に見せてやれ」

羽根医師の肩を借りて起き上がる。もはや一人では歩けないほどまでに膝の痛みは増しているが、試合に戻らないわけにはいかなかった。

翼、見てるか。俺、王龍と闘ってんだぜ。お前からの手紙、ちゃんと読んで実行に移そうとしてるんだ。凄いだろ、翼。

啓介は六年前のことを思い出した。翼が警察に出頭した翌日のことだ。自宅アパートのポストに封筒が届いた。封筒の中には便箋が入っていた。手書きの汚い字で綴《つづ》られた、翼からの手紙だった。

『三崎啓介様
啓、突然すまない。俺は今、新幹線の車内でこの手紙を書いている。東京行きの上りの新幹線だ。字の乱れは勘弁してくれ。だってほら、誰かに手書きの手紙を書くなんて記憶にないよ。それに揺れてるしさ。
俺はさっきまで静岡にいた。にじいろの施設長に会ってきたんだ。たまに電話でやりとりしているんだけど、いきなり俺が来たから驚いてたよ。
ついでに小学校にも行ってきた。懐かしかったな。啓と初めて話したときのこと、憶えてるか？　俺ははっきりと憶えてるよ。学校帰りに顔を貸せと言われた。何のことかわからなかったけど、俺は少し嬉しかったんだ。啓たちはクラスでも目立ってたしな。仲間に入れてもらいたい。そう思う反面、舐《な》められちゃいけないとも思った。だからすげー強気になって、お前たちと接した。実は内心ドキドキしていたんだぜ。

啓、お前には感謝してる。本当だ。俺の恩人だよ。まあ俺には恩人がたくさんいるんだけど、俺に卓球を教えてくれた啓は大切な恩人の一人だ。もし卓球をやっていなかったら俺の人生はどうなっていたんだろう。たまにそう考えることがある。卓球をやっていたからこそ大学まで進学できたし、高校チャンピオンにもなれた。美玲とも仲良くなっていなかっただろうし、虎太郎たち大学の友達とも出会えなかった。すべて卓球のお陰だ。

すまない。前置きが長くなってしまった。俺はあの日のことをどうしてもお前に伝えておきたかったんだ。俺は品川駅に着いてこの手紙をポストに投函《とうかん》したら、そのまま警察に自首をする。警察では嘘を貫き通すつもりだ。美玲の名前も絶対に出さない。ジムで馬鹿にされたから腹が立った。そう言い切ろうと思ってる。だけど啓にだけは本当のことを話しておきたい。

あの日の午後、俺は自由が丘にある奴のマンションに向かった。地下駐車場に奴の車は停まっていなかった。二台の防犯カメラをスプレーで潰してから、駐車場の隅の暗がりで奴の帰りを待った。なかなか奴は帰ってこなかったよ。途中で居眠りしてしまうほどだった。

奴のアウディが駐車場に入ってきたのは午後六時過ぎだった。奴がエレベーターに乗り込んだのを確認してから、俺は早速行動を開始した。ＧＰＳ発信機を車にとりつけるだけの簡単な作業のはずだったんだけど、これが予想以上に手間どった。見えない場所につけないといけないわけだからな。仰向《あおむ》けになって車の下に発信機をつけようとしていたら、いきなり頭上で音が聞こえた。車のロックの解除音だ。俺はそのときになって初めて奴が戻ってきたことを知ったんだよ。

奴も俺の存在に気づいた。何やってるんだ、みたいなことを言ってきた。その目つきが嫌だった。何か自分より格下の存在を見下しているような目つきだった。反吐《へど》が出そうだった。同時に体の内側がカッと熱くなった。こいつが、こいつが美玲を……。そう思うと体が勝手に動いていた。俺は手に持っていた発信機で奴のこめかみのあたりを殴った。運転席のドアを開けて、ふらついている奴を中に押し込んだ。そのときだ。啓、お前の言葉が頭に浮かんだんだ。

――待てよ、翼。殺すのは得策じゃない。あんな男、殺す価値もないって。

俺は冷静になった。計画はおじゃんになってしまったけど、ここは引き下がるべきだと思った。このまま逃げ去ろうってな。こんな奴を殺しても無意味だ。美玲だってきっと喜びやしない。

俺は車から出た。そしたら奴が俺に向かって言ったんだ。「お前、もしかして大島美玲のツレか？」

なぜ奴がそう思ったのかわからない。見た感じの年齢とかでカマをかけてきたのかもしれない。俺の反応を見て、奴はヘラヘラ笑いながらこう言いやがった。

「あの子、結構よかったぜ。ああいう清楚《せいそ》そうな女に限って淫乱だったりするんだよな」

キレなかったよ。不思議なことに。でもさ、なぜか死んだ母ちゃんのことが頭に浮かんだんだ。母ちゃんもこういう身勝手で理不尽な男たちに弄ばれ、死んでいったんじゃないか。なぜかはわからないけど、そんな風に思ったんだ。

もう駄目だった。体の芯から怒りが湧き起こった。真っ黒で、冷たい怒りだ。俺は再び車内に体を入れて、奴の胸倉を摑んだ。奴も暴れて抵抗した。ちょうどシフトレバーのところにコードのようなものがあったから、それを奴の首に巻きつけた。死んだ母ちゃんの顔を思い浮かべながら、俺は力を込めてコードを引き絞った。

どのくらいかな。気がつくと奴は抵抗しなくなっていた。死んだのは明らかだった。俺は急に現実に引き戻された。やっちまった。しばらくそこで呆然としていたけど、必死になって対処の方法を考えた。ほら、啓とも話していただろ。奴が女性との行為の動画を残しているかもしれないって。俺は奴のポケットからスマートフォンと家の鍵をとって、奴の部屋に侵入した。パソコンを回収し、ほかにも目についた腕時計やらも持ち出した。この時点ですでに俺は覚悟していたんだ。警察に捕まったときのことをな。自宅に戻った俺は奴のスマホやパソコンを初期化した。怖くて中身は見れなかったよ。

これがあの日起きたことのすべてだ。本当に愚かなことをしてしまったよ。俺はいろんな人に助けられて今日まで生きてきた。ガキの頃に俺を助けてくれた隣の部屋のカップルもそうだし、にじいろの施設長、学校の先生や部活のコーチ。そして啓や美玲。ほかにもたくさんの友達。みんなに助けてもらってきたのに、そのすべてを裏切っちまった大馬鹿野郎だ。殺人という大罪を犯してしまったんだから。

俺に生きる価値なんてない。死んで罪を償おうとも考えたけど、死ぬ勇気すらなかった。情けないよ、まったく。だから俺は自首をする。刑務所で罪を償ってくる。それしか俺にできることはない。

啓、ごめんな。本当にごめん。お前と一緒にずっと卓球やっていけるものだと思っていたけど、それは無理になってしまった。それがたまらなく悲しいよ。あー、オリンピック出たかったなあ。メダル獲りたかったなあ。

最後に啓にお願いがある。結構マジなお願いだ。もっと真剣に卓球をやってくれ。俺がこの手紙で一番言いたいのはこれなんだ。

真剣にやってるよ。お前はそう言うかもしれないけど、俺に言わせればまだまだだ。俺はいろんな奴と卓球で戦ってきた。中高でライバルだった水戸も強かったし、大学に入ってからもいろんな選手を見てきた。去年の全日本で見たＪＯＣの深川君も将来はヤバいくらい強くなると思う。でもポテンシャルっていうのかな、秘めた底力ではお前が一番だと俺は思っている。啓、お前は上っ面だけで卓球やってんだよ。だってお前が一番真剣に卓球やってたのって、多分小学校の頃のじいちゃんの卓球場だろ。

マジで卓球をやってくれ。全身全霊を込めて卓球をやってくれ。お前なら一番になれる。お前なら中国を倒せる。そうだ、いっそのこと王龍を倒しちゃえよ。冗談じゃないぞ。お前ならできると俺は信じてるから。

そろそろ品川に着くみたいだ。美玲にもよろしく伝えてくれ。実は美玲にも手紙を書くつもりだったんだけど、その時間はなさそうだ。こんなこと言ったらあいつ怒るんだろうな。

じゃあな、啓。卓球頑張ってくれ。お前の活躍を心から祈っている。

毛利翼』

「三崎君、大丈夫か？」

「あ、大丈夫です。何かぼうっとしちゃって」

羽根医師の声で我に返る。六年前、翼から届いた手紙のことを思い出していた。

なぜ翼が浅沼を殺害してしまったのか。手紙を読んで、ようやくそれが理解できたような気がした。翼はずっと美玲の姿に亡くなった母親を重ねていたのだ。女性としてではなく、美玲の母性的なところに惹かれていたのではないか。だからこそ翼は浅沼を許せなかった。あの瞬間、翼にとっての浅沼は美玲を襲った男であると同時に、母を死に追い込んだ男たちの象徴にも見えたに違いない。

そして卓球について。あの手紙を読み、啓介はいかに自分が真剣に卓球に向き合っていなかったか、それを思い知らされた。翼が指摘していた通り、一番真剣に卓球にのめり込んでいたのは祖父が存命中のことだった。放課後、あの卓球場で汗を流していた頃が一番楽しく、そして真剣にラケットを振っていた。翼の手紙を何度か読んで、啓介は中国行きを決意した。どうせやるならとことんやってやろうじゃないか。そう思ったのだ。

スコアボードを見る。五対〇で王龍にリードされていた。啓介はラケットを握り締め、台の方に向かった。王龍が待ってくれている。片手を上げて王に中断を詫びると、彼もまた片手を上げてそれに応じた。

王龍がサーブをする番だった。彼がサーブの体勢に入ったとき、突然その声は聞こえた。

「啓」

声が聞こえた方向に目を向ける。車椅子に乗った美玲がいた。通路の一番前、フェンスぎりぎりのところにいる。美玲と会うのは六年振りだ。あまり変わっていないが、何だか服装が野暮ったい。彼女はあれ以降も声優は続けているが、取材やインタビュー等には一切応じない主義の声優だった。中国に行ってからも塚原トモコとはメールを通じてやりとりをしていて、美玲が元気にしていることだけは知っていた。

中国行きを決意したのは翼からの手紙に背中を押されたのが大きな理由だが、中国で頑張ってこられたのは美玲の存在が大きかった。

一連の事件で一番つらい思いをしたのは、当事者である美玲であることは疑いようのない事実だ。俺が頑張れば頑張るだけ、彼女が笑顔をとり戻すのではないか。いや、そうであってほしい。そんな風に願いながら、啓介は日々の練習にとり組んだ。

俺の頑張りは少しは君の笑顔の足しになっただろうか。できれば駆け寄って声をかけたいところだったが、生憎今は試合中だ。啓介は美玲に向かってうなずいた。彼女もまた、こちらを見てうなずいている。

さあ、勝負だ。気をとり直してラケットを構える。一点も獲れないんじゃ恥ずかしい。だって翼が見ているんだもんな。

王龍がサーブを打ってくる。普通に返すだけで精一杯。王龍のフォアドライブ。全然反応できない。六対〇。

ああ、情けない。何やってんだ、俺。

あとちょっとでいいんだよ。

翼にいいとこ見せてやりたいだけなんだ。

啓介は球を左手に持ち、ラケットを構えた。戦術は頭に入っている。まずは下回転のショートサーブを打つ。きっと王はツッツキでクロス方向にレシーブを返してくるはず。それを読んでフォアを強打。一発で決められなくても、五打目に繋がるはずだ。頭ではわかっているのだが、今の自分にはそれを再現するのもままならない。

とにかく一点。一点獲ろう、どうにかして。その思いが通じたのか、啓介が放ったバックハンドのクロスを王が打ち損じた。これでスコアは六対一。

よし、次だ。球を拾い、そのままサーブを打つ体勢に入ろうとしたのだが……。

視界が霞《かす》んでいる。汗が目に入った。いや、汗ではなく泣いているのだとそのときになってようやく気づいた。なぜ俺は泣いている？　膝が痛いから？　翼が見ているから？　それとも負けるのが悔しいから？　そのどれもが違うような気がしていた。

「毛選手、サーブ、プリーズ」

審判が声をかけてくる。わかってる。わかってるんだよ、俺だって。でも体が動かないんだ。

もはや汗なのか涙なのかわからない液体があごの先から零《こぼ》れ落ちる。シャツの袖で顔を拭き、大きく深呼吸をした。球を真上に放り、落ちてきた球をサーブする。上手くいった。啓介の読み通り、王はクロス方向に返してきた。ステップを踏んで強打を狙うが、やはり膝に力が入らない。ラケットは空を切ってしまう。

転がっていってしまったボールを拾い、卓球台に戻る。すると王が自分のラケットを卓球台の上に置き、こちらに向かって歩いてくるのが見えた。その突然の行動に客席からどよめきが起きた。王は啓介の手から球とラケットをとり、それを卓球台の上に置いて中国語で言った。

「啓、終わりだ。これ以上は無理だ」

王が啓介の肩を叩いた。ずっと張りつめていた緊張の糸がブツリと音を立てて切れた。啓介は尻餅をつき、そのまま大の字に寝転んだ。天井のライトが涙で霞んでいる。

きっとあいつは俺の情けない姿を見て笑っているんだろうな。翼、すまん。王龍を倒すのはさすがに無理だった。

※

毛利翼は画面に見入っている。スマートフォンは斜めにして置いてあるので、弥生にも辛《かろ》うじて画面は見える。さきほどから三崎啓介は防戦一方になっていた。

『毛選手のサーブで試合が再開されます。ショートサーブだ。それを打ち返す王龍。おっと毛選手、届かないっ。やはりかなり膝が痛そうだ。古賀さん、いかがでしょうか？』

『相当痛めてるね。これ以上は無理かもしれない。俺が監督だったら止めてるけどね』

『おっとこれはどういうことでしょうか。王が毛選手のもとに歩み寄っていきます。何やら声をかけているようですね。毛選手、倒れ込んでしまいました。これはもしや……。王はレフェリーと何やら話しています。レフェリーが立ち上がりました。試合終了です。レフェリーが試合終了を宣告しました。毛選手の棄権ということになるのでしょうか。絶対王者、王龍。決勝進出です。伏兵の毛を葬り去りました。さすがの貫禄《かんろく》だーっ』

試合が終わったらしい。どうやら三崎啓介は怪我を負っていたようで、治療で試合が中断される場面も見られた。三十分ほど前に待合室でライブ配信の映像を見たときは普通に試合をしていた。ただ彼の右膝には黒いサポーターが巻かれていたような気がする。

『最後は何とも悔やまれる形となりましたが、白熱した好ゲームだったと言えるでしょう。準備が出来次第、二人へインタビューをおこなう予定になっております』

そのときだった。向こう側のドアが開き、別の刑務官が入ってきた。彼は対面窓の近くまでやってきて、手にしていた物体を翼の前に置いた。それを見た翼が目を見開いた。弥生は彼に言葉をかける。

「毛利君、これ、何かわかる？　三崎君が君に渡してほしいって」

黄色いバトンだ。リレー競技で使用されるもので、弥生自身も学生時代に運動会などで使ったことがある。ありふれた、どこにでもありそうな黄色い筒状のバトン。昨日の夜、宅配便で羽根から届けられたものだ。三崎啓介が羽根に送ったものらしく、どうしても翼に渡してほしいと彼が言っていたという。さきほど受付で差し入れの申請をした。危険性はないと判断された、こうして許可が下りたのだ。

翼の両目から涙がドバッと溢れ出した。ダムが水を放出するかのように涙はとめどなく溢れてくる。

「啓、お前……」

ずっと翼は泣いていたのではないか。王龍と闘う三崎啓介の姿を見ながら、ずっと心の中で泣いていたのだ。心の中で流し続けていた涙が、ようやく形になって表れただけだ。

　この黄色いバトンにどんな意味があるのか、それは弥生も知らない。今後も知ることはないかもしれない。しかし、この黄色いバトンが二人を繋ぐ大事なものであることだけは理解できた。

　翼は声に出して泣いていた。受刑囚が泣いている。傍《はた》から見れば異様なものかもしれないが、その泣き顔を見ているとどこか晴れやかな気分になるのだった。雨上がりの空を見上げたときのようでもある。

ただ、罪は消えない。この子が殺人の罪を犯したのは紛れもない事実だ。でもこの子ならしっかりと罪を償い、自分の人生に向き直ってくれるのではないか。弥生はそう信じて疑わなかった。

　それにしてもあの子がなあ、と弥生は思わずにいられない。二十一年前に羽根君が、私たちが救い出したあの男の子が目の前にいるのだ。これを縁と呼ばずして何と言えばいいのだろうか。いや、厳密には縁ではない。少なくとも羽根は彼に繋がる糸の端っこをずっと握っていた。糸を握り、たまにその糸を辿《たど》って自分が助けた男の子の行く末を見守っていた。それが今日の面会に繋がっているのだ。羽根君、あなたは凄い。本当に尊敬する。

『放送席、放送席。インタビューの準備が整いました。見事決勝進出を果たした王龍選手にお越しいただきました。王龍選手、おめでとうございます。今のお気持ちを聞かせてください』

　インタビューが始まった。王龍の隣にはジャージ姿の生真面目そうな男が立っている。通訳だろう。王龍が語った言葉を彼が日本語に訳してマイクに向かって語る。

『思っていた以上にハードな試合でした。毛選手は強かったです。彼の善戦を私は大いに讃《たた》えたいです』

『試合のポイントはどこだったでしょうか？』

『非常に簡単な質問です。毛選手が怪我をした点です。怪我をしたのが私だったら、おそらく私が負けていたでしょう』

『最後に日本のファンにメッセージをお願いします』

『まだ決勝戦が残っています。優勝したらちゃんとメッセージを言います。どうもありがとうございました』

『ありがとうございました。王龍選手に大きな拍手を。引き続き敗れた毛選手にもお話を伺おうかと思います。毛選手、お疲れ様でした。大変残念な結果でした。膝はいつから痛めていたのでしょうか？』

すでに画面には三崎啓介の姿がある。通訳が何やら中国語を話し出すと、それを制するように啓介が言った。

『大丈夫です。日本語話せるので』

弥生は驚いた。この子、日本語でインタビューに応じるのか。

いきなり流暢な日本語で話し出す中国人選手――少なくとも観客たちはそう思っている――を見て、客席がざわついた。首にタオルをかけた三崎啓介が続けて言った。

『膝の怪我は言い訳にはなりません。勝った王龍選手が強いということでしょう。彼は僕の友人であり、同時に世界トップクラスのアスリートです。そんな彼と試合ができただけで僕は満足です。選手冥利に尽きます。本日はありがとうございました』

客席が沸く。中国人選手の日本語の上手さに歓声を送っているようでもある。

『絶対王者の王龍選手を相手に大健闘だったと思います。今のご気分はいかがでしょうか？』

『膝が痛い。それだけです』

失笑が起きる。弥生もまた、彼の言葉に少し笑った。

『最後にファンの方々にメッセージをお願いします』

『僕は国際大会にも出たことのない無名の選手なので、ファンなんて一人もいません。でも、どうしても思いを伝えたい人間が一人だけいます』

啓介は真っ直ぐこちらを見ている。その眼差し。その息遣い。彼の真摯な思いが伝わったのか、会場も水を打ったような静寂に包まれた。やがて啓介が口を開く。

『翼、見てるか……』

いったん啓介は言葉を切る。話せなくなってしまったと言った方が正解かもしれない。込み上げるものがあるのか、首にかけたタオルで顔全体を拭いた。

大きく深呼吸を一つ。そして彼は続けた。

『ごめんな、翼。王龍には勝てなかった。俺にはこのくらいが限界だ。あとはお前に託すよ。別に何歳になってもいいじゃないか。おっさんになったお前が、同じくおっさんになった王龍を倒す。それでいいだろ』

啓介の隣に立つ男性アナウンサーが困惑気味にマイクを向けている。意味のわからぬインタビューを前に客席もざわついていた。それでも彼は構わず話し続ける。

『翼、胸を張って生きよう。お前に生きる価値があるか、ないか。それを決めるのはお前じゃないぞ。周りのみんなだ。お前と一緒にまた卓球ができる。そんな日が来るのを俺は信じてる』

すでに声は掠れ、涙声になっている。啓介はカメラに向かって語りかけた。

『バトン、受けとってくれただろ。翼、今度はお前の番だ。お前がそのバトンを持って、俺のところまで走ってこい。メロスみたいに走ってこい。俺は美玲と一緒にいつまでも待ってるから』

啓介は最後に深々と頭を下げ、それからインタビュアーの前から離れた。そんな彼の姿をカメラが追う。近くに立っていた王龍と一言二言言葉を交わしてから、啓介は客席の方に向かって歩いていった。引き摺る足が痛々しかった。

フェンスの向こう側には車椅子に乗った女性がいた。啓介がフェンス越しに右手を差し入れると、車椅子の女性がその手を両手で握り締めた。

弥生は対面窓の向こう側を見る。すでに翼は椅子に座っていない。床に両膝をつき、まるで祈りを捧《ささ》げるかのようにむせび泣いていた。本来であれば注意するであろう刑務官も、見て見ぬ振りをして壁際に立っている。

あの日救った男の子だ。大きくなった彼が背中を丸め、目の前で号泣していた。その右手には黄色いバトンがしっかりと握られている。

本書は書き下ろしです。

＊本作はフィクションです。実在する人物、事件とはいっさい関係ありません。

## 横関 大 Yokozeki Dai

1975年静岡県生まれ。武蔵大学人文学部卒業。2010年『再会』で第56回江戸川乱歩賞を受賞。'19年に連続ドラマ化された『ルパンの娘』が大ヒットし、'20年に続編、'21年には映画化もされた。『K2 池袋署刑事課 神崎・黒木』も連続ドラマ化された。'22年、『忍者に結婚は難しい』が第10回静岡書店大賞を受賞し、'23年に連続ドラマ化。今最も注目を集めるエンターテインメント作家である。他の著書に『誘拐屋のエチケット』『ゴースト・ポリス・ストーリー』『ルパンの絆』『ミス・パーフェクトが行く!』『闘え! ミス・パーフェクト』など。

# メロスの翼《つばさ》

2023年5月22日　第1刷発行

著　者　横関《よこぜき》 大《だい》

発行者　鈴木章一

発行所　株式会社講談社
〒112-8001東京都文京区音羽2-12-21
電話　出版　03-5395-3505
　　　販売　03-5395-5817
　　　業務　03-5395-3615

本文データ制作　講談社デジタル製作

印刷所　株式会社 KPSプロダクツ

製本所　株式会社 国宝社


N.D.C.913
382p　19cm
ISBN978-4-06-531458-6

KODANSHA